風狂 虎の巻

由良君美

青土社

風狂　虎の巻

由良君美

青土社

目次

*

風狂の文学　133

*

風狂　虎の巻

日本的幻想美の水脈

『梁塵秘抄』にみる日本の心

中年を越してから、昼間の生活に疲れると、音楽かまたは日本の古典の世界に戻ってゆくことが多くなった。もっともしばしば戻ってゆく所は、わたしの場合、『梁塵秘抄』の世界である。そこには平安末期の日本の庶民の心のどよめきやざわめきや、ひそやかな願いなどが、飾り気のない言葉で極く自然に歌いだされている。

専門歌人たちの辛苦の作品も良いが、誦み人も知れない俗謡の素晴らしさは、イギリスの「ボーダー・バラード（英蘇国境地方のバラード）」のように、そこに歌いこめた人たちの生活が匂い漾ってくる想いがする。

ひとつには日本の定型詩に根強い七五調が、わたしには、どうも生命の素直な流れをとかく塞き止めてしまうように思われ、日本語の柔らかさに沿った音楽性となると、むしろ今様に著るしい八五調（または四四五調）の方に自然な魂の流露を感ずるためかも知れない。

「ふるき都を（七）きてみれば（五）／あさぢが原とぞ（七変）あれにける（五）／月の光は（七）くまなくて（五）／秋風のみぞ（七）身にはしむ（五）」（『平家物語』巻五、「月見」）

かなり今様調のこの箇所であるが、それでも、七五調の整然性が、いのちの吐息といいたいような生命の流れを冷たく整頓してしまっていて、わたしには満足できない。ところが、

「仏も昔は（八）人なりき（五）／我等も終には（八）仏なり（五）／三身仏性（八）具せる身と（五）／知らざりけるこそ（八）あはれなれ（五）」（『梁塵秘抄』二三二）

となると、快よい口語調が、融けでる淡雪のように流れだすのを感ずる。

これが『平家物語』巻一「祇王」で引用されると、

「仏も昔は凡夫なり
……いづれも仏性具せる身を
へだつるのみこそかなしけれ」

となり、八五調は守られながら、「人なりき」の口語調が「凡夫なり」の文語調に整えられ、「三身仏性」が「いづれも仏性」とされ、「知らざりけるこそあはれなれ」の無知の悲しみが「へだつるのみこそかなしけれ」という文脈転換によって冷たく一般化されてしまう。

院政時代の庶民の生まの肉声が、武家政治時代の学ある人の筆に引用されると、音律はたとえ同一でも、これほど語調ががらりと変り、冷たい仮面の口から歌いだされる無表情な声に変身する。

たしかに『梁塵秘抄』と『平家物語』との間には、決定的な背景の変化があり、かりに『梁塵秘抄』には〈受領〉をめぐる幾多の歌が見られ、来るべき武家政治の時代のはしりが随処にちらつい

ているにしても、名も知れぬ庶民の生活の息づかいが、そのままに生命の律動の定着となったこの文学こそ、後白河法皇という稀有の数奇者によって後世に遺されることになった『梁塵秘抄』というアンソロジーの、日本古典文学史に稀しい無名性・庶民性・民衆的な賑わい——一口にいえば日本人の心の草の根にかよう歌声を今に伝えてくれるものと言うべきであろう。

つまり儒教が前景化し、武家政治の下で武士道が組織化される以前の、法華仏教と浄土信仰だけが生存の大要を占めていた当時の日本庶民の大らかで敬虔な生存様式が、『梁塵秘抄』の世界なのであり、それらは、儒教・武士道さらには国家宗教化された神道の三者によって著しく跛行を強られるようになる以前の、日本人の心のありようを、何ひとつ飾ることなく歌いだしているからこそ、今日の我われの心を捕えて放さないのである。「雑《ぞう》」の部の歌ほど、この意味で秀歌が多いと考えられるのも、そのためであろう。

以下、任意に心に浮ぶ『梁塵秘抄』の歌を引きながら、平安末期日本庶民の心ばえを追ってみることにする。

まず恋歌から。

「我を頼めて来ぬ男／角三つ生ひたる鬼になれ／さて人に疎まれよ／霜雪霰降る水田の鳥となれ／さて足冷たかれ／池の萍《うきくさ》となりねかし／と揺りかう揺り揺られ歩《あり》け」

〈頼母しく思わせておいて、ふっつり通ってこなくなったあの男。三本角《つの》の鬼にでもなってしまえ。人に嫌われるがいい。霜・雪・霰が降る水田に立つ鳥にでもなるがいい。足も冷たくなるがいい。池の浮草にでもおなり。そうして、あちこち、ゆらゆら行くのですね〉

女心の怨念の直情であるが、これは冬の水田作業の身を切る辛さを知らずに詠める歌ではない。地方出の女の歌であろうか。しかも離れた男への憎悪が、憎いながらになお恋しく、永久に河原者にでもなれと和らげるところに、まことに微妙な女心がのぞく秀歌である。「通い婚」の風習がもたらした悲劇であろうが〈とかく〉の音便の〈とかう〉を分割して〈と揺りかう揺り揺られ歩け〉という擬態音による行内韻に展開した手腕はまことに美事である。

「君が愛せし綾藺笠／落ちにけり落ちにけり／加茂川に川中に／それを求むと尋ぬとせしほどに／明けにけり明けにけり／さらさら清《さや》けの秋の夜は」

〈あなたが良く似合うよ、とおっしゃって下さった藺笠を、加茂川に落しちゃいましたの。さあ大変と探しているうちに、秋の夜長も明けてしまいました〉

男の歌と解する人もいるようであるが、わたしは右のように解したい。藺笠でよい所を、綾藺笠と特に言うところに、男に褒められて嬉しくなった女心をどことなく感ずるためである。その笠を落したことについて、畳語形式で〈落ちにけり落ちにけり〉〈加茂川に川中に〉〈求むと尋ぬと〉〈明けにけり明けにけり〉と畳みかけ、最終句を〈さらさら〉と擬音畳句にしながら〈清いけ〉と音を転じて締めた技巧が心憎い。

「美女《びんでう》うち見れば／一本葛にもなりなばやとぞ思ふ／本より末まで縒《よ》られればや／切るとも刻むとも／離れがたきはわが宿世《すくせ》」

〈美しい女を見ると、一本の蔦にでもなって、根元から天辺まで一体により合わされたいと思う。切られようと刻まれようと、離れがたいのは私の宿命だ〉

〈びんでう〉は〈びじょ（美女）〉の強意語であろうか。宿命の女（femme fatale）にひかれゆく心を素直に肯定するこの歌は、蔦の比喩と〈切り刻む〉という残酷かつ自虐の表現と合して、ほとんど現代的でさえある。

「恋ひ恋ひて／たまさかに逢ひて寝たる夜の夢は／いかが見る／さしさしきしと抱くとこそ見れ」

〈恋しくてたまらず、久しぶりに逢って寝た夜の夢は、どんな夢か。互いに手をさし交わして、骨がきしむほど抱きしめ合う夢だろうな〉

これは説明を要しない歌だが、やはり終結句の〈さしさしきし〉という擬声音ないし擬態語が、この歌を生かせていると言えよう。さきの〈さらさら清け〉と同様、〈さしさし〉が〈きし〉と転ぜられているところに、この表現の微妙な緊張を見たい。従って〈きしきしきし〉の誤写とする単純な説には同ずることができない。大体、日本語の本来の富の大半は、創意に富んだ擬声語・擬態語の豊富さにあり、これらはジェスチュアに起源する言語のエネルギーの最も貴重な結接点を今に示すものとして、詩語の特徴とさえ、言わねばならないものであろう。（その点、宮沢賢治の豊饒な擬声音を考えよ。）『梁塵秘抄』は民衆の日常的心情の活写であるだけに、日本語の特質のこの面を、実に鮮やかに伝える貴重な遺産というべきであろう。

恋心の直情といえば、

「恋しとよ君恋しとよゆかしとよ／逢はばや見ばや見ばや見えばや」

は、すべての恋文の原型を尽して無駄がなく、短いなかに〈恋し・恋し→ゆかし〉〈ばや・ばや・ばや〉の行内韻の多様さと微妙な変形は、〈君恋し〉〈逢はばや見ばや見えばや〉という自分が恋人を見たい気持を中心に持続しながら、最後の〈見えばや〉で、〈わたしも見て頂きたいの〉という、〈見たい〉から〈見せたい〉への逆転を以て締める主体転換の冴えは凡手のものではない。

さて、恋から離れて、平安末期の日本人の幻想性を物語る一句に赴こう。

「月は船／星は白波／雲は海／いかに漕ぐらん／桂男は／ただ一人して」

〈月は船だな／星はそれが蹴立ててゆく白波だな／雲は海なんだな／桂男は月のなかに住むというが／一人でどうやって船を漕いでいるのだろう〉

二句神歌に属するために、あるいは古歌（人麻呂『万葉集』拾遺・雑上）に依っているためか、七五調が基本になり、五七五・七五七となって、独得の行進のテンポを映している。古歌に依る一種の〈見立て歌〉ではあるが、月の明らかな夜空をふりあおいで、雲間に星を輝やかせながら走るように見える月を眺めている者の、一瞬地上を忘れたファンタジーであろう。

こういった、空をふり仰いでの幻想はＳＦ的であるが、もともとは神楽のような神事の祭祀を通じて培かわれた情感であったように思われる。それはたとえば「神楽歌」に属する「明星《あかぼし》」のなかに囃子唄として次のものがあることでも分る。

「きりきり／千歳栄／白衆等／聴説晨朝／清浄偈／や／明星は／くはや／ここなりや／何しかも／今宵の月の／ただここに坐すや／ただここに／ただここに坐すや」

〈めでたい／千歳の栄あれ／法華懺法を唱えよう／ヤァ／明けの明星だ／金星だ／おや／ここに出た／それなのに何だ／今夜の月は／ただここに出てる／ただここに出てる〉

明け方は神々が帰ってゆく時刻である。明けの星はそれを見送るとされる。神楽も終盤を迎える頃に「明星」が歌われる。〈きりきり〉は〈吉利吉利〉と表記される呪文であり三浦佑之は『梁書諸夷伝』を引いて漢語起源に求めている。法華懺法が唐突にでてくるのも、罪障を懺悔して朝を迎えようとするのであり、平安という神仏習合の時代の民衆の感性の自然から出た所作と考えられ、それが手ん手に明けの明星を指さし、また残んの月を指さしあって騒ぐ有様が、手にとるように見える。さまざまな間投詞・疑問詞の重なり合いが、長い神楽も終りに近づいたという緊張の弛緩を伝えて好ましい。

そこで神仏であるが、現存する『梁塵』の大半を占めるものは法文歌であり、多くは現世にあって仏と浄土を想う歌である。これらは、さまざまに罪障滅消を唄うが、頻出する仏教語はすべて当時の日常に消化されていた語句と見られ、歌謡調の地の文に融けこんで無理がない。

「仏は常にいませども／現ならぬぞあはれなる／人の音せぬ暁に／ほのかに夢に見え給ふ」

〈仏は常住のものなのに、現世の我われの眼には見えないのが悲しくあわれである。人間の立てる物音の途絶えた暁に、ほのかに夢のなかに姿をお見せになる〉

夜が朝に移行する境目の時刻は、さきの神楽歌にも歌われる神聖な時刻であり、この時刻は〈如来の夢中示現〉の時刻でもあって、眠りに沈み、そこから浮上して意識の境に交わろうとするとき、一瞬、阿頼耶識の奥処から湧きでるものの姿を垣間みることができる。だがそれも瞬時であって、現《うつつ》の眼には見えないことの悲しみが切々と唄われている。

釈教歌にも秀作が多いが、過重な教義を含むことなく、たとえば、

「阿含経の鹿の声／鹿野苑とぞ聞ゆなる」

など、〈阿含経は鹿野苑とかいう林苑で説法されたものと聞くが、なるほど、鳴いている鹿の声は《ロクヤオン》と聞える〉と歌う、ユーモアに富んだ擬声音を使った歌であり、のどかなものである。

法華経釈教歌の一つに、

「空より華降り地は動き／仏の光は世を照し／弥勒文殊は問ひ答へ／法華を説くとぞかねて知る」

があるが、これなど法華経「序品」の和訳として誠に巧みであり、華麗な奇瑞を平易な言葉でイメージ化しているのには驚かされる。ここまで来ると、やがて来る親鸞や空也の和讃の盛期を俟つ、前和讃期とでも名づけたい位置に、これらの今様はあったことに気付く。

「女人五つの障あり／無垢の浄土はうとけれど／蓮花し濁に開くれば／竜女も仏になりにけり」

〈女には五つの障害があって浄土に近づくのは容易ではない。しかし、蓮の花が泥水のなかから花開くように、提婆品にある竜女が仏になられた故事もあるのだから〉

これは〈女人成仏〉を願う女性の魂の声を深く託した秀歌であろう。

「妙法つとむるしるしには／昔まだ見ぬ夢ぞ見る／それより生死の眠さめ／覚後の月をぞ翫《もてあそ》ぶ」

〈法華経の教えを勤めれば、その証に、今だかつて見たこともない夢を見るようになり、生死流転の迷いから覚めて、悟りのあとの月のような澄んだ境地に遊べる〉

〈夢→覚醒→覚後の月〉というイメージの進転が、最後の〈月を翫ぶ〉という澄明壮大な語句に結ばれ、全篇が懸け詞の技巧によって緊密に構造されている。

「我等は何して老いぬらん／思へばいとこそあはれなれ／今は西方極楽の／弥陀の誓を念ずべし」

「暁静かに寝覚して／思へば涙ぞおさへあへぬ／はかなく此の世を過ぐしては／いつかは浄土へ参るべき」

いずれも説明を要しない歌であるが、これらの歌の背後には、『梁塵』全体の基調となっている現世歓楽の謳歌があり、その歓楽から、ふと眼ざめた折の〈何して老いぬらん〉〈はかなく此の世を過ぐして〉の自覚が、これらの仏教的雰囲気の濃厚な浄土渇仰に結びついているのである。〈現世はかくてもありぬべし／後生わが身を如何にせん〉の思想に。

現世享楽の声が大らかで明けっ拡げであるだけに、これら浄土渇仰の声は、後世の往生を求めて静かな底音を造り、『梁塵秘抄』のユニークな厚みある世界の表と裏を形成している。

現世享楽の声——たとえば、

「お前に参りては／色も変らで帰れとや／峯に起き臥す鹿だにも／夏毛冬毛は変るなり」

〈切角、神詣にゆくのだ、巫女に接して色変りもしないで帰れというのか、野の鹿だって夏の毛と冬の毛は変るのだぞ〉

「王子のお前の笹草は／駒ははめども猶茂し／主は来ねども夜殿には／床の間ぞなき若ければ」

〈熊野の若一王子社の前の笹の葉草は、馬が食べるが茂っている。あなたは来て下さらないが、わたしの寝所はあく間がありません、若いわたしなので〉

前歌は遊女を求める男の理窟であり、後歌は愛人に寄せる遊女の声であろう。現世を〈遊び〉〈戯れ〉に〈はかなく過ぐす〉場所と観じても、恐らく老いた遊女の歌である次の有名な歌は、諦念をさらに突きぬけた梁塵人の深められた無心の境地を表現していよう。

「遊びをせんとや生れけむ／戯れせんとや生れけん／遊ぶ子供の声きけば／我身さへこそ動《ゆる》がるれ」

ここには遊女としての生涯の長い性道の繰りかえしの果ての諦観が、ほとんど〈生成の無垢〉にまで高まり、子供の無心の遊戯の歓声に合わせて胴顫いする〈永劫回帰を遊戯する〉者の、現存在肯定の声にまでなっていると言えよう。ほとんど江戸中期にまがうような歓楽頽唐の風俗のなかで、深く浸透していた法華天台の教義と蓮華往生の願望像が現世的諸価値との間に程良い緊張をつくり、全階級的に愛誦された今様は当時の日本人のあらゆる心の側面を映して、『梁塵秘抄』という稀有のアンソロジーを産みだしたのである。時代はすでに武家政治へと決定的に変ろうとする変革期にさしかかっていた。優雅な京の風俗にも、ようやく変化が兆《た》そうとしていた。

「此の比京《ごろ》に流行るもの／肩当　腰当　烏帽子止め／襟の竪つ型　錆烏帽子／布打の下の袴　四幅《よの》の指貫《さしぬき》」

キナ臭い時代が来ようとしていたのである。

日本的幻想美の水脈——伎楽面から芳崖まで

　ひところ、〈異端〉とか〈綺想〉とかが賑やかに口にされたが、少なくとも〈異端〉という表現は、わたしには好ましく思われない。〈異端〉という以上、〈正統〉にかんする何らかの先入主があって始めて口にできるものであろうし、〈正統〉と言っても、特定の時代や地域の支配的な気分にすぎないことが多く、趣味の基準が歴史の歩みのなかで猫の眼のように変ることは、むしろ人間の自然である。これにたいして〈綺想〉の方は、英詩法で言う〈コンスィート〉に対応し、特定の〈様式〉について使うことができるから、たとえば日本絵画江戸後期の特定の作品様式を〈綺想〉として論じ、ヨーロッパ絵画の〈マニエリスム〉との類推を行なってみることは意味があろう。〈幻想〉という言葉も、おなじような危険性を孕んでおり、かりに〈写実〉にたいする対立概念として使うにしても、物質感や質量感を伴わないような幻想は、絵画としての迫力を持つことができない。そこからヨーロッパ中世の宗教画の幻想性とシュルレアリスム絵画の幻想性とを混同するわけにゆかない理由も生じよう。しかし、何らかの〈綺想〉と〈幻想〉が働くところでなければ、視る人の日常の習慣にまみれた視覚の皮膜を洗いながして、もともと虚構空間である絵画の空間に、現実にまさるリアリティーを創出することはできない。

このように、一口に〈異端〉〈綺想〉〈幻想〉として一括されている言葉も考えてみれば至極厄介な筈であって、現代ウィーンの幻想派の人たちのように、ひとつの流派として初めから〈幻想〉を標榜して登場したグループの特質を論ずる場合とは異なって、日本絵画の幻想性を歴史を縦割りにして軽々しく論じ去るわけにゆかない。

「しかし」、と人は言うかも知れない、「たとえばヨーロッパ中世のボッス、グリューネヴァルトからルドンやムンクを経て、現代のクレーやデュシャンを論じた滝口修造氏もいるではないか、また邦訳もあるフランスのブリヨンの……」そのとおりである。アカデミーの美術史学からは、とかく外道あつかいされてきた〈幻想〉の系譜を、自分の絵画体験に従って辿ってみるのは愉しいことだ。日本でも辻惟雄氏は又兵衛から国芳に至る〈異端〉の系譜を尋ねる有益な本を書いた。

ただ日本絵画の幻想性を、もっと幅広く追うとしたら、どうなるか。〈異端〉という問題の多い言葉を使った場合よりも、さらに面倒なことにならざるを得まい。なぜなら日本絵画の大半は、風景画でさえ中国の粉本に従った、もともと日本の現実に存在しないテーマを組みあげて造りあげる伝統に大半が基いてきた。したがって、「やまと絵」や風俗画の一部をのぞけば、写実の伝統はなく、すべて広義の虚構であり、その限りで、ほとんどが〈幻想〉なのである。これではたとえ〈幻想〉と限定してみたところで、ルネサンス以来、幾何学的遠近法を中心に発達し、それゆえ〈写実〉という本道に対立することで意味をもちえたヨーロッパの〈幻想〉絵画の在りようとは全く違い、初期洋画以前の日本絵画の主流は総じて〈幻想〉の側にあったことになりかねない。

仕方がない、中仕切りを設けてみることにしよう。〈幻想〉の支えである個人のヴィジョンの問題と、〈写実〉にたいする〈幻想〉の構築に重要なメチエを与える〈パターン化〉の問題との二点に絞って、日本絵画をふりかえってみることである。〈パターン化〉といっても、琳派を中心とする日本絵画に著しい活力を与えている、あの輝かしい装飾〈デザイン化〉の能力のことである。この個のヴィジョンとデザイン志向への長大な伝統がなかったなら、ヨーロッパの現代抽象絵画の大きな波濤のなかに浮かぶ日本現代絵画の、日本画、洋画を問わない幻想性の強みも存在しなかった筈である。そこで、いささか簡単化するきらいはあるが、わたしなりに、この日本絵画の幻想性を約束した二つの資源について、素描することを許して頂きたい。

侘び、寂びを日本美の正統とする考えは、どうみても室町以降のものであり、日本人のもつ美的能力の広大さを包摂するものとは思われない。伊勢神宮と桂離宮とを日本固有の美の表現とするブルノー・タウトの見解にたいしても、同様の考えを抱かざるをえない。とりわけ明治維新以後に定着した天皇制と神道との独得の結合は現代日本人の美意識までも偏頗にし、侘び、寂びを本道とする常識と微妙にからまりあっている。岡本太郎の縄文土器を源流に設定して、これを一気に現代のフォーヴィズムやメキシコ的シュルレアリスムに直結しようとする視角も、おそらく、右の偏頗な美感への過度のアンチ・テーゼとしてだされたものであり、これより温和であるが谷川徹三の縄文対弥生の二つの様式に源泉を求めて、双方に日本美の相交叉する潮流を縦観しようとする試みも、おなじ衝動を共有している筈である。いま、これらの細かい検討に紙幅をついやすわけにゆかないが、和洋両画を問わず、最も現在的なものに活力を与えている日本の美の源泉は、これらのアンチ・テーゼが極く当然に思われるような、単なる侘び、寂びに縮少できない、長大な日本人の美学史のエネルギーにあり、その地下水が広い意味の〈幻想〉味にあると考えたい。そうなってくると、在来の日本美術史の枠づけとは離れた扱い方にならざるを得ない。また岡本氏や谷川氏とも異なった扱い方に。わたしの思うところの概略を素直に誌そう。

縄文弥生の遥かな過去は、これをになった人たちの正体や生活の再現がいまだ困難である以上、いまは一旦、除外しよう。わたしに実体をもって迫ってくるのは飛鳥期である。この時期のいわゆる伎楽面《ぎがくめん》は、もとよりペルシア・中国大陸の影響の末端として成りたったものではあろうが、これに見る人格のペルソナのパターン化には、目を見張らされるものがあり、遥かに後世の写楽の役者浮世絵の顔の誇張法に交響するものがあり、日本的幻想美のひとつの路線を敷いているものと言うことができる。激情の一瞬の表情をデフォルメして、現実を跳躍する地平に至らしめるところに、多数の伎楽面を製作しえた日本人の最古のマニエリスム的傾斜を認めることができよう。これをうけて、たとえば薬師寺東塔の九輪上にのこる「東塔水煙天人」のなかに見る〈水としての天人〉のデザイン化は、わたしの考えでは、のちの仏画の〈火焔〉のデザイン化に通ずる日本的〈幻視〉の特有のパターンを提示している。そのあと奈良期の傑作とされる興福寺の乾漆阿修羅像は、そのモダンな少年の神経質な表情の美しさで騒がれているが、これも、特定の宗教ドグマの正統の図像法をたえず写実より誇張へと伸長させながら、別個の幻想美へと定着させた感性の伝統の所産である。

宗教と幻想絵画の開花との切れがたい結びつきは、ヨーロッパにおいて特にこれまで論じられてきたが、日本においては、平安期の密教と幻想絵画の勃興の関係が、もっと論じられてよい。多数のマンダラはC・G・ユンク『心理学と錬金術』における普遍的解釈はもとより、さらに「黄不動」（三井寺）「赤不動」「五大力吼」（高野山）などの忿怒尊の図像法に駆使されているデフォルメのパターン化が、その後に次第に世俗化され、より絵画化されてゆく段階に果した高度の美的役割に注目したい。とりわけ仏画の特徴といえる繧繝《うんげん》彩色は怪異で深奥な迫力をかもしだすもととなり、地獄草紙の焔の段階彩色とともに、幻想性の発揮に有力な武器を与え、遥かのちの江戸中期天才マニエリスト——曾我蕭白や伊藤若冲——の画法に深く流れ入っていることは忘れられてはなるまい。また来迎図の類型は日本人の空間幻想の基底を形づくったといえるし、同時に普賢図の若干に見られるような、金箔と豊かな設色による平面美は、宗教画でありながら、すでに華美なパターン化を行なっており、桃山芸術を経て江戸マニエリスムに向かう幻想美の水脈を作っている。付言しておきたいのは、平等院鳳凰堂の設計にみられる象徴構成法である。蓮池を前にして全体が翼を拡げた巨大な鳥の姿に見立てられており、無量寿経や摩訶止観の〈観法〉の極地の視覚的造型化を実現し、全体がヴィジョンの建築になり、この世に極楽幻想を築いている。また縁起絵巻や絵詞にみられる庶民の激情の身振り描写の誇張法は蕭白を経て北斎に流れ入るものを示している。有名な絵草子の描法も、飄逸に傾斜しながら、おなじ特徴を示している。こうした民衆のエネルギーに支えられ、しかも日本絵画の幻想性の伝統に寄与したものに垂迹《すいじゃく》画がある。民間信仰と結びついて、そのシンボルとなったものであるだけに、信仰の対象の見立て方、なぞらえ方にみられる綺想には高度のものがあり、「狩場明神図」（高野山）は蕭白の韃靼人に、「那智の滝図」（熊野）は蘆雪の「那智瀑布」に交響する幻想構図の原型を用意している。これらが禅画の寓意や枯山水《こせんずい》の宇宙象徴法と溶け合うところに、日本的幻想のヴィジョンの質が決定されていったと考えられる。

幻想性の支柱として不可欠な装飾パターンの創出は、桃山期の障壁画の眼を見張るような発現のなかに認められる。狩野永徳、山楽、雲谷等顔、とりわけ長谷川等伯の「楓図」（智積院）など、構想の雄大さはもとより、金地と藍を目抜きにして花々をあしらった放胆な華麗さは、光琳に大成される装飾パターンを予告し、若冲の群花群鳥のパターン化による幻想世界の構成法と遥かに結びつく夢幻味をもっている。

宗達、光琳にみられる自然形象のデザイン化と色彩の多声楽的な演奏には、装飾性と同時に高度の幻想性があり、日本的幻想性の伝統が、いかに個のヴィジョンだけでなく形象のパターン化の繊細な神経に支えられているかを教えてくれる。

これらの技法を集大成し、爛熟する徳川文化の世俗世界のなかに、かつての宗教的背景の制約をもはや持たずに思いきり奔放に幻想の妖花を展開したのが、天明、宝暦のマニエリストたち——蕭白、蘆雪、若冲——であった。彼らの場合には、すでに円山四条派の〈正統〉にたいする〈異端〉の姿勢が顕著であるから、そのかぎりで〈異端〉の画家たちという把え方がなされてきたのは、それなりに理由のあることであったが、わたしは矢張り、冒頭にのべたような理由から、〈異端〉という奇矯さにのみ焦点の合わされがちなレッテル化を好ましいとは思わない。

蕭白、蘆雪、若冲の実現した幻想世界について、ここで説くべきところであるが、日本美を貫ぬく幻想の諸底流の、さまざまに分断されて見えなかった連関を、わたしなりに結びつけてみようとする以上の試みに紙幅を費やさざるを得なかったため、今回はとくに立ち入らないことにする。(関心をお持ちの読者は、辻惟雄氏『綺想の系譜』(美術出版社)や、『みづゑ』八〇〇号記念特集号「綺想異風派の復権＝若冲と蕭白」(一九七一年九月号)、拙稿「江戸芸術のマニエリスム――曽我蕭白のケース・スタディ」(講座比較文学第三巻『近代日本の思想と芸術』東大出版会、一九七三年、所収。本書収録)などを、適宜ご参照頂ければ幸いである。)

付け加えておきたいのは、上記の日本絵画の幻想性の命脈が、明治期において、日本美術院の運動のなかに確実によみがえったことである。狩野芳崖の「不動扼鬼図」は仏画の伝統のなかに現代の幻想をとらえており、「岩石図」は水墨画の技法を守りながら、ほとんどカスパール・ダヴィード・フリードリッヒに接する抽象風のロマン主義風景画を実現して、滔々たる洋画化の時代風潮のなかに屹立する日本幻想の威力を示している。

江戸芸術のマニエリスム——曾我蕭白のケース・スタディ

I

人はどうして元禄ばかりを口にするのだろう。わたしには天明の方が気にかかる。天明期に開花した日本人の感性の空間は、もしも〈日本マニエリスム〉という言葉が使えるなら、その前後のどこにも見当らない純度の高い狂妖の芸術空間であるといえよう。文学では建部綾足や上田秋成、とりわけ風来山人こと平賀源内を筆頭とする天明狂歌の詩人たちは素晴らしい。絵画では長澤蘆雪、伊藤若冲、とりわけここで語ろうとする曾我鬼神斎蛇足軒蕭白道人が、江戸時代日本芸術の幻想空間の迫力と奥行きとを、その雄勁なタッチにのせて、現代のわれわれにむかって開き見せ、われわれを圧倒する。

わたしは天明を口にしたが、曾我蕭白は享保一五年から天明元年（一七三〇—一七八一年）の生涯であって、正確にいえば彼の活躍期は宝暦というべきである。その意味では、蕭白は天明空間の皮切り人というべきだが、その新しい精神と作品の現代的内実とにおいて、彼こそ江戸芸術天明期を代表する、まことの芸術家であったといいたい。まさしくここには、悲劇と哄笑との両極を自在に往復するマニエリストの狂想幻想空間が構築されており、そればかりか、現代から逆に振りかえってみるとき、印象派から構成主義、表現主義、シュルレアリスム、抽象絵画にいたるヨーロッパ現代芸術と等価の旅程を、一気に駆け抜けた天才のすさまじい気迫が認められる。

京都を中心とする江戸後期画壇の実態は、まだ今後の研究にまたねばならぬものが多い。(1) 従来のように円山四条派を中心とするアプローチでは、天明空間を産出したあのエネルギーの実質が一体なんであったのか、一向に要領を得ないからである。従来の把握では、円山四条派の装飾的写生画風をこの期の正統とし、その脇に文人画を配して、さらに残った余地にわずかに異端者たちの名前をあげるのが、共通の扱い方であった。(2) つまり応挙を中心とし、大雅と蕪村その他をこれに配し、蕭白、若冲、蘆雪の名だけを渋々ながら挙げるやり方であった。(3) わたしの考えでは、これは納得のゆかない把握の仕方である。むしろ円山四条派の御用性と停滞性を、南画、北画、仏画、洋風画、肉筆浮世絵のあらゆる技法を総合して突破し、その彼方に元禄以来爛熟の一途を辿ってきた時代のすさまじい混沌のエネルギー――町人資本の蓄積、都市生活の繁栄、市民文化の勃興、幕府側の財政破綻などの諸力の渦巻くエネルギーを造形して、日本的幻想空間を築きあげた江戸マニエリストたちを中心に置く、再評価の視点こそ、今後にとって大切なものであると思う。

蕭白を北画系の異端者として扱うだけでは、彼の真骨頂は把えられない。高田敬甫に師事したことから狩野派の技法を完全に修得したし、曾我直庵、二直庵に私淑したことから曾我派の技法を骨子とすることができたし、さらには敬甫のもとでの絵仏師としての修業による仏画の図像学への親炙もあり、禅画の筆法も巧みに消化されており、西洋画の研究の痕も見落とすことができない。蕭白のなかに認められないものがあるとすれば、狩野派正統の円山派が重視した写生画の精神と西洋的遠近法(それも、いわゆる眼鏡絵の機械的ミメーシス精神)であろう。

これらの蕭白芸術の特性は、もとより彼の修業歴から否応なしに生じたものでもあるが、やはり蕭白の幻視者としての強烈な個性が、一世を支配していた応挙風にたいして、意図的にとらせた戦略的態度と考えた方がよかろう。写生と遠近法との拒否が、蕭白の芸術に徹底したデフォルメと内部表出的抽象への意志を可能にし、彼を現代性の地平に一挙に躍りこませたのである。

おそらく蕭白にもっとも似た文学上の稟質は、同時代の上田秋成であろう。その秋成の比類ない癇癪の書『胆大小心録』には、円山四条派の御用性と沈滞にたいする痛快な言辞が見られ、上にのべた蕭白の戦略的態度を必然のものにした理由を物語っている。

「絵は応挙が世に出て、写生といふことのはやり出て、京中の絵が皆一手になつた事じや。これは狩野派の衆が皆下手故の事じや……。」

「絵はお上の御ひいきで……世にめづらしとて、絵はしらぬが、たんと上手でなかつたとさ。」

これに符合するのが、蕭白自身がうそぶいたという、あの有名な台詞である。

「絵を求むるなら我の所へ。図面を求むるなら応挙の所へ。」

〈図面〉とは言いも言ったりであるが、応挙の深みのない綺麗事の一面を、たしかに言い当てた痛烈な評言であろう。「過ぎたるも、及ばざるも、すべて病なり」とし「すべて格式に従ふ」ことを説き、「鳥獣草木にいたるまで活写」することをすすめた応挙の画風は、力ない類型化に堕すると き、〈写意〉を忘却したたんなる〈写実〉の徒として、蕭白たちの批判をうけざるをえなかったわけである。この事情は、応挙門下の逸材として出発しながら、師に反逆し、ついには暗殺されたと伝えられる蘆雪の生涯の軌跡の方に、かえって明らかかもしれない。天明狂歌を産出した時代の奈落をのぞきみる新しい戦慄は、たしかに応挙たちのものではなかった。

蕭白の主題は花鳥、山水、人物のいずれにもわたり、設色、水墨いずれにおいても、独自のものがある。着色画の場合、ほとんど胸が悪くなるような凄絶な色彩の不協和音をつくりだす。「群仙図屏風」と「雪山童子図」はその代表であろう。しかし彩色画の場合でも、仔細にみれば原色の単純な衝突ではなく、濃淡のコントラストのあげる効果には、北画系の筆勢の厳しさとも相俟って、名状すべからざる迫力がある。群像の場合、ひとりひとりグロテスクな人物たちが、一団となるとき、全体として得もいえぬ諧謔をたたえ、ジャン・パウルの説く〈フモール〉を想わせるのも、マニエリストなればこそであろう。「雪山童子図」の青鬼の設色ぶりをみると、上半身と下半身との間に濃淡の差があり、左膝を摑む左手が、コントラストのポイントを構成しているのが分かる。いましも捨身しようとする童子の両手も、それをふり仰ぐ青鬼の両足も、たがいに呼応して、精神の極度の緊張を示す一瞬の佇立に変形している。手の変幻は西欧絵画においても、グリューネヴァルトにとくに著しいマニエリスム画法の特徴だが、蕭白の描く指の表情は、鬼も童子も寒山拾得も蝦蟇も、すべて痙攣せんばかりの動勢をはらむ極度のデフォルメである。

「鷹図」も一見きわめてオーソドックスな描法でありながら、爪の誇張は、応挙とも蘆雪とも異なった硬質の曲線である。鷹の頭毛の突きでた誇大さは、枝にとまって静止する鷹の姿勢の調和を一気に破っている。

人物画で蕭白が得意としたものは寒山拾得の主題で、作品も多く、また傑作も多い。蕭白の水墨の使用法には、ほとんど空前のものがあり、五彩どころか十二彩ほどもあろうか。濃淡の対照とその漸移の妙は、そこに思い切った刷毛の使用が加わるとき、ほとんど現代抽象画の域にまで近づく。「山水図」など、前景の岩を大刷毛で抽象造型し、点景の南画風家屋の形象を、故意に稚拙に画きだし、浮きあがったものにする。この抽象性と遠近法無視には、現代的な表面芸術に近づこうとする実験がうかがわれる。「寒山拾得」の頭髪には濃淡の破壊的使用があり、衣裳の線の極度の乱調ぶりは、ほとんど衣服の観念を超え、ゴッホの燃えるイトスギのようだ。とりわけ戯画に近づくとき、蕭白の寒山拾得は素晴らしいものとなる。「笑う寒山」の詩巻を繰り広げて哄笑する顔は、完璧なデフォルメであり、全体がコッペパンのような頭型と化し、歯と舌の描線など、ほとんどピカソの「ゲルニーカ」の馬のように新鮮だ。下衣の刷毛による線は、右廻りに弧を描き、旋風のような動きをはらんで、西瓜のような寒山の口の、つりあがったムーヴマンに呼応する。そして落款までもが、戯画に調和するように、抽象化され、模様化されており、北画系の正しい格調に従った山水画の場合に付した、謹直な諧書体のそれとは、まったく異なったグラフィック的書体を発明しようとする。明らかに描き分けているのである。

三重の朝田寺の壁画の「獅子」は、のびあがった獅子の右の後脚が異常に伸長されており、全体にグレコの聖人のように、斜めに空間を切りつなぐ気迫を示している。北画系の正統に従った山水には大作も多い。一見、格調の正しい北画風の作品でも、その点景の背後に、かならず別個の遠近が入りこんでおり、東洋画論の説く〈三遠〉のうちの〈深遠〉を、蕭白は二重三重に描き込む独創性を開発していたことを物語る。その最奥の背景は、すでに現実を突破したまったくの幻想空間を幻出している。

西洋画も、応挙のような写実と眼鏡絵遠近法を通じての摂取の方向を蕭白はとらず、水墨によって、西洋画の陰影を再現しようとする方途が模索されている。この点、初期日本西洋画の研究が、とかく源内、江漢の銅版や油絵の模倣にのみ絞られて研究されてきたことは、おおいに疑問がある。「寒山拾得月指呼図」など、全体がさながらテンペラ画のような不思議な諧調をかもしだしている。衣裳も岩も、表現派的な造型と構成である。白痴美の狂女を描く「美人図」は、肉筆浮世絵の世界と蕭白との珍しい結びつきを示唆しており、狂気と鬼気を唄う蕭白の内的心象を定着して、眺める者を戦慄に誘う。おびただしい逸話をのこしながら、蕭白は自画像も自伝も残さなかった。あたかも作品の背景に自己を抹殺する意志を、あえて示そうとしたかのように。

2

さて、もうすこし細かく考えてみることにしよう。たとえルネ・ホッケが論ずるような〈常数〉として一貫するほどの史的性格を、日本のマニエリスムに認めることはただちにできないにしても、応挙に集約されるような古典主義にたいして、蕭白たちが反古典主義的傾向を示し、そこに或るマニエリスム的兆候が確然と打ちだされたこと、またその兆候こそ、天明空間を担った矛盾にみちた世代にとって、円山四条派の平静や、秩序や、安直とは異なった、自己を裏切ることのない芸術の道であったことは、今日のわれわれには承認できることであろう。いかにヨーロッパの眼鏡絵の遠近法を導入しようと、円山四条派は日本版の〈自然に従え《セクエレ・ナトゥルム》〉の道をゆくものだったのである。もしかりに、このような様式を当時における古典主義ということができるとすれば、蕭白たちの道は反古典主義的なものであり、フリートレンダーがマニエリスムの根本特徴にあげる〈反自然主義〉に、蕭白の探求はつながらざるをえない。さらに、フリートレンダーを批判しながら、古典主義と反古典主義、自然主義と形式主義、合理主義と非合理主義、官能主義と精神主義、伝統主義と革新、常套主義と反順応主義との間の緊張関係からのマニエリスムの誕生を見ようとするアーノルド・ハウザーの考え方も、蕭白の戦略的態度を考えにいれるならば、ますます、彼のマニエリストとしての特徴を肯定さすものといえるだろう。いずれにせよ、この〈緊張関係〉をパラドキシカルな力技《ちからわざ》によって貫き、鬼気と諧謔とが瞬時に合体する比類ない境地を構築しえたのが蕭白であり、そのために彼が活用した技法には、ほとんどありとあらゆる伝統的な絵画技法の習得とその創造的変容・パロディー化が含まれていたことに、改めて彼のマニエリスム的特性が認められてよいはずである。

　わかりやすい例からゆこう。「鍾馗図」である。蕭白と応挙との相違を、これほど一目瞭然に示すものは珍しい。その足構えのとりかたによって、動性を表現するのに有利なのは応挙の鍾馗であるはずでありながら、足も肩も構えず、低い重心に居据った蕭白の鍾馗の方に、圧倒的な量感と動勢が感じられるのは、一体なぜであろうか。おそらく線と墨の使いわけのためである。応挙の端麗

蕭白「鍾馗図」

な白描の線は、鬚の常套的な描き方と容貌の写生的性格のために、すべての動きを殺してしまい、平静な鍾馗におわったのにたいして、蕭白は、低い重心が支えうるかぎりの重装備を、写実を排した誇張法に荷わせ、右にはねた髭の旋風をはらむ動きと対照させ、それを左手の変幻した指先によって重心に位置さすという放れわざをなしとげたからである。容貌上の応挙の類型性と蕭白の怪異性との対照は、いうまでもあるまい。もとより応挙の方が優美であろう。しかし、疫病神を取り殺す超自然の存在を、優美な類型と化すること自体が、すでにテーマへの裏切りといえまいか。応挙は濃墨を顎鬚にだけ配するという常套を守るのにたいして、蕭白は胸部の襟、袖口、裾、箙《えびら》にもすべて焦墨を配し、優雅に流れようとする線を堰き止め、分断してしまう。

おなじことは、応挙のあの有名な「江口君図」と蕭白の「美人図」を対照にした場合にも言えることであろう。応挙の描く江口君はあくまで能面の類型美人のそれであり、わずかななまめかしさを、左肩のずれた打掛の位置で示すにとどめ、あらゆる変型を排そうとする。そこでは袖口の紅色さえ、ほとんど紅の激情をなくしてしまうほどに平静である。それに反して、蕭白の「美人図」は、傾いた首に対応する、崩れ突出した鬢、うつろな瞳、舌をのぞかせた厚い唇、男のような指、胸高に締められたしどけない帯、異常に克明な着物の青地の水墨山水、一挙に調和を破る蹴出しの毒々しい紅、プロポーションを無視した裸の踝によって、いましも手紙を千々に破り棄てようとして狂乱する、心の深淵をのぞかせようとする。夏草であろうか、秋草であろうか、人物の脇の野草も、異様に伸長して、ほとんど海草のようになり、狂女の心の深層のありようを開示する伴奏をかなで

応挙「鍾馗図」

ようとする。

　西川祐信は宝暦元年に、宮川長春は宝暦二年に、鳥居派の奥村政信は明和五年に没し、七年には鈴木春信が没する浮世絵の爛熟期のなかで、蕭白は肉筆浮世絵にも習熟し、凄絶なプシケの秘儀を肉筆設色のエロティシズムによって定着さす離れ技をなしとげたといえる。御用絵師円山応挙にとっては、町人芸術であった浮世絵を本格芸術にたかめ、さらには主題として狂女をとりあげ、その造型に増幅するなど、思いもよらないことであったに違いない。斬新な高級芸術は下級通俗芸術の思いがけない増幅によって生れるという、シクロフスキーのテーゼを想いおこそう。

　ここで、われわれは蕭白芸術の特徴である自在な転換または転位の才能に気づかされる。写実ではなく、古典粉本の徹底的な習得によって画技を身につけた蕭白にとって、その多様な境地を、今様にまで滲透する自在な画題を展開するためには、古典粉本の思いきった形式化と、その意表にでた転位と連結に途方もなく巧みでなければならなかった。その点で明らかなのは、蕭白の描く女性の系列にみいだされる変形の過程である。若書きの「群仙図屏風」左端の西王母の特徴的な白痴美とその侍女たちは、もと大木平蔵氏の所有であった「群童遊戯図屏風」の、初夏の河畔をゆく純日本風の二人の美女の容貌にうけつがれて、中国風が日本風に転位されながらも、白痴美は一貫し、そのうちさらに、二人のうちの右側の美女の姿勢——右手を折まげて口端に当て、左肩を大きく落として手先を泳がせた姿態——は、そのまま既述の狂乱の肉筆浮世絵「美人図」の構図に移され、誇張をうけているのである。

　また竜の顔にあらわれる図像法は「群仙図屏風」に定型化されたものが、そのまま竜ならぬ獅子

▲蕭白「美人図」　▶応挙「江口君図」

の顔となって、朝田寺障壁画の唐獅子にうけつがれていることなども、極端な例であろう。蕭白の虎は、克明な縞の描き方において著しく伝統的でありながら、顔ならびに足先の誇張は、つねに度はずれのデフォルメである。ボストン美術館の「竜虎図」など、怒らせた肩の窪みの下に顔を埋めこませ、脚爪を極端にデフォルメして竜に近づけ、尻尾も蛇行状に誇張して異常な造型をなしとげ、全体に竜と虎との混合物であるといえる。獅子にかんしては、竜と虎の場合ほどの適当な粉本に従った習練を経ていないらしく、頭部の描法がすべて竜その他からの転用になっている。とりわけ面白いのは「向い獅子」の双幅で、向い獅子の頭部は完全に竜でありながら、睨み獅子の方はむしろ、寒山と蝦蟇仙人との折衷からなっており、一茎の花をくわえて両手にしなわせ、片足をあげて見栄を切ったその姿勢は、人間のそれに近い。この向い獅子などはむしろ例外といえるほど、蕭白の竜も獅子も虎も、奇妙に諧謔的な表情に富むことに注目したい。強力な超自然的体力の誇示者であるべきものが、表情にかんするかぎり、おしなべて、場違いの檜舞台にいきなり押しだされてしまった代役のような、奇妙にきまりの悪い表情に描きだされているのである。「群仙図屛風」の竜、朝田寺障壁画の睨み獅子の表情に、とくに著しいことである。これらに表現される〈反対の一致〉は蕭白芸術のグロテスクと表裏一体の、あるゆとりと言うことができそうである。

〈反対の一致〉のおかしみにかんして、従来あまり説かれることがなかったのは、蕭白の道化絵であろう。「韃靼人図」は今回〈近世異端の芸術展〉で初めて見ることができた蕭白の意外な一面を物語る作品であった。韃靼風俗の人物像に配する遠景も、蕭白の常套にはないものであり、一種の仏頂面をした猟人の表情の道化性は、多彩な設色と交響して賑やかな諧謔味を作りだしている。おそらく享保五年頃の西川如見「四十二国人図説」のようなもの、または長崎経由の中国朝鮮渡来の粉本に、蕭白が独自に加えたユーモラスなファンタジーではなかろうか。この「韃靼人図」と雁行するのが由良哲次蔵の「飲酒図」である。ふたつを並べてみるとき、両者のテーマのうえでの類縁関係は疑うことができない。「飲酒図」は腕立て伏せをして両足を中空に放りだし、酒瓶からじかに酒を飲む男の放胆な構図もさることながら、極度に簡単化された上衣のラセン表現、頭巾、とくに長靴の構造からみて、あきらかに韃靼人であると推定され、瓶《かめ》も日本のものではない。戯画とともに、異国風俗と道化画の系列は、今後の蕭白発掘に欠かせないものになりそうである。

鷹や虎の美事さにくらべて、見劣りがするように思われるのは、蕭白の馬であろう。写実を忌避

蕭白「虎図」（部分）

した彼の態度が馬の造型の不器用さにはねかえってきたのである。それかあらぬか、蕭白は正常な角度で馬を描くことが少ないように思う。僅かな例外が「黄石公張良図屏風」であるが、これも馬を斜め後から描き、比較的描きやすい後脚の曲線によって大半を代表させようとしている。面白いのは、不得意なものを敢えて描き切ろうとするときに彼が発揮する工夫であり、力技である。ボストン美術館の「荒馬図」は、この点を示して遺憾がない。ほぼ真正面から馬を描き、横顔と前脚の描写に意を注ぎ、胴を思い切って省略することによって、かえって、泡を嚙む悍馬のすさまじい癇癖を、逆手にとって成功裡に表現したものといえる。焦墨による足下の小河らしきもの、その端の可憐な秋草の丁寧な描き込みが配され、乱調のなかにも調和がかもしだされている。

正攻法による馬の描写に長じていなかったことは「放牧図」に著しいが、ここでは馬の配置法の面白さによって、欠陥をカヴァーしようとした意図がみえる。応挙であれば、その写生画精神のために、猫にせよ昆虫にせよ、かえって独自の事実性を生んでいるといえるが、蕭白の場合、鷹や鶴や孔雀のような、古典粉本による徹底的な様式的習熟を経たものをのぞき、全般に異様であり、馬の場合に通ずるものがあるといえそうである。たとえば「兎図」の手前の兎の奇異な坐り方と表情、「羊仙人図」の足許の羊の群などであり、いずれも簡略化した描き方が、寓意画に近づいている。兎も羊も、輪郭を埋めて要部を白描する略し方であるが、その反対の略画法をとるものに、草原に立つ鹿の後姿を描いたものがある、ほとんど濃墨で塗りこめたもので、中央の紙のつぎ目の横線が偶然ながら地平線のような効果をもたらして、さながら逆光線撮影を模した洋画のひとコマのような想いがする。

3

奇蹟的といいたいほど美事に保存された「群仙図屏風」をみていると、おそらく高田敬甫のもとでの修業期を終えようとする頃の蕭白の、のちのさまざまの奔放な発展を封じこめた、様式の一大展覧会を眺める心地がする。純然たる水墨画に帰ってからも、蕭白は本質的にカラリストであり、墨を十二彩に唄わせるすべを心得ていた。そのカラリスト蕭白が生涯にこれほど良質の絵具と金泥を、これほどふんだんに使って書く機会は二度となかったと思われるほど、ほしいままに駆使しえた「群仙図屏風」である。ここには応挙たちの好んだ落ちついた色調、暖かな色価はまったくない。目を射るばかりの峻しい色、毒を含んだような黄と金、冷たく光る青、鋭い緑、自然のどこにもない赤紫。形象はすべてデフォルマシオンであり、過度の密度と緊張にみち、誇張された形体のすべてが、沸騰するばかりの豊かな形をなして渦巻く。ハウザーがマニエリストの特徴をのべながらエル・グレコを分析したときに使っている言葉をここで蕭白に転用してみるならば、蕭白はたしかにこの絵で「幻覚を弄んで」いる。「虚構と現実、絵画空間と現実のそれぞれをつなぎ合わせながら、芸術の領分と観者の世界とを結ぶ役割をもった前景人物」を「驚愕の眼で天上を見上げ、この奇蹟的状景を身ぶりで示している」のが、蕭白の場合、鉄拐仙人である、といえば、ほとんどグレコと蕭白との世界は、たがいに見分けがつかないほどに重なりあってくるのを覚える。グレコの場合のカトリシズムを、蕭白の場合の頽唐期道教の神話プラス密教の美学で置きかえたようななにかがある。西王母の傍で果物を盗んでいる穿山甲も水盤の飾りの怪獣も、笙を吹く仙人の胴衣の模様も、すべて毘沙門天の図像や金剛童子の伝統的図像にあらわれるものに近い。そういえば、朝田寺の獅子の伸びあがったあの姿体の異様さも、教王護国寺蔵の有名な「大元帥明王図像」の左下に、後脚で立ちあがる獅子にあまりにも似てはいないだろうか。蕭白の山水のなかに必ず登場する効果的な濃墨の点描法は、雪舟から大雅にいたる点描法の仲介をなしているとはいえまいか。眼鏡絵を排斥しながら、伝統的な美の把握を苦心して習得混合し、水墨を基調にした伝統的東洋画の移動視点の空間構成のなかに、抽象画と虹の立体化の妙味を「富士三保図屏風」の清浄なすがすがしさのなかに構築しえた蕭白は、初期の毒気をまったく仙脱した現代的南画ともいうべき独自の画境にいたのではないだろうか。「唐人物図襖絵」の満開の夜桜の靉靆《あいたい》としたかがよいにも似た不思議な雪明りの暖か味には、凄絶な蕭白の一面とは異なる雰囲気があり、中央軒下の後姿の人物は、ブリューゲルの後姿の人物のように、表情なしに、より多くの事柄を物語るようだ。

また「石橋図」——昭和七年の『日本画集成』第十五巻の題名では「獅子図」——は広大な空間に架橋する大石橋をめざして幾千の仔獅子が千仞の谷の試煉を受けるべく、押しあいへしあい上ってゆく息づまるばかりの構図である。これはもはやマニエリスムというよりは、むしろバロックといいたいほどの、あの限りなく自生し、自然増殖してゆく事物のエネルギーの図柄に近い。蕭白晩年のものとされるこの群獅子図は、大雅が得意とした、あの幾千の馬群をもって林間を埋めつくす馬市の構図にたいして、得意の獅子をもって対抗しようとした蕭白の茶目気が、悠々たる余裕をみせながら存分に発揮されている。今しも最高の石橋を跳ねゆく仔獅子の姿など、落下寸前の悲愴感は微塵もなく、愉しげに変形され、さながら金魚のようである。しかし石橋の捩れた穹窿の剛毅な線は力学的であり微動だにしない。このバロック的作画のなかに、崇高とおかしみの高い結合を覚えるのは、わたしだけではないであろう。

蕭白の世界には、日本画のあらゆる多面性と可能性とが、伝統の骨法をアルチザンの極北まで究めつくし、しかもいずれの流派にも停滞するまいと志した換骨奪胎の天才の落想のままに埋めこまれている。

南斉の謝赫は東洋画に六法を建て、㈠気韻生動、㈡骨法用筆、㈢応物写形、㈣随類傅彩、㈤経営位置、㈥伝模移写とした。蕭白はこのうち、㈠㈡㈥において古画に劣らず、㈢㈣㈤において臆せず旧弊を打破したことによって日本マニエリスムと称することのできる芸術空間を建設することができた。明治四三年に鷗津神木猶之助は丸善発行の『東洋画解』で蕭白を寸評して「蕭白は応挙を写真に過ぎて画にあらずと誹りたれども、蕭白の画も正道にはあらず、怪物なり。撓むるに過ぎて花を散らすものと云ふべし」と断じた。㈢㈣㈤を墨守する貧相な美意識が吐かせた見当違いの評価であったが、これが予想外に、その後の半世紀余を支配する偏見になったのである。

さきにわたしは、蕭白には自伝も自画像もないことを述べておいた。(信憑性のない似顔絵が一つあることはある。) 作品のみ残せば足りるとした彼の在り方は、『マルドロオルの歌』の著者の態度に通ずるものがあって新鮮である。だが、ある一枚の彼の絵に、野天の藁蒲団の上に坐って著しく肩を怒らし、カペラ・システィーナの天井画を描くミケランジェロのように、不自然に上を仰いで頸を曲げ、二本の筆を同時に右手に握って画布に向う乞食さながらの画師の、画中画を主題としたものがある。画中画という主題は浮世絵をのぞいて、東洋画には珍しく、これ自体、蕭白のマニエリスム性の一例に挙げたいほどであるが、なにがなしわたしには、この乞食画伯こそ、蕭白の自画像であるような気がしてならないのである。

（1）江戸芸術の近代性を究明するには、美術史の視角からだけでは、もとより不可能なことであろう。とくにマニエリスム的特性をその一つとするような豊富な多様性を産出しえた基盤がどこにあったかの究明が、当然ながら必要になってこよう。その点で筆者にとって示唆ゆたかに思われるのは、福本和夫氏の一連の業績、それもとりわけ大著『日本ルネサンス史論』に集約される氏の業績の一面である。一九四九年の『近代日本の文化革命』（潮流社）以来四〇年代から五〇年代にかけての北斎中心の諸研究（『北斎の芸術』、『北斎と印象派の人々』、『北斎と写楽』、『北斎と印象派、立体派の人々』）、六〇年代の『日本捕鯨史論』、『日本工業の黎明期』を経て、『日本ルネサンス史論』にいたる、氏の一貫した追求は、氏のいわゆる《日本ルネサンス》の存在を、強く確信する綜合的な視野からなされている。

これは経済史の分野にとって問題となる事柄であるだけではなく、美術史にとっても、重要な問題提起たることを失わない。氏の視座は、《日本ルネサンス》を「寛文初年（一六六一）から嘉永三年（一八五〇）頃までに至る百九十年の時代」とし、これを「日本近世学芸復興期と名づけ」（『日本ルネサンス史論』〔東西書房、一九六七年〕一二ページ）ここに日本の近代化の重要要因のひとつを見ようとするものである。氏のアプローチは多岐にわたるが、われわれにとってとくに興味ふかいのは、「国学者列伝中における奇才の双璧」と題する第十二章（建部綾足と上田秋成を扱う）、北斎を論ずる第二十四章、源内の「風流志道軒伝」を中心とする第三十四章などであるが、とくに第二十五章では、「写生の円山派と四条派」にたいして、「構想奇抜な長澤蘆雪の捕鯨図屏風」を対置し、『日本捕鯨史論』以来の自説につなげながら、論証してゆくくだりであろう。氏の考察のなかに蕭白が含まれていないことは遺憾であるが、蕭白の近代性を用意した基盤の探求にとって、氏の《日本ルネサンス》という視座は、きわめて有用なものであることを、ここに承認しておきたいと思う。

(2) 日本近世美術史にかんしては、個々の細かい実証研究の面について著しい進歩を示しているとはいえ、巨視的取扱いにおいては、いまだに藤岡作太郎『近世絵画史』(明治三六年)を大綱において踏襲しているのは不思議である。藤岡の著書が、それだけ名著であることの証しであることもあろうし、事実、蕭白の評価にかんするかぎり、藤岡以後の諸著は、かえって後退したとさえ言うことができる。彼以後、ある意味で先駆的といえるのは、脇田秀太郎『日本絵画近世史』(敞文社、昭和一八年)の記述であろう。脇田氏は同書第二篇「江戸時代」で、「江戸絵画史で特筆すべきは以上の如き官僚的、或は伝統的画派の沿革ではなく、初期に於ては宗達、二天、勝以、中期に於ける光琳、若冲、蕭白、末期の岸駒、抱一等の特異なる画家の崛起、及び当代に至つて初めて発生した南画、円山四条派、南蘋派、逸然派、洋画、殊には最異色ある存在たる浮世絵等の諸画派であり且は其等柳桜の相継いで煥発交替、妍を競うた現象でなければならぬ」(九二ページ)と評価し、さらに第三篇第十節「中期の三異才」と題する章において蕭白、若冲、岸駒を各論の対象にとりあげ、蕭白について、次のような的確な評価を行なっている。

「曾我蕭白。名は暉一(輝一にも作る)、暉雄、師竜、潔明等といひ、通称次郎。蕭白の外、如鬼、鸞山、鬼神斎の号あり。伊勢の人(最近、辻惟雄氏は、過去帖に照して、この説に疑問を投げておられるが、なお検証を要する。〔由良〕)、初め六法を高田敬輔に受けたが時流に慊らず室町漢画の風神を渇仰し、殊に蛇足を慕ひ自ら蛇足十世と称し蛇足軒と号した。性狷介傲岸、其筆又勁悍怪奇を以て特立してゐる。安永十年一月歿。

　京都、興聖寺寒山拾得図双幅。当時の狩野に慊らず、殊には応挙を唾棄すべきものとなした彼の真骨頂の最よく露呈した作で、自らのを画とし応挙のそれを図と揚言した彼にかかる作柄のものをみるのは自然であるが、言はば彼は東洋画の本質に関する確乎たる一自覚に立ち至りながらも、間々、形象の蔑視をも手段とした所に破綻があり、此一種《絶対絵画》的傾向こそ彼をして轗軻不遇に陥らしめた惜しむべき主因であつたと言ひ得よう。ともあれ筆勢勁健、墨色淋漓、蔚勃たる気魄の表れが鬼気磅礴する我絵画史上最奇激なる作例の一である。

帝博、黄石公張良図四曲一双。所謂南路の風の謗は拒否出来ぬにしても怪奇頑渋な彼の画の性格から殊には熾烈な芸術意識から迸出するもの丈に迫力と重厚性を伴ふ点に一種の魅力がある。

東京美術学校、柳辺鬼女図二曲一双。彼のものとしては筋脈怒張も甚しからぬ比較的穏かなもので且は画風に恰当の主題とて成功してゐる奇挺の秀作である。

島根、三島祥道氏山水図。謹直な筆であるが曾我、雲谷に学んで筆勢峭俊、非凡な手腕を有した事の明瞭に看取し得るもので且は庸弱甜俗の嫌悪を的歴と物語つてゐる作例である。」（脇田秀太郎、同書、二四六―二四八ページ）

漢文脈の美文調ではあるが、蕭白の特質を語って大胆かつ的確であり、この点で藤岡よりも一歩をすすめていることは、たとえば梅沢精一の大著『日本南画史』（大正八年）が蕭白にかんして大雅との交友の逸話を語るのみで、他になんらの言及も避けていることでも分ろう。蕭白と南画との関係は小さいものではない。

（3）　この種の固定した評価のとり方は、吉沢忠雄『日本美術史』（造形社、昭和四二年）、美術出版社版『日本美術史5――江戸時代Ⅱ』（昭和四四年）も墨守しており、後者においては蕭白を〈奇激にすぎる〉とする言辞がみられる。写楽は〈奇激〉でなかったろうか？　後期印象派以後の西欧絵画の秀作で〈奇激性〉をもたないものがあるとすれば、それはサロン的作品だけであり、かえって絵画史上無価値なものばかりのはずである。われわれはそろそろ、〈侘び〉〈寂び〉の美学の趣味基準の島国性を脱すべきであろう。最近の琳派再評価の傾向は、江戸中期絵画のマニエリスム的傾向の評価への動きとともに、喜ばしいことといえよう。

蕭白再評価の機運が表面化したのは、昭和四三年以降であり、辻惟雄「奇想の系譜、江戸のアヴァンギャルド」（『美術手帖』四三年一一月号）、鈴木進編『応挙と呉春』（至文堂『日本の美術』第三十九巻、四四年）、「近世異端の芸術展――蕭白と蘆雪を中心に」（日本経済新聞社刊カタログ、四六年）、「綺想異風派の復権＝若冲と蕭白」（『みづゑ』四六年九月、八〇〇号記念特集号）などに表わされ、辻氏のものは、『奇想の系譜』と題する単行本（美術出版社、四五年）となって増補された。総じて蕭白等を、円山四条派の〈正統〉にたいする〈異端〉とする視点をまだ蟬脱していないが、『みづゑ』特集号の二つの論考（種村季弘「伊藤若冲——物好きの集合論」、由良君美「曾我蕭白——狂想の天明空間」）は、日本マニエリスムの視点を打ちだそうとする歩みを示そうとしている。目下の予定としては、M・ヒックマン『蕭白』が近刊書に予定されており、蕭白の海外流出の名品を最も多く所蔵するフリアー・ギャラリー館員としてのヒックマン氏による、この方途からの国際的評価が待たれている。

E・R・クルティウス、G・R・ホッケ、フリートレンダー、サイファー、アーノルド・ハウザー、H・ゼードルマイアなどの、西欧文学史・美術史家の、それぞれの〈マニエーリスムス〉〈マニエリスム〉〈マナリズム〉についての所論は、すでに多くの邦訳もあるので、とくに拙論においては取りあげていない。

江戸のマニエリスム的傾向——円山応挙・伊藤若冲・長澤蘆雪らを中心に

文化五年のこと、『雨月物語』『春雨物語』によって後世に名をのこすことになる文学者上田秋成は、年来書きつづってきた世評白眼視の書『胆大小心録』を、死期を前にして浄書していた。絵画そのものには、うとい秋成ではあったが、巷の噂の真偽のほどを、嗅ぎ分けるその嗅覚の鋭さはさすがに、絵画の世界にも及んでいた。恐ろしく、アンテナの良い男だったのである。彼の耳朶には、時代の正統をもって任じ、いうならば当代の官学派ともいうべき円山四条派の人たちの、奢りと実力のほどが、聴き耳たてたその耳口に、鋭敏にとらえられていたのである。

「絵は御上の御ひいきで、栄川と云人が栄分が世にめづらしとて、探幽ののちの繁昌じやと云うた。絵はしらぬが、たんと上手でもなかつたとさ、探幽は世に行われたけれど、五条の絵具やの蔵の壁が、ゐのぐ代の理《ことわ》りで張ってあるよし。今も見たと云う人があるげな。」

「絵は応挙が世に出て、写生といふことのはやり出て、京中の絵が皆一手になつた事じや、是は狩野家の衆が、みな下手故の事じゃ、妙法院の宮様が応挙が弟子で、此御すい挙で、禁中の御用もたんとつとめて、死んだ跡に、月渓が又応挙の真似して、これも宮様の吹挙で、応挙よりは御上に気に入って、追々御用をつとめる中に、腎虚して今に絵がかけぬにきわまつた、其弟子どもがたんとあれど、どれとつても十九文。」

衣食住の三つにとんと風流のない、かしこい人じゃあつた」

そのころ、伝聞ではあったが、この応挙派の盛大な正統派ぶりを脅かす言辞を、伊勢の一画工（蕭白）がほざいていたといわれる。

「絵を求むるなら我の所へ、図面を求むるなら応挙の所へ」

と。

たしかに、綺麗事の静的リアリズムの格式化にたいして、ある挑戦を迫るものが、江戸期の真昼に噴出していたのだ。全くの独学者であった伊藤若冲、曾我蕭白とならんで、円山四条派の正統派の足許にも火がつき、高弟の長澤蘆雪の試みる芸術は、ことごとに、師応挙への挑戦であったといえる。

徳川の治世によって、はじめて可能になった未曾有の太平楽のおかげで、元禄に爛熟した華美の文明は、さらに天明の狂騒の文化空間に向って、いっそうの深化をとげようとしていた。ここに何らかの意味で名をだす一群の人びと――若冲、蕭白、応挙、蘆雪、源内、秋成――は、すべてその生涯のスパンにおいて、天明期を共有する人びとばかりであり、まさしく天明期に江戸期文学芸術は一つの消しがたい特徴を帯びることになり、それをわれわれは広義のマニエリスム的特徴と名付けることができよう。

秋成は言った「此御治世になりてぞ、二百年来実に太平なり」と。しかしその太平に倦むとき「詩人の書生涌けども〳〵傑出なし」の有様となり、儒者は「こわくないやうに成つた」し、こういう世の中では「表面をにごらざれば、世にはまじわり難」い。抑えてもなお憤懣が涌く。「世はおしうつりつゝ、見聞かむには、怒も怨も、あるまじきことならずや。それをたがへるものに打ちなげくは、我がしこの心おごりなり。」秋成のこの「しこの心おごり」はついに彼を漂泊の隠者に似た生活境位に追い込んでゆく。「家は火に亡び宝は人に奪われ、三十八という歳より泊然としてありか定めず」と。抜群の良心のゆえに、医業をみずから廃したのちは、作家・国学者の道を歩むが、それでも権威を憎む「癇癖の心」は一生彼を支配し、芭蕉を嫌いとおし、本居宣長と堂々論争して一歩も引かなかった秋成であった。そしてその文章は、『雨月物語』『春雨物語』に代表される怪異と情念を造型する和漢混淆の幽暗で雄勁なマニエリスム調である。

博大な学識と技術を身につけながら、世の正統または権威を白眼視し、漂泊または出世間的な生存のなかに、みずからの生き方を見いだした人びと——これが、天明期を共有する江戸期画壇・文壇の天才のなかに共通するものであり、それの共有される特質こそ、正統または官学派に対する異端またはマニエリスム的傾向であった。この特徴をさらに確かめるために、天明期に開花した狂歌のことを、有力な側光として考えてみるのも無駄ではあるまい。

江戸時代は伝統的・正統的な和歌にたいする「狂歌」の黄金時代であったということができる。今日のいわゆるナンセンス詩、滑稽詩、パロディー詩の隆盛期として史上、比類がない。そのスパンはほぼ慶長五年にはじまり、幕府が事実上崩壊した慶応末年を以て終りとする前後二百六十余年にわたる。この幅はさらに大別して二分することが可能であり、前期は安土桃山からの継承として京都大阪中心に興ったものであり、雄長の『新選狂歌集』や貞徳の『百首狂歌』があらわれた寛永から宝暦末年までのおよそ百四十年間である。後期はこれが東漸して江戸に及び、明和六年頃にはじまり天明を最盛期とし、文化文政の爛熟期を経て天保以降の衰退期に入るまでの、およそ百年間である。狂歌にかんするかぎり、この後者の江戸中心の時代をその本来の面目とするが、マニエリスム絵画の発生と併行するのは、もともと、京阪浪花に発生して次第に東漸した点であろうか。いずれにせよ、浪花における狂歌の自衰のあとをうけて、平和が確保された新開地の江戸に、潑溂たる開花を江戸期狂歌が示し、この時代の文学上のマニエリスム精神を〈狂文〉とともに示したことは、同じ時代精神として、絵画と切り離せない重大な意味をになっているといえるだろう。

狂歌詩人としては作において他の職業狂歌人に比肩することはできないが、それでも、狂歌狂文をものした人たちの人間像として傑出した典型性を示した人は平賀源内であろう。源内の生き方は、きわめて蕭白や秋成に通ずるものをもっていた。平賀源内は一種の野心家であり、しかも激越な不平家であったが、しかし、それを裏うちする、あり余る多角的才能を抱いた天才であったことも忘れてはならないであろう。源内はこう書いている。

「……造花の理を知らんがために産物に心を尽せば。人我を本草者と号け。草沢医人《やぶいしゃ》の下細工人のように心得、已むに賢るのむだ書に浄瑠璃や小説が当れば。近松門左衛門自笑其磧が類と心得、火浣布エレキテルの奇物を工めば。竹田近江屋藤助と十把一からげの思ひをなして、変化竜のごときことを知らず。」

本草学から浄瑠璃から科学にいたるまで、ゆくところとして可ならざるはなかった源内の天才が、そのエンサイクロペディックな〈変化竜のごとき〉偉才を理解されず、いたずらに騒がしい山師として世に遇されたことへの、怒りの言葉である。しかし、徳川治政下の太平の時代閉塞の実状は、まさに、こういうものでしかなかったのであり、世はやはり、応挙のような官途の正統として大人しく一技一芸に徹する人が、幅を利かしていたのであり、またそれに追随する無気力無才の弟子群の時代であったことは否定できない。源内は、この厚い壁に八ツ当りした。

「近手の下手糞ども。学者は唐の反故に縛られ、詩文章を好む人は韓柳盛唐の鉋屑を拾ひ集めて柱と心得、歌人は居ながら飯粒が足の裏にへばりつき。医者は古方家後世家と陰弁慶の議論はすれど。治する病も療し得ず。流行風の皆殺し。俳諧の宗匠類は芭蕉其角の涎を舐り。茶人の人柄風流めくも利休宗旦が糞を嘗める。其余諸芸皆衰へ。己が工夫才覚なければ、古人のしふるしたる事さへも。古人の足元へも届かざるは心を用ゐざるが故なり。」

どうであろうか。さきに引いた秋成や蕭白の言葉と、これはなんと相似た不平不満の声であることか。ある人は源内のことを、こう評している。

「……殊に傲岸不羈なる彼の性格は世の滔々者流と合ふ能はずして、麒麟空しく櫪櫪の間に老ゆるに至れり。彼や元より君子の器にあらず、我が意我が説の遂に世に容れられざるを見るや、頽然自ら棄てて酒を使ひ、色に耽り、放言大語、世の人士を痛罵して快とせり。彼が文筆に隠れて幾多の狂文戯作を出し、徳川文学中の一異彩として其名却て文界に不朽なるを致せるもの、蓋し亦彼が不遇不満の結果たらずんばあらず。文に激越の調多きは、元より其所といふべし。」

風来山人平賀源内には、惜しいことに、まとまった狂歌集がない。しかし、彼の文集に散見する狂歌は、彼のナンセンス・グロテスク詩の才能のあふれる才腕を、うかがわせるに足るものがある。一例をあげよう。翻訳は不朽の業たることを知らぬものを笑って、

むき過ぎてあんに相違の餅の皮
　名は千歳のかちんなる身を

彼の文章芸術上の最高の達成は、しかし、狂文の方にあり、『放屁論』、『痿陰隠逸伝』の二作は、われわれ外国文学を主業とする者からみて、江戸期を俟って始めて達成されたチョーサー、ラブレー級の、秀れた鴻業であると断言したいものがあり、その前にも後にも、日本文学は、この種のジャンルに極度に乏しく、人間性の全振幅に相渉るには、いささか貧血症のものが大半であると思われる。

源内に続く天明期の狂歌人たちは、源内ほどに奇矯ではなかったかも知れないが、いっそう、狂歌の道に専心した人たちであった。

たとえば木室卯雲など、その辞世に、

食へばへるねぶれはさむる世の中に
　ちとめつらしく死ぬもなぐさみ

と歌ってはばからなかった。これをうけて天明狂歌の百花斉放となるが、大田南畝または蜀山人、狂歌人としては四方赤良《よものあから》として知られる人物など、パロディーにおいて抜群の才を発揮した。

ほとゝきす鳴つるあとにあきれたる
　　後徳大寺の有明の顔

辞世には、

生すぎて七十五年喰ひつぶし
　　限りしられぬ天地の恩

この辞世など、おそらく、若冲もおのれの心境として多分是認したにちがいない感慨がこめられている。

朱楽菅江《あっけらかんこう》こと山崎景貫はイギリス十七世紀形而上詩人の〈綺想〉に似た詩法を駆使した。

あまのはら月すむ秋をまふたつに
　　ふりわけ見ればてうど仲麿

女流では節松嫁々が雄大に狂うとき、つぎの秀作をものして

すみ渡る月に虎渓のはしたなく
　　笑えばともに口を秋の夜

と歌い、その心境において、ほとんど蕭白の洋画流水墨画「月指呼図」を想わせるものがある。

まだまだ引用すれば限りないが、ともかく、天明調と世に言われる江戸狂歌の一群が、幕藩体制安定期の江戸期の真昼をおびやかした姿は、若冲、蕭白、蘆雪の絵が、円山四条派の官学派的安定を横なぐりに衝いた反抗の気迫とまさしく見合うものをもっていたことは疑いなく、その両者の共有する性格こそ、日本マニエリスムとしか言うことのできない、ある特徴であり様式であった。つまり安藤昌益の独得の用語を使うならば、「法世」を完膚なきまでに批判し、諷刺し、デフォルメする精神が生みだした様式であった。

蘆雪の誕生と前後して大作『自然真営道』全百巻九十二冊を著わした（宝暦五年）社会思想家昌益は、今日、日本のウィンスタンリーともルソーとも言われて尊敬をうけているが、幕藩体制の固着に併行して、江戸期町人が勃興し、武士階級の疲弊は、かえって農民層への一層の抑圧と搾取を生む論理を鋭く見透し、士工商のすべてを不要とし、儒教・仏教を批判し、万人が労働する原始共産主義への復帰を提唱し、これを〈直耕〉と言ったことは、すでに広く知られることになっている。

この昌益のラディカリズムの根底に渦巻くものもまた、すでにのべた絵画や文学を貫流する時代への「痼癖の心」「しこの心おごり」「傲岸不羈」と同質のものであった。『自然真営道』第二十四巻は、全巻をあげて、ひとつの寓話になっており、「鳥類・獣類・虫類・魚類による法世論評会議物語」を展開しており、「古今にこれなき一大事の評定」を行い、これらの鳥獣虫魚が、てんでに、奔放な「法世」批判を展開する一大絵巻になっており、その寸鉄人を刺す諷刺は天明狂歌に通じ、その一大絵巻物的展開の妙は、若冲の「群鶏図」、「池辺群虫図」、「貝甲図」、「群魚図」の美的壮観に通じ、文学と絵画をつなぐ結節点を社会批判寓話が成していることに気づかされるのである。われわれは、こういう諸ジャンルに、それぞれ出現したこの時代の共通項を出来るだけダイナミックに把握し直すことによって、この時代のマニエリスム的傾向の本質に、広く深く迫ってみる必要がある。そうでなければ、従来の処理の仕方にふたたび陥こみ、若冲、蕭白、蘆雪のような人たちを、円山四条派の蔭に咲いた奇矯なあだ花として好事家の趣味の対象におとしめてしまうことになろう。

ここで、ついでに注意しておきたい、もう一つの事柄がある。江戸期マニエリストに共通する強烈な独学精神である。蘆雪はやや例外であって、応挙門下の逸材として本格的な修業をうけているが、それでも、蘆雪の蘆雪らしさは、みずから工夫して応挙ぶりを打破した諸作にみられ、それらの示す奔放な構図と筆法は、もはや応挙のものではなく、蘆雪が独自に編みだしたものと言える。若冲も独学、蕭白も一時期、高田敬甫についたとの伝があるだけで、彼の手法はむしろ、円山四条派の隆盛によって衰微した曾我派の古統の再興を旗印に、南画・北画・仏画・洋画・肉筆浮世絵等のあらゆる技法を統合して、応挙たちの御用性と停滞性を突破することにその眼目はあった。

この独学精神は文学者たちにも一様に認められる著しい特徴である。たとえば秋成は、『文反古』でも『胆大小心録』でも、都の師について学ぶことに賛成せず、独学をすすめている。その精神が最もあざやかに打ちだされているのは、『春雨物語』のなかの「目ひとつの神」であろう。「阿孀《あづま》の人は夷なり、歌いかで詠まむ」という世の嘲の声に、相模の一青年は都にのぼって、歌の師につこうと出発する。近江の国まできて、明日は都入りという夜、彼は宿をとることができなかった。仕方なく一夜を森で明かす。朽ちた祠がある。夜中、神人・修験者・白狐の女房、狐の童女の一行が現われ、祠から「目ひとつの神」を呼びだし、深夜の衆魔の饗宴がはじまる。青年も仲間に入る。夜明け前、「目ひとつの神」は青年の心を洞察して、こうさとすのである。「汝は都に出て物学ばむとや。事遅れたり。四五百年前にこそ、師といふ人はありたれ。乱れたる世には、文読み物知る事行はれず。高き人も己が封食の地は掠《かす》め奪はれて、乏しさの余には、何の芸は己が家の伝ありと、偽りて職とするに、富豪の民も、また武士のあらく〱しきも、これに欺かれて、幣帛《ぬさ》積みはへ習ふ事の愚かなる。すべて芸技は、よき人の暇に玩ぶ事にて、伝ありと云はず、上手とわろきものの差《けぢめ》は必ずありて、親さかしき子は習ひ得ず。況いて文書き歌詠む事の、己が心より思ひ得たらむに、如何で教のまゝならむや。始には師と事ふる、その道のたづきなり。たどり行くには、いかでわがさす枝折のほかに習やあらむ」と説く。「国に帰る」がよい、なぜなら「よく思ひ得てこそ己がわざなれ」と。都を官を師を当てにせず、自学自習、「よく思ひ得てこそ己がわざなれ」と信ずる境地は、若冲、蕭白、蘆雪の三人に、程度の差こそあれ共通する根性であったといえるだろう。「四五百年前にこそ、師といふ人はありたれ」と信じればこそ、蕭白はあえて「蛇足十世」を自称し、「明大祖皇帝十四世玄孫蛇足軒曾我左近次郎暉雄入道蕭白画」と款記したのであって、これはただの稚気ではなかった。

また秋成のような文人の思想とマニエリスト画家たちが共有したものに、平凡なリアリズム――応挙のきれいごと――にたいする入神の境地のあくなき追求があった。それを最もよく物語るものは、秋成『雨月物語』の「夢応の鯉魚」であろう。三井寺に興義という僧がいて、鯉を湖に放っては、それを写実して、鯉を描かせては当代一の名画家とたたえられるにいたった。ある日、興義は病にかかり亡くなったが、胸のあたりが暖いので、埋葬をひかえていたところ、三日目に生きかえった。なんでも、苦しいので熱をさまそうとして湖を泳いでいたら、放生の功徳といわれて金色の鯉にされた。自由に泳いでいたが、つい腹がへり、餌にくいついてつり上げられ、料理されて眼がさめた、という話であった。これ以来、興義の絵は、夢のなかで感応した鯉を描くことで平板な写実を脱し、画技に神を得たという挿話である。はじめに引用した秋成の応挙批判の言葉に照して、これを、鯉の実写で名をなした応挙とその一派にたいする、秋成の考え――ひいては蕭白・蘆雪の鯉の描き方、またひいては、若冲の鶏や魚介の描き方――を暗にのべたものと考えることも、あながち深読みではないであろう。白井莘陽の『画乗要略』にも「円山応挙……凡《ソ》花鳥草獣虫魚皆写《ナス》二其《ノ》生《ヲ》一曲尽《ニス》二其状《ヲ》一筆姿娬媚設色之精緻匠心之微妙畢《トク》顕《テ》無レ遺《スコト》兼《テ》工《ニシ》二山水人物《ヲ》一遂《ニ》為《ル》二一《ノ》代作者《ト》一」と述べられているように、また、竹本又八郎の『石亭画談』には「円山応挙曾て鶏を祇園社頭の神楽堂に画く。一猫来て蹲窺《そんき》これに迫る。これより応挙特に名を得たり」とあるように、応挙の写実には、一世を風靡するものがあった。だがその応挙のいわば静的リアリズムの名匠ぶりに、何か欠けていたものがあったとすれば、それはまさしく、リアリズムの彼方の幻想性――「夢応」の入神の技であったといえよう。ことは、おのずから、マニエリスムの神髄にふれる。

蘆雪の場合も美人画といえば「楚蓮香図」であろうが、これまた師応挙の美人画をはるかに蟬脱する幻想美に接近する。設色の多彩は問うまい。その誇張された撫で肩、下方に至る極端な肥大。弓なりの動をはらむ姿勢。異様に切れ長の目と目の広いはなれ方――今日に言うところの〈キュート〉な美人である――均衡を不断に破るものがあり、かつ背景には時ならぬ模様風の蝶の群が飛ぶ。

若冲も、鶏といい、魚介類といい、写実に徹したが、その構図、その配色は、全く、自然的世界像をカッコに入れて、はじめて現前するような、コラージュ的幻想美の世界であった。ロジェ・カイヨワは、人間の本性を求めて、その中核を〈幻想〉にみたが、それを産むさらなる根源を、〈反対称の不安な美〉に求めた。江戸天明期を前後する数年間に、わが日本近世の画壇は、たしかに、そのような美を志向する数人の天才を産むことができたのである。彼らと併行する同臭の文人、思想家とともに。

〈**参考文献**〉
竹本又八郎　石亭画談（大正七年、国書刊行会）

蘆雪「楚蓮香図」

白井華陽　画乗要略（大正八年、国書刊行会）
神木鷗津　東洋画解（明治四三年、丸善株式会社）
日本古近現代書画家名鑑（昭和一一年、弘道閣）
辻　惟雄　奇想の系譜（昭和四五年、美術出版社）
上田秋成全集　上下（大正六年、国書刊行会）
「綺想異風派の復権」みづゑ八〇〇号記念号（昭和四六年）
福本和夫　日本ルネサンス史論（昭和四二年、東西書房）

浮世絵断想

ロシアの秀れた文芸理論家ヴィクトル・シクロフスキーの言葉に「高等芸術は下等芸術の増幅から生れる」という洞察ゆたかな名言があります。高級な芸術というものは、分析してみると、意外にも日常の地平の、当り前に思われているような芸術をその根にもっているものだ、というのです。たとえば大詩人といわれるプーシュキンの詩も、どうしてあのように、思いがけない言葉の新奇なきらめきを持てたのか。それは当時のロシア貴族として、フランス語の方が巧みで、ロシア語は馬方を相手にするときしか使わなかったために、いざ詩人となり、詩を書く段になったとき、高度の西欧的教養を基にしながらも、その教養を言いあらわすロシア語は、馬方のロシア語になったために、そこに奇妙な連結が生れ、いまだかつてなかったような、新たなロシア語の輝きが生れたのだ、と言うわけです。もちろん、これは分り易く言った極論にすぎませんが、文化や芸術のいたるところに、この増幅の秘密があり、高度の洗錬の背後に潜む日常性の根深さに、われわれは、ハッとさせられることが、しばしばあるのです。

たとえば、このごろ盛んに読まれる『マザー・グースの唄』です。これは起源も分らないほど古い民間の口承の「わらべ唄」が、印刷術の発明とともに、一八世紀にイギリスで活字化されたもので、もともと、育児の際に母親が子供をあやすために歌い聞かせ、子供は子供同士で遊ぶときに、数え歌や囃し歌として歌った、とうてい、文学などという高尚な枠に入るものとして意識されなかったものでした。しかし、そういう生活に根差し、口から口へと手渡されて、意識以前に植えつけられるものであればこそ、千古の叡智を孕み、アングロ・サクソン文化の意識されない教育源に潜むものになり、それらが増幅されて、高級な詩や小説の表現や構想の、見えない根となって地下の広い髯根《ひげね》を張りめぐらすことになる。

それぐらい、日常とか風俗とか世態といわれるものは、とかく、ありふれた下等なもののように言われながら、実はこれなしには高級芸術も存在しえない、無意識の根なのです。日本芸術の高度の達成のひとつである浮世絵の秘密は、この下等芸術の高等芸術への増幅が、実に奇跡的なまでに理想的に実現されたものであり、稀有の人類的遺産だと思うのです。

とかく風俗というと、アカデミーの世界では下等のもののように眺められそうですが、シクロフスキーのテーゼに真理を見るわたしは、風俗を増幅して、はるかフランス印象派・世紀末ジャポニスムをゆるがす高度の芸術を達成した浮世絵に、民族の誇りを見てきました。もちろん、その芸術的価値を外国人に初めて発見されたのは、少し口惜しい感じがしますが、これは、自分の家の妹が稀有の美人であるとも知らず、泥んこになって遊んで育ち、やがて他人が評判し騒ぐようになって、初めて妹を見直すようになった兄の気持のようなもので、日常身辺にあるために、かえって当り前のものに思えていたのだ、と説明した方が当っているのではないでしょうか。むしろ、幾多の権力側の圧力に抗して、絵師を見出し庇護した版元の人たちの秀れた眼力、作品の目利きとして、浮世絵の進歩を支えた旦那衆の確かな審美眼と資力こそ、浮世絵を形成したものであって、こういう人たちの存在が、まぎれもなく我が日本のものであったことこそ、誇りに思って良いのです。浮世絵の無茶な海外流出を許したのは、明治初期の浅ましい文明開化期のことで、この時期の伝統的諸価値への無知は、たんに浮世絵だけに止まらなかった広範なものでしたから、これは近代化に伴う世界史のいたるところに見られる「プロメテウスの罪」のひとつであった、とわたしは思うのです。

さて、そのように下等で、身近で、卑近で、当り前な、またときには格式ばった所では口外をはばかるような生に直接したもののことを、恐らく「浮き世」と言った筈であり、その直接描写を「浮世絵」と名づけたと思われるのです——つまり、下等で直接的だが、しかし、正しく文化の根であるところのもののことを。

「うきよ」とは、一体、何なのか。

詳しくは国語学のお方を俟たねばなりませんが、わたしの考えでは、仏教用語を新興ブルジョアジーが、自己への渾名を叩き返して、つけたものだったのではないでしょうか。すこし話が拡大しますが、許して頂きましょう。冒頭に引いた秀れた言葉を吐いたシクロフスキーは、今世紀十年代にロシアに群生した「フォルマリスト」の一人でした。フォルマリストはロシア革命の直後の、高揚した解放の雰囲気のなかで、従来の「ヴ・ナロード」から「革命民主主義」の人たちの、思想やイデオロギーさえ良ければ作品は良い、という誤った考え方に批判を投げ、芸術とは、中味と形式が高度に一致したもののことであって、中味がいいから（イデオロギー的に正しいから）といって、拙劣きわまる形式に盛ったものは芸術ではない、と言って論陣を張りました。最高度の職人芸に支えられていない内容など、とうてい芸術ではなく、プロパガンダに過ぎないのですが、当時のロシアを包囲する諸国の反革命干渉戦争に対抗すべき状態においては、フォルマリストの正しい夢も政治的に敗退せざるを得なかったのでした。彼らは芸術の中味などどうでも良い、形式の完璧のみ望む無内容派というレッテルを党から貼りつけられたのでしたが、彼らは敢えてそのレッテルに居直り、フォルマリストを自称したのでした。この経緯は、世紀末芸術派が「デカダン」と罵られ、そうだ、我らはデカダンだ、と居直ったのに正に良く酷似しています。少し長くなりましたが、西欧でも意義ある芸術流派は皆そうなのであって、「浮世絵」を自称したということも、もともとの蔑称に居直って新しい旗印にし、下等芸術を高等芸術に増幅したことに外ならなかったとわたしは言いたいのです。

「浮き世」とは何か。もとはもちろん、仏教的な、現世否定の観念から出たものに相違なく、『言海』なども、「漢語ニ〈浮世《ふせい》如レ夢〉ナド云フヲ、文字読ニシタル語ナリ」と定め、「世ノ中、人世」としている。しかし、「浮き世」は、なるほど「憂き世」と表記され、「うきふし多き世」とか「うきことの絶えぬ世」「たのしからぬ世」、「濁世」、「塵世」を意味し、やがて、その語義のとおり「水に浮べたような世」、「定めない世」を意味するようになり、『古今集』の「あしびきの　山のまにまに　かくれなむ　うきよのなかは　あるかひもなし」といった、現世否定のものであったが、次第に、転じて、「この世」となり、たとえば「うきよぐるい」とは「遊女に戯ること」と変り、「今の世の中」、「今様」、「当世風」、転じて、「好色」を意味するように変ってゆく。中世仏教の厭世思想は、江戸中期の今様肯定、性の謳歌へと急激に変質をとげてゆくわけです。

浮世絵の発展は、正しく、この変化を反映していると言える。さきにのべた世紀末のデカダン派や今世紀十年代のフォルマリストのように、新興浮世絵派は、「浮世の絵」という蔑称を逆手にとって、「憂き世」を「華やかな性の歓楽界」に転轍して見せたのであり、これまた、高級芸術への増幅だったのです。

ヨーロッパの文学芸術には、聖書的伝統からか、「失楽園」から「復楽園」へというテーマが、世紀を貫流していることは、現代批評理論の雄ノースロップ・フライ教授が説くところである。わたしは浮世絵三百年の長大な歴史のなかに、おなじ、このテーマを読みとるものであり、また、印象派やフェノローサ以来のヨーロッパ人の浮世絵への昂奮の背後にある基底の意味を、この図式に求めたいと思います。ヨーロッパ人によって、浮世絵の価値が初めて発見されたのは、決して偶然ではなかったと言えましょう。彼らの「失楽」から「復楽」への構図――それも「最後の審判」のような超現実ではない復楽となれば――は、ブーガンビルが感嘆したタヒチより、さらに極東の日本でなければならなかったのではなかろうか。

わたしはここに、レヴィ＝ストロース的なテーマを感じます。そう、文化人類学的なテーマを。文化人類学は、ハヤリの学問として嫌う人もいますが、少し違うと思うのです。特定の文化圏の考え方や感じ方を、たとえ政治経済的にその文化圏が主流に立とうと、最も進歩したものと考えず、地上の文化システムのそれぞれに、地域歴史的合理性を認め、その世態人情の細部に、限りない愛情を寄せるのが、文化人類学の本来の在りようではないでしょうか。要するに、政治経済的な進歩の図式をカッコに入れ、人間的時間の営みの内的濃密性の、システム内の知慧を探ることこそ、「知」だと考える態度なのです。

そういう態度をとるとき、どうでしょう、浮世絵は、人間文化の誇るべき「パラダイム（範型）」に見えてこないでしょうか。

*

そう、分りますよ。あなたは、浮世絵というと、歌麿から北斎を考えておられる。でも、これまでお話した文脈からは、違います。「浮き世」を「憂き世」という否定的仏教的意味から、「性の復楽園」にまで高めたのが、本来の浮世絵の本領であり、軌跡であったとすると、初期風俗画から、明治までも含む、長大な浮世絵史のなかで、顧みられねばならないことになります。

*

ところで、俗に近世日本風俗画は、桃山時代に狩野派によってなされた、と言います。間違ってては、おりません。初期洛中洛外図屏風、野外遊楽図、武家風俗図、祭礼風俗図、南蛮交易図など、たしかに、風俗画として貴重でありましょう。

ただ、どういうものでしょうか。これらはすべて、風俗を生きる側からでなく、支配する者の側から描いてはいまいか。狩野永徳の「洛中洛外図」など、たしかに美事であるが、それぞれの一齣を見るとき、すべては、見られ、意味づけられる者としての配置であり構図である。

その広大な俯瞰構図は美事であっても、そのなかに生き苦しみ悩む主体の絵画化とは、とうてい称することができません。

また、武家中心の人間中心主義（ホモサントリスム）であっても、個々周辺の庶民たちの人間中心主義とは言えない。視点が高すぎ、かつ、遠距離の点景にすぎるのです。ここには、抽象風俗全体図はあっても、具体的な「生の一片の味」は全く存在しません。

日本の支配階級の画は、西欧芸術史でいうと、サロン段階であって、写実主義も自然主義も経ていなかったのです。

この虚を衝いたのが、浮世絵でした。浮世絵は日本画法と彫法の許すかぎり、西欧の写実主義と自然主義を踏まえ、その彼方、表現主義まで突破していた。

狩野派の支配階級的鳥瞰形式主義を、庶民の個々人の生の充足のリアリティーに奪換したのが、浮世絵の始まりでした。

そう、浮世絵盛期のものは、いずれも甲乙つけがたく、それぞれの個性を競い合いながら、すべてが、一つの浮世絵であり、このようなものは世界にも稀です。

浮世絵を自称したのは菱川師宣であるというが、さすがに「男女相戯図」のごとき、現世即性と観じ切った二人の、のびやかな姿態を清担な太筆に描き切っています。

続く懐月堂派は、わたしの特に贔屓する浮世絵流派です。浮世絵は、とかく肉筆浮世絵と版画浮世絵に別けられるが、これぐらい困った区別はなく、フェノローサ以来、わたしは両者の公平な評価のもとに、浮世絵の全体発展を跡づけるべきだと考えています。しかし、そう思わない人が、依然として多く、版画浮世絵中心の考証ばかりが、蒐集家の間に盛んなのは、どういうものでしょうか。

わたしの考えでは、懐月堂派の、グラマーな美人の肥瘦《ひそう》線の明晰な描写こそ、浮世絵肉筆の本領を発揮したものです。懐月堂派が師匠のデザインを墨守し、そのために滅んだのは、浮世絵の大損失でした。

宮川長春において、浮世絵は、肥瘦の誇張なしに、女体美中心の世態風俗を大幅にとりこむことができた。

鳥居派――これは二つの方角がある。春信にひきつがれる美人画への傾斜と「瓢簞足蚯蚓描き《ひょうたんあしみみずがき》」と言われた看板画への技法です。いずれも、浮世絵の大きな発展の動機となった。春信は、その独特の「きめだし」の技法の多様さによって、また「梅の枝折り」に見るような、モダンな幾何学紋様によって、女体美に一生面をひらいた。鳥居清長は「出語り図」となると、もう競う相手がなかった。これをうけた歌麿は、肉筆といい、版画といい、また独特の蚊張図といい、これほど女躰の多様さを描きつくして情のこもる筆法は他に求めることは困難でした。

それから、日本における表現派の天才としか言いようのない写楽の、謎にみちた十箇月の活動がくる。ヨーロッパで、クルト以来、写楽が最大の謎となったことは、あたかも、写楽こそ、シェイクスピアの謎に似た、大きな、しかも解き難い謎として今日に至ることを示唆する大事件でした。

写楽に擬せられる北斎は、たしかに、浮世絵の大宗主である。マンガから「富嶽三十六景」、肉筆に至る彼の偉大な足跡は、信州小布施の屋台天井絵に至る西洋技法の美事な消化に至るまで、その雄渾な生涯を語らしめて、遺憾がありません。

もちろん、広重もいれば、明治に入っての清親も五葉もいます。

それなりに素晴らしい。その一枚なりとこの乏しい懐で手に入れたなら、わたしは何日も眺め暮すでしょう。

だが、わたしを戦慄せしめる一つのことは、天明期でさえ、高級芸術の異端派は、浮世絵の迫力を知り、今に残る最高作を遺していることなのです。

京都異端派に分類される曾我蕭白の「設色美人画」。これは全くの浮世絵であったが、その課題は、浮世絵にかつて見られなかった狂女の画でした。

また、曾我蛇足十世を名のった蕭白の、北画系中国画のなかの、歌麿も恥らう日本的な「婦女児童遊戯図」を、その浅ましい保存のままに見たとき、わたしは覚えず、嗚咽を禁じ得ませんでした。浮世絵とは、このように、日本近世の、あらゆる才能ある画家が、才《ざえ》を競う花園だったのです。その異端も包擁し、その先を目ざそうとした時、異質の西欧近代に直面せざるを得なかった不運なものとして。

だが、浮世絵の世界的交響は、ゴンクール、モネ、マネを貫く世界大の反響となって、音楽においては、ドビュッシーの作曲の谺《こだま》となって、結晶することになったのです。そう、浮世絵三百年は、近代日本三百年の、西欧の挑戦にむかって開く応答の窓だったのであり、今後の日本芸術も、その創造的再解釈になろうと、言えるかも知れません。西欧がクレモナのヴァイオリンで、芸術的価値を今も食いつないでゆくように。

幻想の核

人間性の恒常の相を示すメルヘン

メルヘンの風土が訪れたようである。といっても、この風土到来の準備期間はかなり長かったし、現在の風土を構成している諸要素は、かなり複雑なものだ。とうてい全部を尽くすことはできないが、わたしの視野に及ぶ範囲のことを、以下に考えてみたい。

メルヘンは、人間の社会経済的な土台が文学に色濃く直接に反映する部分とは異なるところに成り立つものといえよう。いうならば、人間性の恒常の相を、時間性をかなり捨象して成り立つものがメルヘンであるといえる。民話にいうあの〈むかしむかし〉という常套の切りだしは、この時間性の捨象を、たくまずして表現しているといえよう。〈人間性〉という言葉を、あまり無規定に振り回したくはないが、それでも、人間性の恒常の部分としか言いようのないものを底深くたたえたものがメルヘンだということを、否定することは困難なはずである。

たしかに、人間は進化し、進歩する側面をもつではあろう。しかし、その進化や進歩の、気の遠くなるような緩慢さを、とかく忘れてしまうのである。地質学的な時間の歩みと、〈世代の相違〉などという言葉に代表されるライフ・タイムの歩みとの絶望的な落差を、想像力は、とかくつかみにくく、単純な急進や頑迷な保守の陥穽におちいりやすいのだ。メルヘンは地質学的規模の気の遠くなるような進化の緩慢さと、ライフ・タイムのせっかちな急進と反動のこせついた視野との、この両方にたいして平衡錘を下げ、人間の条件をしたたかに思い知らせてくれると同時に、他方、人間の可能性について現実にとらわれた眼玉を、突然、想像力の羽ばたきに乗せて解放してくれるという、他に求めがたい力をもつメディアである。

だから、人間の条件を無意識のうちにであれ、したたかに思い知らされ、それでもまいることなく、何かを模索しようとするとき、ひとは、メルヘンを求めるのだ。幻想への逃避などとは言いたくない。むしろ、人間の人間らしさの現れと言いたい事態が、この瞬間に姿をみせるのではないか。

*

太平洋戦争末期の断末魔のころ、旧制高校初年にいたわれわれは、何を熱心に読んでいたろうか。ノヴァーリスをはじめとするドイツ・ロマン派のメルヘンだった。これを受ける闇市の時期には、現在とはうって変わって活発な関西の出版界があって、郵便為替を組む労さえいとわなければ、カゾット『悪魔の恋』やドールヴィリー『罪と愛』やネルヴァル『東方紀行』などが手に入り、わたしたちの渇えをみたしてくれた。東京の講談社でさえ、あのころは子会社からティークのメルヘンの見事な翻訳をだしていた時代だった。そのあと、デモクラシーと社会主義リアリズムとの相克が、教育と出版との双方を色濃く染め、ライフ・タイムのイデオロギーの争奪戦のなかに、メルヘンはのみこまれてしまうことになる。それでもこの時期に、いずれの陣営からのものにせよ、児童文学という形で、メルヘンが広範な商業ペースに乗り、地歩を獲得したことは、無視することができない。

やがて安保闘争の挫折がくる。その直後だった。大学生たちの間で、サン・テグジュペリの『星の王子さま』が大ベストセラーになったのは。すでに十数年昔のこの事態は、現在のメルヘン風土からみて、実に予言的なものだったといえそうだ。

そのあと漫画世代が誕生し、大学紛争からシラケの世代までを覆い、そのあと昨年〔一九七四年〕から『かもめのジョナサン』への大学生の熱狂とともに、ここ数年を覆うメルヘンばやりの風土が、大学の英文科生や児童文学科生のメルヘンへののめり込みによって、著しくクローズアップされてきたということができよう。

わたし自身の体験を述べよう。三年ほど昔、日本英文学会で、シンポジウムの一つにイギリス児童文学を選んだ。その会場は、いつもの英文学会では見られない若い女子大学生の群れでいっぱいであった。従来もっとも地味とされる英文学会でさえ、メルヘンを論題にうたえば、このように、若い潜在的研究者の層が会場を圧する昨今なのだ。

また、一昨年、わたしの職場で、全学ゼミナールに「メルヘンの論理」という仮題を掲げたところ、わたしは、ひしめく受講希望者に押しつぶされそうになった。例年、「現代批評の展望」などと掲げれば、たかだか十人の受講者にすぎないものが、なんと、二百人ちかく希望してきたのである。ゼミナールという性質上、致し方なくテストをして人数をしぼらざるを得なかったが、そのときほど、〈メルヘン〉という言葉の、現代の若者にもつ魔力に、今さらのように気付かされたことは、いまだかつてなかった。

人間の条件を凝視し、そのうえで想像力を羽ばたかせたい——そのためのメルヘンならばすばらしいことだ。だがそれも、〈紛無派〉世代の夢の充足でしかないとしたら、いささか気になることではある。

*

ベトナム戦争への徴兵忌避の問題などが、アメリカの若者の間に広がってゆくにつれて、彼らのあいだで、モダン・メルヘンへの志向が著しくなり、とりわけ英米文学科生のあいだで、C・S・ルイスの『ナルニア物語』や、J・R・R・トルキーンの『指輪の王』への爆発的人気が起ったことは、この関連で忘れたくない。ルイスもトルキーンもイギリスの優れた古代または中世文学者であるが、その余技のメルヘンが、海を越えてアメリカの大学生にブームを呼んだのだ。とりわけトルキーンの『指輪の王』は一九五四年から三部作として刊行され、一九五五年に完結するや、十年後、アメリカで二種のペーパーバック本として出版されたところ、大騒ぎとなり、イギリス本土を上回る発行部数を記録し、多くの英米文学科生の卒業論文の対象となってすでに久しく、このための「手引書」のたぐいまで出版される盛況ぶりである。わが国でも、瀬田貞三氏による訳(『指輪物語』、評論社)が行われ、幾つかの女子大学の児童文学科の卒業論文の題目のなかで、ここ数年、圧倒的な人気を博する作品となっている。

高度成長下に育った子供たちは、シラケの世代などと言われながら、夢をたずねて指輪の「中つ国」にさすらうことになったらしい。あるイギリス人はこう評している。「児童文学科――困りますね。英語もできないので英文科にゆけない。それで児童文学科に入る。やるのはルイスかトルキーンに決っている。訳本がありますからね。ひどく不十分な訳本なのに。トルキーンをやるのなら、古代英語や北欧古文学、ルイスをやるのなら中世比較文学が詳しくなくてはできない。ところが、そのどちらの能力もなく、訳本にたよるのですから、本当に困ったものです」。たぶん、これでも遠慮して言っておられるのであろう。〈困ったもの〉とは、実は〈手がつけられない〉とおっしゃりたいに違いない。

しかし現在、児童文学は出版界の一大産業であり、児童文学科は、盛大に運営されている、とすれば、それは恐らく、メルヘンを渇望する現代日本人の心の願望とは少しちがうところ――言ってみれば、それを産業化したところに成り立っているものではなかろうか。

*

モダン・メルヘンの良質なものは、一九世紀ヨーロッパのロマン主義によって開花した。ドイツのクンスト・メルヘン群もすべてそうであり、とりわけ、北欧デンマークのロマン派の担い手であったアンデルセンの業績は、モダン・メルヘンとして、その筆頭に掲げられるべきものだろう。

今年はアンデルセン没後百年にあたるという。時あたかも二冊の特筆すべき本が現れた。モニカ・スターリング、福島正実訳『野生の白鳥』(早川書房刊)、山室静『アンデルセンの生涯』(新潮社刊)。(ちなみに、スターリングの原著は、十年昔の刊行である)。

山室静氏が熱心な北欧文学の紹介者であり、アンデルセンについては、『アンデルセン全童話集』の訳業があることは、わたしも承知している。しかし、スターリング女史の十年昔の業績を知っている者にとって、氏の『生涯』の特長は果して、裏表紙の推薦文や授賞理由書が述べるようなものであろうか。もとより、アンデルセンの十分な伝記の本格的書きおろしといえるものが、これまでわが国になかったところへの、この書物であるから、その点での功績は言うまでもあるまい。しかし、スターリング女史の本を、巻末で「アンデルセンの生涯と時代についての最も詳しい好著」とだけ断っておけば、あとはどんなにこの〈最も詳しい好著〉に頼り切っても一切断りなし、という書き方は、少し欠礼ではないだろうか。片々たる考証、アンデルセンに感情移入した自然主義的筆法の言辞、詩や手紙(母のものを含む)の挿入を除けば、骨子も細部もスターリング女史のものから大幅に借りて成り立っていても一切おかまいなしという態度はどうか。たとえばスターリング女史の著書を邦訳の二五ページから六六ページまで読み、さて山室氏の著書を一一ページから七七ページまで読んでみるとき、右の印象は言いすぎではないことが分るはずである。山室氏の著書にたいして、裏表紙の推薦文は『自伝』を読んでも不明な個所を深く調べていること、アンデルセンの影のある人生を全体として提示したことを評価しており、また授賞理由書は、ナポレオン戦争の巨大なあおりを受けて、大国デンマークの一小国への転落という大きな背景のなかにアンデルセンの文学的営為を描き上げたことに賛辞を送っているのだが、これらはむしろ、すべてスターリング女史の功績とすべきものなのである。

＊

わたしの見るところでは、山室氏が一二〇ページ（第八章「ふたたび外国へ」）から一八五ページ（第一一章「旅」）の間に展開している論旨こそ、むしろ氏の著書のわずかな貢献とさるべき箇所である。そこで氏は、アンデルセンが、いかにして『アグネーテと人魚』にとくに著しく見られる初期の〈悪魔的なもの〉への傾斜から離れ、同時代の童話の常識であった〈教訓〉の押し売りからも離れて、独自の近代創作童話の世界を切り開き、「童話の地位を高めて、これを独自な文学ジャンルとして確立し」ていったかを、ルソー以降の澎湃《ほうはい》たるヨーロッパ・ロマン主義運動の流れを点綴しながら、描いている。

アンデルセンの秘密は、ドイツ・ロマン派の芸術メルヘンの影響を強く受けながら、なおそこに、より一層の〈素朴形式〉（Einfache Formen）への還元を敢行し、独特の象徴性を児童にも理解しうる形式のなかに充電しえたことに求められなくてはなるまい。

このことは、山室氏も引用するブランデスの評言のなかの〈エレメンタール〉という言葉が、もっとも端的に表現している特質であろう。「健全な人間のエレメンタルなものである子供らしい空想と感情を反映した話は、当然万人の経験した事実をよび出し、全ヨーロッパ的になり、長い生命をもつ。それはつねに人間精神の最初期の生命を表現し、かくてあらゆる民族あらゆる国土の最も深部に横たわる心層にまでとどく」。この深部の心層にとどくエレメンタールなものは、今日の批評・心理学・神話学の用語で言えば、〈原型的〉（アーキタイパル）なものと言い直せるものであろう。

児童文学研究を大学の水準で行おうとするとき、それはブームに乗った児童文学産業に棹さす翻訳者予備軍を生産することにだけ向けられているものであってはなるまい。または家政科・英文科に準ずる無難な花嫁学科であってはなるまい。メルヘンは本来、ロバート・スコールズの単語をかりれば〈構造的お伽づくり〉であって、口誦伝承から民話・童話・芸術童話・ナンセンス童話、さらにはSFや幻想文学に至るまでを深く貫流する、人間の想像力の共時論的な側面の複雑な活生源であったし、今もあり、将来もそうあらねばならないものである。これを究明するのに、伝記的アプローチがどこまで有効であり、どこで無効になるか。『野生の白鳥』と『アンデルセンの生涯』とを併読する作業は、最終的に考え込ませざるを得ないだろう。

〈始源の時間〉に回帰するおとぎ話

われわれの時代は、ますます〈啓示と奇蹟〉から遠ざかる時代であり、ひょっとすると、人類の長大な歴史のなかでも、もっとも〈啓示と奇蹟〉から遠く、縁のない時代といえるのかもしれない。時代はそうであろう。しかしそうであればこそ、ますます、人間の心の奥底の欲求は、さまざまな超自然のものを求め、これによって充足される或る心の奥深い谺《こだま》による充実感を、このような時代のさなかに、願い求めて止まないのである。

何かを失って、始めて人間はその失われたものの値打ちに気づくという。プルーストがいみじくも名付けたように、文学が総じて〈失われた時を求めて〉の探求になりがちなのも、その間の事情を物語っている。だが、この物質主義＝合理主義の進歩を求めて止まない現代に、本当に〈啓示と奇蹟〉は失われ、あとを絶ったのであろうか。

そうではあるまい。たしかに、制度としての宗教のもつ強力な束縛力は、さまざまな合理主義と権利要求のまえに、その長い支配の歴史を終え、制度としての超自然は、滔々たる世俗化の波濤のなかに、その姿を没したかに見える。だが、それはあくまで、表層としての制度の問題であって、一皮むけば、人間の個の深層に眠る人類的記憶は、逆に相乗的に、白昼の合理的征伐にたいする深夜の非合理的復讐を求めて止まなくなる。高度文明の社会にのみ、かえって残虐と狡智は培かわれ、やがてその赴くところ、マス＝ヒステリーの巨大な暴発を生むことは、エリアス・カネッティやジョージ・スタイナーが、ひと昔前、鋭くえぐりだして見せてくれた文明のパラドックスなのである。〈啓示と奇蹟〉は、とりわけ、その事柄の核心に根ざすものといえよう。合理主義＝物質主義＝進歩主義＝民主主義は、ここ数世紀の先進西欧モデル文明の観念のクラスターを形成して、解きがたい観念の束となって現実を押し流している。これらは総じて、広い意味の自然主義（狭義の近代西欧文学手法としての、自然主義ではない。）ということができる。

それにたいして、〈啓示と奇蹟〉は、広い意味での反自然主義または超自然主義の流れのなかに立ち、非合理主義＝精神主義＝共時史観＝存在階層論という、観念のクラスターを形成する。超自然が自然のなかに介入ないし滲透するところに〈啓示と奇蹟〉は成りたつが、このような超自然を切り棄て、自然だけのメカニズムの合理的操作により、人間の福祉の増大が得られるというのが、広義の近代西欧的自然主義である。

しかし、ことはそのように簡単にはゆかないのであって、なによりもまず、人間の根源的な存在の境位が、自然主義の問題の立て方にたいして反省を迫るのである。それは、人間の根源的な被造者性にあり、形而上学的問題なのである。人間は自分で生まれたものではない。産まれたものであり、かつ、刻々と死への道を歩む時間的存在であり、決して、己れの力で大自然を超越することはできない。

被造物として自然のなかに産みつけられ、たとえ意識によっては——サルトル流に——自己を超越できるにしても、あくまで自然のなかに生き、自然のなかに死ぬ運命《さだめ》にある。

この被造者性への眼覚めこそ、人間をその存在の境位に醒めさせる契機であり、かつ、自然主義の思い上りにたいして、人間を平衡ある生の感覚へと置きもどす、重要な転機であり、聖なるものとの接触の入口をつくる。

したがって、〈啓示と奇蹟〉の文学は、幻想文学ジャンルのなかでも、ひとつの中心的な地位を形づくるものといえる。

本シリーズ（『怪奇幻想の文学』一九七八年、新人物往来社刊）が、いみじくも〈怪奇幻想の文学〉と総題されているように、幻想文学が覆う広大な領域は、〈怪奇〉から〈奇蹟〉〈啓示〉にわたらざるをえず、〈怪奇〉がときに〈ものの怪〉〈幽霊〉〈不可思議〉〈不気味〉などの、神学的性格を色抜きしてもなおかつ成り立つ土俗的幻想の領域にとどまりうるものとすると、〈啓示と奇蹟〉は、この、たんなる土俗性を、どこかで超えでたもの——つまり、深く超自然界との超越の風趣にひたされ、読者をしておのれの〈被造者性〉の感覚に、鋭く置きもどされる気分を味わわせるものでなければならない。

古くは信仰の時代に、この〈啓示物語〉〈奇蹟物語〉が栄えたことは、洋の東西、変りはないが、とりわけ、〈……聖人伝〉〈……行者伝〉または西欧聖書学の言う〈プラークセイス〉であることは、ケネス・バークの説くとおりである。従って〈業伝〉の形体をとるものがまことに多かった。この〈聖人伝〉のジャンルを、信仰なき時代の真昼に再現し、一挙に人を〈被造者性〉の地平へと誘い、信仰なき時代の〈啓示と奇蹟〉とをフィクションの世界に構築しようとする試みが、われわれのここに取りあげようとする一連の物語集を貫く特性である。

であるから、これらは、一見したところ中世の聖人伝と見まがうものもあるが、実はそうではなく、すべて〈神の死〉以降のフィクションとしての、幻想としての、〈啓示〉であって、〈奇蹟〉である。啓示が日常であった時代のものとは全く異る、ある非日常性の味をこれらの作品が備えているのは、そのためである。

さて、このフィクションということであるが、もしも、こういう言葉が許されるとしたら、〈フィクショナリズム〉と〈リアリズム〉は言語芸術作品の長大な歴史を貫いて、明らかに認められる二つの潮流であったといえる。〈リアリズム〉とは、大ざっぱに言って、言語というものの、リアリティーを模写する能力を信ずる立場であり、〈フィクショナリズム〉は言語をひとつのコードと考え、このコードの精密な構築により、リアリティーそのものではないにせよ、第二のリアリティーのモデル化を志そうとする立場である。

伝統的に、〈リアリズム〉は現実の風俗・世話物においてその力を発揮してきた。〈フィクショナリズム〉は、現実の彼方またはその奥底に聳えたつ、もうひとつのリアリティー、すなわち、超自然の描写力において秀れていた。いずれも言語の二つの機能である。しかし、リアリズムが一九世紀大長編小説群によって、その力を究めつくし、そののちに来るものがジェイムス・ジョイス、マルセル・プルーストという二人の巨人の言語実験によって、〈リアリズム〉そのものが、〈夢の言語〉に通底し、たとえ作者本人は自分の言語がリアリティーとの対応性をもつという、言語芸術への信念を失っていなかったにしても、その壮大な実験そのものが、実は〈リアリズム〉の誤りを自覚させる結果に陥ったということができる。

実際、ロラン・バルトが高度の逆説を用いて『S／Z』のなかに論証したように、バルザックのような偉大な〈リアリズム〉作家でさえ、自分の言語コードをリアリティーそのものと対応させることはできなかったのであり、既成の他のコードに自分の言語をなぞらえることが関の山であった。所詮、言語は言語であって、リアリティーはリアリティーである。ロバート・スコールズが揶揄をこめて言うとおり、かつてラジャード・キップリングが〈東は東、西は西〉と歌ったように、〈言語は言語、リアリティーはリアリティー〉という、〈認識論的アパルトヘイト〉は、この二〇世紀がもっとも鋭く自覚する事態のひとつなのである。

言語も含め、あらゆる記号体系は、リアリティーの記述を与えるものではない。単にリアリティーのさまざまなモデルを与えてくれるものなのである。まして、人間の日常性の表皮を突き破った所に生ずる、〈異化〉された現実の深い相貌は、もともと、〈リアリズム〉の芸術観からは生れることができない。

古くから言われる批難に、〈リアリズム〉は現実の味を与え、その意味でわれわれにたいして、認識を与えてくれるのにたいして、〈フィクション〉は、ただの、面白さ、ありえなさ、絵空事を語るにすぎず、認識から距った遊びごとにすぎない、という浅薄な考え方があった。とりわけ、文学のもつ思想内容やイデオロギーから、作品の善し悪しを判定しようとする一時代の傾向は、この一般的な考え方にたいして、掩護射撃を与えてきた。

しかし言語機能にかんする哲学的考察とリアリズム小説の実験の行手との双方は、このような素朴な〈リアリズム〉の〈フィクショナリズム〉への優位を、安閑と称えてはいられないものにした。そこで、〈リアリズム〉が目指す古い目標である〈認識〉にたいして、〈フィクショナリズム〉の目指す目標は〈昇華〉と〈認知〉ということになる。いずれも、ロバート・スコールズの考え方をもとに、わたしは書いている。

〈昇華〉の作用をするものとして、フィクションは、人間の関心を、或る満足すべき姿に運びこんでくれる力をあらわす。つまり、この辛い生存というものを、ある耐えうるものに変形させてくれる力なのである。したがって、この作用は、時として、〈逃避主義〉という、汚れた言葉のレッテルを貼られて、軽蔑されてきた。しかし、人間がフィクションに我を忘れるとき、いかに、その大半が、この昇華の機能によっているかを、われわれは今、正直に認めるべきであろう。スコールズはこの機能を、〈生〉にたいする〈夢〉ないし〈眠り〉の機能にたとえる。

〈生〉の役割を果たすのに、どれだけ多く、人間は〈眠り〉に〈夢〉に、おかげを蒙っているか。これは見やすい道理であろう。健康な人間ほど、よく〈眠り〉、よく〈夢見〉、そのゆえに良く蘇生し、〈生〉を営むことができる。〈フィクション〉こそ、人間の最悪の恐怖を引きうけ、それを構成し、意味と価値にみちた形体に組みあげ、われわれをフィクションのなかに一旦、死なせ、そこから蘇生させて、より強い生への構えを、態度を造りあげさせてくれる。

〈逃避〉という軽蔑語自体が、実は、生の苦からフィクションが、如何に確実に人間を一旦、救いだす力をもっているかを、実はあらわに物語るものと言わなければならない。

もっとも下らない〈妖精物語〉ですら、われわれに死と窮状との戯れを与え、これらの軽侮にたいする、代償的勝利を味わわせてくれる力がある。

夢を見、期待を持ち、恐怖する力を失うとき、人間は張りをなくし、実際しばしば死に至る。このことは、実存精神分析学の人たちが、論証した事柄であった。ビンスワンガーの業績は、収容所の生の苦の極限状況において、夢みる力を失い、恐怖する心情を失った平板な人間は、本当に、その生に耐えられず、肉体的な生命もみずから縮めるに至ることを明らかにした。

フィクションのもつ〈昇華〉機能は、生の苦や極限状況が厳しくなればなるほど、逆に、その機能を強める。現在のような物質的繁栄と平和の時代においてこそ、このような機能は、かえって自覚されることが最も少く、人びとは、自然主義＝物質主義＝進歩主義の表層のクラスターに、安易に身を沈めることですむのかも知れない。

しかし、極限状態においてはそうではない。ある兵士の想い出を語ろう。彼はセレベスの密林で、日本軍敗北のあと、散りぢりになった敗残兵として、密林の泥沼と過酷な風土と戦って、食うものもなく、奇蹟的に生還した何万人にひとりの兵士であった。幸い数カ月の放浪の末に、アメリカ軍に意識不明のまま発見されて、日本へ帰ることのできた男であった。介抱され蘇生して、アメリカ軍の尋問に答えることになった。アメリカ軍の一軍医将校は聞いた。この方面の日本軍には、ほとんど生存者がいない。君だけが生きていられたのは一体なぜか。何か特別の衛生方針でも、君が守って来たとしか思われない。参考のために聞かせてもらえないだろうか、と。その日本兵は咄々《とつとつ》としてはいたが、立派に文法的な英語で語ったという。あなたを失望させて申しわけないが、特別の食事をしたわけでも、衛生法を守ったわけでもない。ただ、あなたが信じようと信じまいと、わたしを生き残らせた、あるものがあったことが、わたしと他の兵隊とを分けへだてるものだったと思う。ぜひ、それを聞かせてもらえないだろうか、と、せきこむように、アメリカ軍の将校は聞く。荒唐無稽などといって、あなたが笑わないならば、お話ししましょう。いや、決して笑ったりはしない。あなたひとり、こうして生き残ったことさえ、すでに奇蹟であり、現代医学を嘲笑する驚くべき事柄なのだから。ではお話しましょう。わたしが食べて来たものは、戦友たちと変りません。ジャングルのトカゲやヘビや、なまの木の実や木の根です。もちろん、四六時中空腹に耐えませんでした。ただ、わたしには、それを打ち負かすものがあったのです。なんです、それは。そう、英語でいえば、〈愛《ラブ》〉プラス〈フィクション〉でしょうね。もう少し詳しく話して下さいませんか。いいでしょう。わたしには、故国に愛する女がいます。彼女は古い習慣に従順な一介の田舎の女にすぎません。しかし、古く、従順であればこそ、わたしが、こうして、生死不明でジャングルに数カ月さまよう身であっても、必ず、一日に三度、わたしにたいして、守ってくれている儀式《リチュアル》を、わたしは信ずることができたのです。何ですか、それは。〈カゲゼン〉です。〈カゲゼン〉？ ええ。日本の仏教徒は、自分の家に、仏壇というものを持っております。家ごとに先祖をまつる小さい聖域《シュライン》ですね。この〈仏壇〉に、遠い愛する人をしのんで、信仰の篤い人は、日に三度の食事を供える。日本は四つの季節が劇的に循環する国です。ですから、その季節ごとの、特徴的な野菜や魚が何であるか、国を離れているわたしにも分る。食べるものもない時、わたしはジャングルの夜に、敵におびえて眠りながら、ああ、今日は何月何日だなと考えるのです。すると、たとえば今ごろ、あの愛する女は、今ごろはきっと松茸御飯を〈カゲゼン〉にして、供えていてくれるに違いない、と極く自然に想像することができたのです。想像するだけで、わたしの鼻には、あのなつかしい松茸の高尚な馨りがツンと来て、泥だらけのタロ芋の根が、たき立ての白米の飯に変る。わたしは、出来るだけ、この作業を細かく、ほとんど暦のように、想像力を働かせて、試みて来たのです。想像力は乾いた唾液を活発にさせ、わたしは、〈カゲゼン〉のフィクションに充ちたりて、眠ることができました。眠れば、夢のなかに、故国があり、愛する女が供える姿があったのです。これが恐らく、わたしが、ただひとり、生きてこられた理由としか思えません。多分に、わたしの想像力がさせたことではありますが、それ以上に、日に三度の、こういう行為を、丹精こめてするあの女の愛を、ごく自然に信じえたためとしか思われません。これを聞いたアメリカの軍医将校は、思わず椅子から飛びあがると、大股に部屋中をゆきつ戻りつしながら、こう叫んだ。〈カゲゼン！　カゲゼン！〉わたしは科学者として訓練されてきた。とても信じがたいことだが、現に君はこうして生き残ったではないか。わたしは科学を信ずるが、君のその美しい〈愛〉プラス〈フィクション〉のもった力を、やはり否定することはできない。〈カゲゼン！〉すばらしい信仰だ。そのような女を持っているなんて、なんという羨ましい男であることか、君は。それが君を、人間の限界を超える状況を耐え抜かせたのか！　アメリカ中をさがしても、もうそんな女性は見つかるまい。

これは嘘いつわりない実話《ノンフィクション》である。そうであるだけに、フィクションのもつ〈昇華〉の能力を、われわれは、〈リアリズム〉の〈イデオロギー的認識〉などと、同列に置くわけにゆかないのである。生の根源に迫る意味は、結構づくめの日常の表層には、浮びでては来ない。逆に、極限状況においてこそ、習慣や土俗は、いちじるしく活性化され、生の根源を支えるものとなる。このような意味での力を、われわれは〈昇華〉と考えたい。

さて、もうひとつの機能である〈認知〉とは何か。〈フィクション〉が、われわれ自身と、われわれの〈存在境位〉とを教えてくれる力のことである。こういうと、すぐ誤解がおこり、フィクションは体験の記録というか実人生そっくりの絵姿を与えてくれるかのような期待を抱かれる。しかし、これは全くの逆である。

〈フィクション〉は実人生の転写などは与えてくれない。そのかわりに、〈リアリティー〉と一線を画した或る体系的なモデルを与えてくれるものであり、その体系は、さまざまな面で、リアリティーといっそう本質的な関連をもつ。

どのような〈リアリズム〉も、すべて、全体的なリアリティーの、ある方法による、ある角度からの、作品的な記号化にほかならないことが、これらの人たちには分っていないのであろう。これをスコールズは「リアリズムの誤謬」と呼んでいるが、そのとおりであろう。

たとえばジョイスは、『ユリシーズ』のなかで、リアリティーの多層性に接するため、多数の文体を重層的に用いたが、これは、〈コードの繁殖〉状況を結果した。事物をただ、無限に多様なコードの複雑な駆使によって摑みとれるという信念において、天才ジョイスは誤っていたとすれば、コードの工夫によって、リアリティーに迫りうると考えた〈リアリズム〉の信念も、おなじように間違っていたのである。

リアリティーが言語に翻訳不能であるがゆえに、リアリズムは死んだのではない。一切の言語作品は、言語的構造体であるからにすぎない。リアリズムが考えるように、われわれは世界を〈模倣〉するのではない。われわれが世界の〈変型版〉を、いろいろと造っているにすぎない。つまり、〈ミメーシス〉があるのではなく〈ポイエーシス〉がある。写実的記録があるのではなく、構築があるのみ、なのである。

このように、リアリズム信仰が間違っているとすると、同様に間違っていたのは、ファンタジー信仰であろう。まるで〈非リアリズム〉が可能であるかのように、フィクション界とわれわれの実人生界とが分離可能であるかのように想像することは、全くの誤りである。経験界から全く断ち切れた想像界など、人間には認識することはできない。

われわれは、リアリティーそのものに到達できないのと同様に、リアリティーから断絶することもできない。なぜならわれわれは、リアリティーのなかに産みつけられ、そこを脱することはできないからである。ここに、さきほど出した、〈被造者性〉の問題が、ふたたび顔をだしてくる。つまり、逆説的ではあるが、すべてフィクションというものは、リアリティーと一致することができないからこそ、そのことのゆえに、リアリティーの性質を明かす幾多のモデルをわれわれに与えることによって、〈認知〉に寄与してくれるのである。リアリティーの歪曲あってこそのフィクションであり、また、フィクションあってのリアリティー〈認知〉なのである。

しかし、このような状態は、古典的な見地からみれば、ある意味で言語芸術の危機とも言えるのであって、一方におけるリアリズム、他方における想像力の言語芸術が二極あって、ともに、現実と強くむすびつくことが、むしろ古典的な言語の理想であったということができる。

たとえば〈物語り性〉というものがあり、これはその現実との結びつきにおいて、音楽における古典的なメロディーに似たものであり、作品を摑みやすくし、現実の味のよさ、現実の功利的(utilitarian)理解に役立たせるものであったといってよい。つまり、一八世紀市民社会風俗小説から一九世紀大河小説が持っていたような、現実と対応する話の〈筋〉であり、そこから生ずる理解しやすさと教訓であった。音楽もそうであり、聞き終って、ただちに口笛にしたいような、メロディーの持続が、作品を貫いていた。ヴェルディの音楽を想え。ところが、現代小説、現代音楽は、さきにのべたフィクションの難解な形而上学的ディレンマに陥り、それにつれ〈メロディー〉も、ますますフィクションのまたフィクション、つまり〈メタ・フィクション〉に走ってゆくにつれ、〈筋〉なき小説、〈筋〉を破壊する小説、容易に〈筋〉のたどれない小説を、意識の流れ小説以降、大量に産みだすに至った。音楽も、ブルックナーやヒンデミット以来、ますます、メロディーの破壊に走り、切角美しい暗記できるメロディーが産れかかるやに見えると、たちまち、それを破壊し中断し、難解な楽式論的実験に赴くものを産みだし、メタ・フィクションは音楽の世界においてすら、ますますその尖鋭の度を強め、ついに、自然界にない音響を合成することにより、電子音楽を産むに至って、ますますそのメタ・フィクション性は強まった。言語も音響も、ともにリアリティーから決定的に足が洗われ、フィクションの袋小路にいまや陥ったかに見える。

小説もかくして、言語の奈落を見つめる独語《ひとりごと》のごとき難解小説が、サミュエル・ベケットの実験によって産みだされる現況に来た。

絵画もまた、シュルレアリスムから抽象絵画、さらには、さまざまのノヴェルティ・アートといわれるミニマル・アートのポップス的傾向は、このメタ・フィクション化と偶然性の探求の、極限をゆこうとするものであろう。

これらの歩みにたいし、言語の奈落の眩暈に耐えられなくなった者は、反転してリアリズムの根に戻ろうとし、今日いうところの〈ニュー・ジャーナリズム〉つまり、新しい〈ノン・フィクション〉に走ろうとする。ここにはまだ、新しいセンセーションと現実の味が残っているためである。ノーマン・メイラー、トゥルーマン・カポーティのような、才能ある人たちの後半生の歩みは、まさにこの道の探求であった。しかし、これこそ、さきに考察したような、言語芸術のフィクション性を忘れ、その古い、現実模写能力に対する素朴な信仰への無力な回帰でしかなかったのである。

＊

これには時間の問題が絡まっていよう。リアリズムのリアリティー信仰は現実の一元的で直線的に進行する歴史的時間に根ざしている。しかしたとえば、〈フィクション〉の時間のなかで、人間が古来もっとも抱いて来た根源的な時間は、このような時間ではなく、歴史性を脱した神話的時間のものだったのである。神話的時間は、始源の時間を扱うと同時に終末の時間を扱い、それも、両者が同時的に含まれているような、ミールチア・エリアーデの説く〈円環的時間〉であったはずである。近代西欧文明の抬頭とともに、この神話的時間は、直線的歴史時間によって追放されたのであるが、実は、人間の心の深層において保たれ、歴史時間のなかに含まれながら、その底に深いフィクション時間の層を、黒々とうがつことになった。

この〈神話的時間〉と〈歴史的時間〉にたいして、もうひとつ、人類史に執拗に保たれてきたのが〈伝説的時間〉である。それは、〈むかし〉と〈いま〉とにかかわる時間構造の把握からなりたち、時として、〈むかし、むかし〉という時間意識の形態をとって〈いま〉を照射するが、また時として、〈失われた楽園〉を未来において再獲得する〈復楽園〉の時間意識を包含するものとなる。終末論的ないし千年王国論的時間意識は、かくして、伝統的時間意識をモデルとするものとなる。この時間意識は、〈過去＝現在＝未来〉を包摂するから、ある意味で歴史的時間と似るが、実は、〈発端＝中間＝終局〉という、悲劇喜劇の時間構造をもつフィクションである点で、歴史的時間とは、質的に全く異っている。

これにたいして、〈妖精の時間〉ともいえるものが存在し、これは、まったく、〈むかし〉と〈いま〉どころか、完全に、〈時間の外〉であるところに特徴がある。これは、〈発端＝中間＝終局〉ももたず、いうならば、人類の、心の奥底に潜む〈心胸の願い〉の国の時間なのである。〈脱時〉とでもいう他はない。ある意味で、神秘主義の説く境地の時間に似ているが、神秘主義はあくまで宗教的救済の意図を秘めるのにたいして、〈妖精〉の時間はそのような意図を含まない。

恐らく〈啓示と奇蹟〉の時間は、その舞台を歴史的時間または伝説的時間のうちにもちながら、超自然の介入を契機に、〈妖精の時間〉のなかへと解消されるものであって、そこより、ふたたび、歴史的時間ないし伝統的時間へ回帰することを許すものである。

したがって、現実の歴史的時間の一元的進行への信仰に閉じこめられているかぎり、〈啓示と奇蹟〉の時間は、心のなかに発動することがないといえよう。

恐らく、歴史的時間の〈リアリティー信仰〉に倦きあきした心情のなかにこそ、最も率直に〈妖精の時間〉が復帰し、そこに、超自然の事件が介入して、〈啓示と奇蹟〉との素直な受け入れを含むものがあるに相違ないと思われる。

*

〈妖精の時間〉と現実の〈歴史的時間〉とが概念上対比されたように、〈ロマンスの世界〉と〈日常の人間経験の世界〉とは、これまた対比の関係にある。両者は非連続であるが、古来前者は他界とか異域として、〈おとぎ〉の世界や神話の世界のなかに場所を占めてきた。〈天界〉〈地獄〉〈楽園〉〈妖精の国〉〈ユートピア〉〈月〉〈アトランティス〉〈リリパット〉はすべて、これらの〈他界〉であり〈異域〉である。〈ロマンス界〉と〈経験界〉とのこの対比は幾多の語り物のなかに使われてきた。これは〈語り（The Narrative）の法則〉と〈自然法則〉との対比としても現れ、人間の心の奥底にひそむ願望の囁きに耳を傾ける場合、多く、この〈語りの法則〉が、しばしば狭い自然科学の説く〈自然法則〉を圧倒してきた。多くの〈寓意〉〈諷刺〉〈寓話〉〈喩え話〉は、すべて、この圧倒がなにほどか作用して、初めてなり立つ説話形式といえる。

これらの、他界または異域を垣間見《かいまみ》させるものを、総じて〈おとぎ〉と言うことができるとすれば、それは、〈フィクション〉の粋を〈妖精の時間〉に煮つめたものとなり、われわれが、これから読もうとする啓示と奇蹟の物語群は、すべてこれらに属するものと云うことができる。〈おとぎ〉は〈フィクション〉であるが、われわれの知っている日常的経験界とは異った非連続の世界を語りながら、なにかの〈認知〉の仕方で、鋭く現実へ、経験界へ、対比的に回帰してくる所に、その持つ意味がある。さきに〈昇華〉と〈認知〉とが、フィクションの二大能力であるといった。とりわけ、〈昇華〉のもつ〈逃避〉から、現実〈認知〉への鋭角の回帰構造をもつ所に、おとぎの積極的意義がある。しかし、旧リアリズムの信仰するような、現実の模写によるイデオロギー的認識とは全く異るものであることに注意しなければなるまい。

ところで〈おとぎ〉であるが、これには総じて二種のものがあると考えられる。根源は〈語り〉によって何かを教えようとする人間の衝動より発しているから、広い意味における〈教訓ロマンス〉が発祥地であるが、そこから別れて、一つは〈宗教ロマンス〉に、もうひとつは〈科学ロマンス〉に別れていったと考えられる。〈おとぎ〉はいずれの性格をも持つと同時に、また、いずれかの性格をより多く持っている。

キリスト教の伝統のなかにおいても、ダンテの『神曲』は〈ドグマおとぎ〉であり、トマス・モアの『ユートピア』は〈思弁おとぎ〉であると言うことができる。大切なのは、この〈思弁おとぎ〉がその後、主としてヒューマニズムの開発する所となることにあろう。そこから、同時代の科学ヒューマニズムに反抗するジョナサン・スイフトは、『ガリヴァー』のなかで、〈思弁おとぎ〉に抵抗しながら、独自の〈ドグマおとぎ〉を説くことになった。科学＝産業＝民主主義の展開は、〈思弁おとぎ〉を発展さす幾世紀かを産みだしたのであるが、やがて、現時点に至って、この方途は、

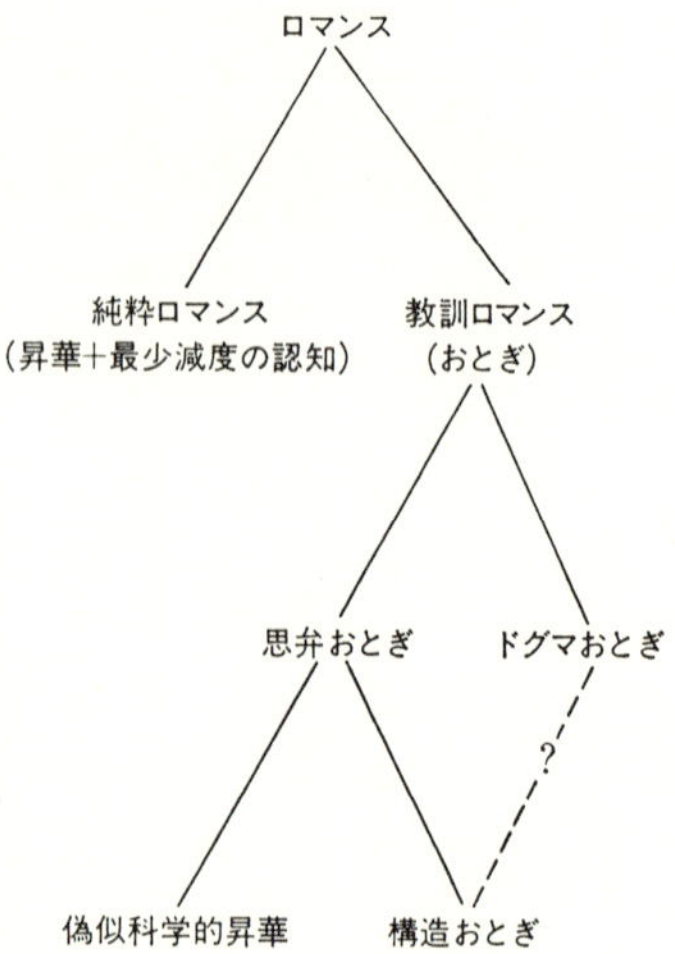

〈語り〉性そのものの枯渇を生み、いまや、新しい〈ドグマなきロマンス〉を待望さす時期を迎えつつある。ただし、〈ドグマなきロマンス〉といっても、それは従来の、何らかの高等宗教の〈ドグマ〉を欠くという意味にすぎず、ロマンスは本来、何ごとかを語る以上、何らかの広義の〈ドグマ〉を含むことは当然であろう。

大ざっぱに言って、長編小説が、科学とともに発展した〈思弁ロマンス〉の系統に立つ、〈通時時代の通時的語り〉形式であったとするならば、現時点において待望されている語りは、〈共時時代〉の〈共時的語り〉形式による〈おとぎ〉であって、それは著しく、〈脱時間的〉なものであり、〈歴史人〉にたいする〈構造人〉のファンタジーとならざるを得ない運命にあると言うことができよう。

ここで、ロバート・スコールズが『構造的おとぎづくり』のなかに掲げる図表を、参考までに引用しておくのも、無駄ではあるまい。(前ページ)

スコールズは、主として、サイエンス・フィクションの位置づけとして右の図表を描いたのであるが、われわれは、これをささやかな参考として、〈怪奇〉〈幻想〉の文学が、なぜ、科学隆盛の福祉社会においてますます求められざるをえないのか、とりわけ、宗教が既成勢力として、その力を失いかけて来た現代において、かえってますます、〈啓示〉と〈奇蹟〉という、かつては宗教ドグマの独占であったものを、ますます、純粋の〈おとぎ〉の領域において必要とするのかを、考えてみたい。この図表は他山の石にはなりそうである。

*

『怪奇幻想文学Ⅳ　啓示と奇蹟』に収録した十五編については、それぞれお読み頂ければ、その内容はおのずから明らかであるから、蛇足は加えたくない。

ただ言っておきたいことは、いずれも、何らかの意味で、日常性の世界に、ポッカリと大きな黒穴があき、そこを通じて、〈異域〉〈他界〉が生じ、〈啓示〉〈奇蹟〉をまのあたりにする物語であることであり、とりわけ、いずれもが、一九世紀ロマン主義から一九世紀自然主義、象徴主義、世紀末を経て二〇世紀に至る時代の産物だ、ということである。

これは既述の、〈歴史的時間〉が〈神話的時間〉によって、徐々に解体され、〈歴史人〉が〈構造人〉へと歩みはじめる時期をあらわしており、その意味で、現時点への、ほぼ一世紀半の歩みの産物だ、ということなのである。

とくにまた、フローベールやアナトール・フランス、ケラー、ゴットヘルフ、ロゼッティ、ラムのような、いわゆる文学史上に必らず登場する正統派文学者の作品が中心を占めていることも、これまた見逃せないであろう。

それを支えるかのように、コッパード、マッケン、マクラウド、ダンセイニのような、〈怪奇〉〈幻想〉の文学に親しい者には、すでに名の知れた一群の人たち——必ずしも、純文学者の枠に入らない——が登場する。

両者の力量の差を、それぞれに比べてみるのもまた一興であろうが、本来旧自然主義から出発しながら、いつしか言語錬金に参入したフローベールのような純文学者のもつ迫力には、ひときわ意義ふかいものが認められよう。〈怪奇幻想の文学〉全七巻のうちでも、本巻がひときわ異なる内容をもつとすれば、それは、たんなる〈異域〉〈別世界〉への〈もののけめいた旅〉ではなく、〈啓示〉と〈奇蹟〉という、かつては深く宗教ドグマに根ざしていた人類的ジャンルの、現代における再説話の特徴をつよく持ち、おのずから、〈教訓ロマンス〉の〈センス〉を深く訴えてくるためであるということに鋭敏な読者は気付くことができよう。

すべて〈怪奇〉〈幻想〉は、みなどこかで、〈言い難いもの〉（アレトーン）という宗教学上の概念を含むものであるが、その〈言い難いもの〉を、もっとも雄弁に〈言う〉ところに、幻想文学の本来の面目があるといえよう。

〈言い難いもの〉に直面したものは、かえって、その体験のゆえに、雄弁に〈言う〉。そのことは、幾多の東西神秘思想家たちの尨大な著作にも見られる逆説である。〈言い難いもの〉こそ、多くの言葉を通じて〈言い〉表されなければならない。なぜなら、これらのものは〈言われ〉ないとき、その存在すら日常の表層の底に沈み、感知されることがなくなる大切な真理だからである。

かつてオットー・ハルナックは『聖なるもの』において、宗教感情の根底にあるこの気分を分析して、〈ヌミノーゼ〉という言葉を鋳造し、〈被造者感情〉を表す唯一の概念と考えたが、われわれもまた、ハルナックに従って、われわれを戦慄させ、われわれの外に（いや内部に）感ぜられるこの客体的な力あるものの〈秘義〉を〈ヌミノーゼ〉と呼ぶにためらわないであろう。

そして〈ヌミノーゼ〉とは何か。宗教体験として求めることが、さし当りかなわぬとしたら、この〈啓示と奇蹟〉一巻に赴かれるが良い、と言うことができるであろう。

「翼人」稗説外伝《げでん》

さて皆様、「ヒコーキ野郎」の夢は、さかのぼりまするると、それこそ果しなきもので厶《ござ》りまする。子供の飛ばす竹トンボ、またまた各種とりどり騒がしき凧など、すべてこれ、「ヒコーキ野郎」の夢につながらぬものは厶りませぬ。

さはさりながら、世のなか、これでなかなか、やかましう厶りましてな、『ライト兄弟にはじまる』とやらいう書物をあみだすお爺さまもおられるかと思えば、いや断じてさにあらず、かのレオナルドが、最初の、人力機設計者の栄誉に輝くべしだのと説かれる学者先生これまた多く、どうもその、何ともはや、夢のないこと、厭気がさしまする。

いかがなもんで厶りましょう。あの機械工学――つまり〈テクノロジー〉でんな――あれができてから、ようやく空を飛べた奴なぞ邪道、いやさ、公害じゃと、なぜもっと、皆さん、おっしゃいませぬのか、情けない次第で厶います。

思ってもご覧下さりませ。紺碧の海を颯爽と横切る資格あるは、テクノロジー以前の、あの風をたよりの帆船でなくて何でありましょうや。動力船や、まして原子力船など、タレ流し無限、馬鹿じゃなかろか、これまた公害。

と、なりますと、水も空もおなじようなものでんな。やはり、動力なしの飛行こそ、〈ホンマモン〉なのや。

今日なら、ほれ〈ハング・グライダー〉でんがな。あれこそ、まともな飛翔の夢でムりましょう。ところで拙者のこの外伝、ひとつもっぱら、この純粋面にのみ傾注いたし、珍らかなる飛翔ばなしを、レオナルド、ライト兄弟以前に、いささか尋ねてみることに致しましょう。すなわち、「翼人」稗説外伝と題しまする所以にムります。

ところで、それに先だちまして、ひとつ例外をお許し頂きたいのでムります。手前の身体に羽根をつけましてな、空を飛ぼうという夢に、もうひとつ先んじたものに、鳥の力をかりて空を飛ぶ試みがムりましたのじゃ。どうやら史実からいいまして、この方が先らしう思われますゆえ、そのうちの、いとも顕著なるもののみ、かいつまんでお話し申しあげまする。

泰西史上に隠れもなきアレキサンドロス大王の〈禿鷲船〉と称するもの、すなわち、これでムりまする。これにつきましては古来幾多の口碑伝説がムりましてな、それだけで一冊の書物に優になりましょうが、そのうち、もっとも信用されております記述は、十五世紀の写本といわれますジョヴァンニ・ダ・フォンターナが稿本『メトログム』でありまして、今日ボローニャ大学図書館秘蔵の稀書でムりまする。それに曰く、

「歴山《アレキサンドロス》大王、大空に君臨せんと望みたまえば、たちまち妙案を浮べ給いぬ。すなわち、みずから〔籠中に〕坐したまい、そを強力なる禿鷲どもにゆわえつけ、大王みずから剣の尖先に焼肉を串ざしたるをかかげさせ給う。禿鷲ども、頭上に肉臭を覚え、これを食わんとして飛び立つなり。歴山大王、もはや充分と見給う時は、剣先を禿鷲どもの下にさげ給う。禿鷲ども、いまだ餌にあり付けぬを焦りて舞いおり、かくてや、歴山大王をまこと安らかに地上に戻し奉りしとなん。嘘なりやまことなりや知らざれども、これぞ、何がしかの天才の発案なること相違これなく、また人間が剛勇の過剰をも示すことに御座候。」

　これなどアレキサンドロス大王の令名に仮託いたしましたインチキ咄かも知れませぬが、この種の禿鷲船の伝説は、それこそ、ヨーロッパ中世には沢山厶りましてな、万更、嘘ッ八とのみは申せぬ、人間の久しき飛翔願望を教えてくれるかと覚えるので厶ります。

　ほかに古代より、戦いに因んでいろいろ飛翔物がつくられて参り、それには、幟《のぼり》、吹流し、飛竜、ロケット鳥、凧などさまざま厶りましてな、なかには我が日本の忍者甲賀衆の使いました超大型凧で人間の搭乗しましたものまで含まれておりまするが、それらは、やや不純な飛翔法かと愚考致しまする。よって、今回は避け、直ちに〈翼人〉へと、拙話をつづけさせて頂きとう存じます。

　なんと言いましてもな、鳥そのままにほしいままに蒼穹を天翔《あまがけ》りたいもの、というのが太古以来の人間の夢にて厶りましたれば、当然ながら、おのれの身体に何がしかの人工の翼をばくくり付け、空を翔ばんとするは、当然のなりゆきで厶りました。

　とまれ、繊細なる人工の翼をくくりつけ、羽搏くにせよ、固定翼にせよ、地上を激しく助走するにせよ、塔上より飛ぶにせよ、ともかく、わずかなりとも飛翔の実を、みごと手に入れたる人士の数は、少なからぬものがあろうかと愚考致しまするも、史実というものは寂しきものにて、実際に当りますと、案外と、少ないもので厶ります。左様、イカロスの夢を実現した者の記録は、しかく乏しいのでありまするが、顕著なるものに、皆様御存知、ジョン・ウィルキンズ大司教の筆により、末永く有名になりましたひとつの事蹟が厶りまする。ホルヘ・ルイス・ボルヘスの諸著をお読みの方々であれば、ウィルキンズのことは、いまさら御紹介の要は厶りませぬ。さあれ、『エンサイクロピーディア・ブリタニカ』のごとき模範的大百科辞典すら、第十四版以降、その項を削るという不届きを仕出かしているくらいのウィルキンズ様で厶りまするゆえ、老婆心ながら数行を費やさして頂きまするか。イギリス一七世紀に生れかつ亡くなられましたこの御方は、オクスフォード学寮の教区教師に任ぜられました偉才でしてな、王立協会の初代書記として学識一世に高く、かつ頭の極めて強きお方にて、百学に長じておられましたとぞ。神学は言わずもがな、暗号学、音楽、透明蜂巣製法、不可視惑星軌道論、月世界旅行可能性論、世界言語の原理学、等々……、まこと、行くところとして可ならざるなき大才であらせられましたるが、そのウィルキンズ、とりわけ、秀でておりましたるは、古今の秘事珍事の逸話にかんする尨大な知識で厶りまして、なかにも、一六四八年ロンドン刊の『数学的魔術』が、いまだにその道の指標と仰がれておりまする。このなかに、「翼人」の実際についての、極めて信頼すべき記録が見当るので厶りまする。ウィルキンズ大主教はこの逸名《アノニム》氏の実験につき、ほぼ左のごとく書きとどめておられまする。

「まことや、これらの技術人、その多くは墜落して手足を折るの憂き目を見たりと言えど、そは経験の欠如なるか、または余りの恐怖によるものというべし。かくも危く、かくも奇なる企てに際して人を襲う恐怖のゆえなればなり。されど、かくも困難にして危き試みも、しばしば是を試みなば、いとも安きものともなりぬべし。若き日より不断の修練を積みなば、この種のことにも、いつの日か長ずるものにあらずんばあらず。まずは地上を素速く走りてその翼を用いるなり。さながら駝鳥や鵝鳥のごとく、爪先だちて地表に触るるなり。さて漸時、より高く昇るを学び、術《わざ》と自信に従いて舞うなり。予、かつてたしかなる筋より聞き及びたるは、わが邦の者ひとり、この実験に赴きて一気に十ヤードの安定飛翔に成功せりとぞ。」

けだし、こは極めて慎重な記述であって、その方法も、ウィルキンズ大主教の科学的合理主義を反映したる、地に足のつきたる飛翔の例とや言うべきか。ことの真実性は疑われておらず、今日もなお、多くの人類飛翔史には、このことへの言及が、まずは必ず見出さるるので厶ります。

ということはでんな、ウィルキンズ式の〈石橋を叩いて渡る〉僅かの飛翔のほかに、まことに大胆に、塔なり崖なりの上からジャンプ致し、悲壮なる結果となりし、幾多の前史前歴これあることを、暗に教うるものなりと、言うべきでは御座らぬか。

果せるかな、その種の実績の記述、実は少からぬものが厶りまする。左様、さしずめ古代ローマの記録で厶りまするな。西暦四〇年の生れと伝えられますシラクサエのクリソムトムの『談義』二十一章九節を御披《ひもど》きなされまするると、暴帝ネロの勅命にて、人力には不可能なるこの企てを試みたる話が載って厶ります。

「帝の言にさからうこと、または帝の命ぜられしことを能《な》しあたわずと云うこと、何人たりとも行うことを得ざれば、たとえ帝が空を翔べと命じ給うとも、その者、これをうべないしなり。」

かような暴帝の強制によるものなど、成功する筈は厶りませぬ。その証拠に、かの有名なるスウェトニウスの『皇帝列伝』には、この事の悲しき結果らしきものが、誌されております。「このイカロス、まずは初《はつ》の試みにて、皇帝の寝椅子の間近かに落下いたし、その血もて皇帝を、したたかに汚し終んぬ。」(『皇帝列伝』第六巻十二章)

『警告集』で後世に有名なマルクス・ヴァレリウス・マルティアリスは『見世物について』のなかで、もっと辛辣にこう申しておりまするな。「ダイダロスよ、ルキアーノス的大法螺《おおぼら》に一敗地にまみれしいま、いかで、汝にも翼ありと望めようか」と。

よくは分りませぬが、このネロ帝の勅命は、今日の眼から見まするととと残虐で厶りまするが、それ以前の宗教的祭祀と、何やら関係のあったものではありますまいか。つまり、文化人類学的には、何か意味のあるリチュアルであったのではありますまいか。かようなことを申すと、人道主義者に袋叩きにされかねない今日此頃で厶りまするが、しかし、事実と信念とは、はっきり分けて頂きたく存じまする。

西暦前六四年の生れと伝えられるギリシアのストラボンはその尨大なる『地理』の第十巻二の九に、ちゃんと、こう書き留めているので厶ります。

「それ、レウカディアの民《たみ》の古来のしきたりなれ。年ごとに、アポローン神をば讃めたたうべき犠牲の式の行われ、若干の罪人を岩多き警備台より抛り下して悪をば防がんとするなり。ありとあらゆる翼や鳥をその身に結びて、その羽搏きにより、いささかなりと、その着地を和らぐることをば許す。人々あまた眼下の岩々のあわいに小さき漁船を浮べ、犠牲者を救いあげんとし、幸い救いあげられたるときは、力を尽して国境の外に逃げゆかしめしとなり。」

なおこのほかにサベリスクも、ごたごた言っておりまするが、大したことではありませぬ。

とまれ、このローマの事蹟のあと約千年、ヨーロッパにおいては、〈翼人〉につき何の記録も見当らずなるので厶ります。

ところが西暦一〇〇〇年から、記録は、俄然、増えて参りましてな、イギリスからイタリアまで、スペインからコンスタンチノープルまで、さまざまなる〈翼人〉の試みが賑わしうなりまするのも、これまた不思議で厶りまする。どういうものでありましょうや、医者、修道僧、数学者、宮廷冒険家、老教会合唱隊員、画家など、まこと多士済々なるもので厶りまして。いかがでありましょうや、こういう〈多士〉を眺めてみますると、学問なんぞは、飛翔の成功如何とは何の関係もないことが知られるのでは……。要するに、夢ありし人びとの〈多士〉同志であった、とこう申したい気が致すので厶りまする。

そうなりますとな、やはり、ことはヨーロッパよりもイスラム圏に有利なように思われまするな。その、強烈なファンタジー能力とともに、ギリシア学を吸収し尽した学理の強みとでも申しまするか。

アラビア九世紀の地理学者イブム・アル・ファキーの伝えまするところでは、あるイスラムの建築家は、ハマダーンに、ペルシアの王シャプール一世（二四一～二七二）のために絶世の塔を建立したそうに厶りまする。

「この王、いたって嫉妬の人なりしかば、この工匠を塔上にとどめんと望みたまう。この工匠が才能に、他の何人たりとも浴すを許したまわざりしなり。工匠、この王が言を諾《うべな》うも、ただひとつ王が許しを乞いて言えらく、願わくは塔上に木製の小舎をむすぶを許し給え。それにて禿鷹の攻撃をば避けんがためなり、と。王、これを許し給い、工匠が望む木材を、ことごとく与え給いしとなん。かくして工匠は塔上に朽ち果つるにまかせられたりき。さて工匠、くだんの木材をとりて、一対《いっつい》の翼を製作致し、その五躰に縛《いまし》めぬ。風に迎えられてや、その五躰、空中に浮び、やがて無傷にて地上に落着せり。その地に工匠、庵《いおり》を結びて住えりとこそ聞ゆれ。」これぞ、イスラム版、ダイダロス神話と申すべきではムらぬか。

歴史家アル・マカーリ（一六三二没）によりまするに、アンダルーシアにて史上最初に行われし飛翔は西暦八七五年のこと、それも医者アブル・カシム・アバス・ブ・フィルナースなる人物によるとのこと。アル・マカーリの記するところによりますると、

「この男、粘土をもとにしてガラスを製造したる最初の人物なりき。彼、これによりガラス工場をアンダルーシアに設立したりき。……この男、幾多の珍《めずら》かなる実験を試みたりしが、そのひとつに、飛翔の試みありき。そのためとて、この男、五体を羽根毛にてくるみ、一対の翼を躰に縛《ゆわ》え、高き所に至りて、空中に身をゆだぬ。信ずべき目撃者の、この企てにつきて証言するところをきけば、この男、相当の遠距離を飛びし有様、さながら鳥のごとしと是あり。されど出発点に舞い戻らんとして、したたかに脊骨を傷めたりしとなん。けだしこの男、鳥ども着地せん折は、尾にて着地することに気付かずして、尾羽根を備うるに至らざりしためなればなり。ムメン・イブン・サイード、この並はずれし業《わざ》にふれて詠める、

《禿鷲の五体におのが身を包み
不死鳥にみまがうがごと、
速《と》くゆきし君》」

アバス・ブ・アルナース某が、かなりの距離を飛んだということは、納得できまするが、それにしましても、元の地点に着地しようとしたというのは、これまた、如何でムりましょうや。いささか眉唾物でムりまするな。なにせ、往復おなじ高さ、ないし、それ以上にならずば、果せぬ話でムりまするからな。ただし、最も心を引かれまするは、この点にあらずして、《尾羽根》の件でムりまする。と申しまするも、これと全くおなじ指摘が、一一世紀イギリスのマムズベリ修道院司書の手になる有名なる書物『イギリス諸王事蹟』に見えているからなのでムります。

着地の際に鳥たちは《尾羽根》で降りる、など、まことに莫迦げた説ではムりまするが、されども、滑空に際しての、今日申すところの《尾翼》のもつ重要性について、漠然とながら、その大切さを認識しかけていたことを示唆するものでありますれば、この欠陥指摘は、あだやおろそかには出来ませせぬ。

マムズベリのウィリアムと称されましたる修道院司書(一〇九〇〜一一四三)は、成功せる滑空につき、その『年代記』にかくのごとく誌されておられまする。

「人ありて王国に異変をもたらすとぞ伝う、ひとつの彗星あらわれ、長き焔の尾を曳きて空を横切《よぎ》りけりとなん。こをききて、わが僧院が修道師にしてアイルマーと名乗るもの、輝かなるかの星をみて怖れおののきて地にひれ伏し、聖《きよ》らにも叫び給いぬ。《汝、きたれり！　あまたの母たちの悲しみの因《もと》なる汝、きたれり！　かつてわれ、汝を見しことあり。さあれ、いま、汝の姿、何層倍も、もの怖ろしや、この地に破滅をもたらさんとして来たまいしや！》と。

その日頃、この僧、円熟の境地にありしも、その若き日は、剛勇人にはずれて聞えしとなん。この僧、いかなる術《すべ》を用いしにや知らず、手足に翼をばとりつけ、伽《おとぎ》話を真実ととり違えしにや、ダイダロスのごとく天翔けんとて、頂きに至りて呼吸を整え、やおら、一ファーロングほどの遠きにまで飛翔せりとぞ。さはさりながら、そののちは風にあおられ、空気のざわめきに抗され、また己が心のはやりにも押されしならん、墜落いたし、両脚をば骨折いたし、以後、足なえとなりしとや言わん。みずから説きて言うに、失敗《しくじ》り申せしわけは、尾羽根をつけるを忘却せしがためなりきと。」

このアイルマー坊主の飛翔は、およそのところ、一〇〇〇年から一〇一〇年の頃のことと推定せられ、また、ウィリアムの他の記述の正確性よりみて、まずは、泰西最初の、成功せる滑空ならん、と言われているもので厶りまする。アイルマーの見ましたる彗星とやらは、間違いなく、ハレー彗星にて、一〇六六年のノルマン侵攻の年に先だつものと、今日、学者先生の推計なさるるものに厶りまする。

一二世紀コンスタンチノープルに起りましたる、いまひとつの事蹟をば、御紹介申し上げまするならば、かの侵略者として評判悪《わる》き東ローマ皇帝マニュエル一世が、メアンダー峡谷に破竹の進撃をなされまして、セルジュク・トルコのスルタンたりしキリジュ・アルスランの脅威を未然に防がれし史実が厶りまする。マニュエル一世と和を結ばれましたるスルタンは一一六二年、コンスタンチノープルを訪れられ、この地にて盛大なる歓迎の儀式に迎えられ給うたので厶ります。一二〇六年に、ニケタスのあらわしましたる『トルコ民族史』なる書物これあり。これをば利用して、R・ノールズなる英人が一六〇三年にロンドンにて公刊しましたる『トルコ全史』に、この時の事蹟が訳されておりまする。なんでも、スルタンへの余興にもと、一トルコ人が高き塔より、翼を身にくくりつけ、微風の頃合を見はからっての飛翔の試みなりしが、あわれや、真逆さまに地上に激突。この愚かなるイカロスは首をば骨折、手脚その他、五体のほぼすべての骨を折りしに終りしとなん伝えおりまする。なんと、かのローマの事蹟と、遥かに似通うものでありますることか。悲しき次第に厶りまする。

さて西欧に目を転じまずると、やはり、キリスト教の敬虔の御国柄で厶りまするな、イスラム的夢想は消えまして、人間らしく、〈プライド〉の罪を捨てたものを讃えまする味けなき物語がひとつ見えまする。イタリアが一修道士にてサリンベーネと申すもの、つとに歴史家にしてフランチェスコ会士として聞え、『年代記』なる著述にて後世に残る一三世紀人がおりまするが、この僧、フィレンツェの山師ブオンコンパーニョなる人物のことをば、その『年代記』に記載いたし、永くキリスト教圏の称讃をば、ほしいままに致したので厶りまする。このブオンコンパーニョなる者、ヴェネツィアのジョヴァンニなる超自然の口寄せに長ぜし托鉢僧により、〈汝、空を飛ばん!〉との御宣託を得、すなわちこのブオンコンパーニョ、空を飛ばんとの公表をなし申し、当日、その土壇場にて、地にひれ伏し、〈神よ、われ、このあるまじきプライドをなれに委ぬ！〉とや申せし。あまねく中世ョーロッパ圏に流布いたし、これぞ、まことのキリスト者の鑑なりとて、ながく宣伝せらるることとなりしなり。さもありなんことにこそ。

夫《そ》れ、七むずかしきは北より来《きた》り、夢は中東より来る。こは人類史の鉄則なれ。また夫れ西は、近代テクノロジーと帝国主義を得たるとき、その〈プライド〉をば発揚いたし、今日の支配征服の夢なき飛翔の、浅ましき御時世をば招来致せしなれ。われはまた、せめて尾羽根をさがし、一ファーロングの滑空の成功をば、いとおしまんと欲するものに御座候。

幻想の核をもとめて

人間の本質を定義しようとして〈知性人〉とか〈工作人〉とか〈遊戯人〉とか名づけることはなされてきても、人間を幻想する動物——または幻想を構築する動物として定義することにはまだ躊いが残っているらしい。

しかし定義はつねに現実の歩みよりも遅いものだ。二〇世紀の現実は、すでに〈幻想人〉としての人間の本質を随所に示している。マルセル・ブリヨン『幻想芸術』も、クロード・ロワ『幻想芸術』も、わが国では一応のところ消化ずみだし、マニエリスムは重要な幻想芸術様式だとすると、ホッケの二著は流行を終って久しいし、少し進んだ者ならば、ユルギス・バルトルシャイティスの『歪曲像』や『覚醒と奇蹟』などはとっくに書架に並んだうえ、もう横倒しになっているころかも知れない。

ことほど左様に〈幻想人〉という定義が定立されかねない昨今だが、そこへ編集部から、カイヨワ『幻想のさなかに』（法政大学出版局）、ブロノフスキー『ブレイク』（紀伊国屋書店）、木間瀬精三『幻想の天国』（中央公論社）の三冊が一括してもち込まれ、書評せよ、と来た。カイヨワは彼の評眼にかなった西欧幻想絵画群の議論であり、ブロノフスキーはブレイクの詩と現実についてであり、木間瀬はルネサンスについての極く入門的概論であって、この三つを一度にと言うのはいささかとっぴではなかろうかと、思い悩みながら、ふと思いついたのは、この無関連の、しかも出来不出来の著しく違う三著を、ともかく〈幻想〉という主軸のうえに並ばせようとすれば、最近訳出されたなお二つの理論書を加えれば、もう少し筋が立つだろう、という考えであった。すなわち、カイヨワ『反対称』（思索社）とユング『心理学と錬金術Ⅰ、Ⅱ』（人文書院）の二点である。編集部には盾突くことになるが、わたしは、この方法が好ましく思われる。

ホイジンガを批判しながら、独自の〈遊戯人〉の概念を建設したカイヨワは、その後、〈遊戯〉のさらに根底にある〈幻想〉の根に迫るべく、『幻想文学選』を編集したり、『幻想のさなかに』を書いたりしてきた。一見、これと無関係に思える『反対称』も、わたしには、この〈幻想人〉の概念の定立に至ろうとする、カイヨワの歩みの途上の書のように思われる。

二十代のカイヨワは、昆虫の行動学と人間の神話学との根源的類似に、打ちのめされた青年であったらしい。彼のいわゆる〈対角線の科学〉の誕生である。それは〈対称の学〉と〈反対称の学〉との動的な絡み合いの契機の発見であり、ひいては、人間的自由のもつ幻想性への深い洞察に彼を導いてゆくものでもあった。カマキリのメスが交尾中にオスを食べてしまうあの行動と、〈歯の生えた膣〉とか〈毒をもつ処女〉というあの神話、この両者の類同性に着目して、二十代のカイヨワは、「カマキリについての研究」を書いた。これはやがて〈聖なるもの〉への探求に深められ、自滅に至らせるものを〈聖〉なるものに祭りあげ、これへとのめりこむ人間の行動に、目まいを起させるものにひかれるガの性質との奥深い類同性をみようとした。

ところで人間と他の生物との相違はどこにあるのか。カイヨワは西欧人の常套として、〈自由〉にあると考える。ただその自由が、〈不器用〉と連結されるところに、カイヨワの独創があろう。彼は考える、自由をもたないからこそ、チョウの羽根の美しさは、何万年のあいだ、同種のチョウによって無限に繰り返され、完成された。チョウのような不変の完全さに確実にいたる道と法則性は、人間には拒まれている。人間はそれだけ〈不器用〉なのだ。ところで〈無生物〉〈生物〉〈人間〉の世界のいたるところに〈対称形〉が存在するが、メンデレフが解明したとおり、この三段階のあいだには対称性の階梯的減少という、明らかな法則性が支配している。これだ。〈対称性〉へのエネルギーと〈反対称性〉へのエネルギーと、この双方が作動するところに、宇宙は営まれている。この〈対称破壊的連続性〉（カイヨワの用語では〈逆エントロピー〉）が契機となる矛盾対立——いうならば〈反対称的矛盾〉にこそ、宇宙の仕組みは存在する。そして人間は、この意味で〈反対称的存在〉なのである。

『反対称』以前に、いわば幻想の根を手さぐりして書かれた『幻想のさなかに』は、カイヨワが、どうして、右の用語をわたしなりに強引に当てはめれば、〈対称的〉なものの生む美に対して、不安な美しさをつきつける〈反対称的〉な美、つまり幻想絵画にひかれるかを考えようとして、西欧絵画史をかなりアトランダムに、しかし実に広汎に渉猟した結果、心にふれた絵を選んで、その

〈反対称性〉の絵解きに熱中した、興味津々たる本といえる。そこからカイヨワは、幻想絵画と一口に言っても、さまざまであることを論じ、〈意図的幻想〉〈教育的幻想〉〈風俗信仰的幻想〉などを排して、〈おのずから生じた……色褪せることのない真正の幻想〉にのみ限定し、「なにかしら異質で叛逆的な要素を接木されて〈変質〉し、そのひたすら超自然的な性格をある程度まで贖われ……裂け目というかズレというか、矛盾のようなものが口を開き、幻想という名の毒が、こうした裂け目を通って滲みこみ……なにかしら異常で容認しがたいもの、この世界の本性にもとるなにかが、逆説的に導入されてくる」ような絵画だけに絞り、その絵画主題と手法との解析に、実に愉しげに耽るのである。

さてここで、イギリス・ロマン主義最大の幻想画家詩人、ウイリアム・ブレイクの絵画の幻想性について、メスを入れる本であったなら、右のカイヨワの文脈に、こよなくぴたりと応じたところであるが、残念ながら、ブロノフスキーの『ブレイク』は名著ではあるが（その点については拙著『椿説泰西浪曼派文学談義』に書いてあるから、繰りかえさない）、遺憾ながらブロノフスキーは、ブレイク詩と同時代の社会情勢との対応関係を見事につけたことにこの本の意義があり、絵画空間のなかに、カイヨワ的にいえば〈反対称的〉に飛翔した彼の〈逆エントロピー〉の問題については、最もうとい本なのである。

ここでユングが生きてくる。カイヨワが擬似科学として非難するユングであるがカイヨワが一言も費すことのなかったイギリス最大の幻想画家ブレイクこそは、実はユングが『心理学と錬金術』ではじめて明らかにした、〈個体化過程〉と〈錬金術〉的叡智の深い一致が、つねに〈対称〉のなかの〈反対称〉に支えられながら〈全き人間〉に至る道を志向し、その道こそは、ブレイクが直観していたとおり、「絶滅を生きのび、最後に中世の自然哲学に隠れ家を見出した、ギリシア・ローマの精神と感情の名残り」(ユングI五五ページ)だからであり、これこそ、カイヨワがパラケルスス『プロニョスチカオ』を異常な生彩をこめて論じえたことの秘密であったのだ。このような現代のモメントに何ひとつ答えない概説参考書であった点で、わたしは木間瀬氏の著書を、ここで論評の対象からはずしたい、〈幻想〉の名の下に、その核の外にあるものとして。

日本オカルティズム？

目下〈オカルト・ブーム〉が起っているのだそうである。聞いてみると、日本で騒いでいるのは、どうやら〈日本沈没〉式のSF終末遊戯の延長線上にユリー・ゲラー式の手品師的超能力をつないだ所に成りたつ何からしい。これでは本来の〈オカルティズム〉にとって多分に迷惑な代物でしかありえまい。わたしに関心があるのは、ヨーロッパを深く支配してきた五千年の伝統に輝く〈オカルティズム〉――これはほとんど広義の〈シンボリズム〉と同義であろう――のことであり、またそれがヨーロッパの文学者との間に深いかかわり合いを伝統的に持ってきた事実である。

極く新しいところでは、おそらく二〇世紀英語圏の大詩人のひとりイエーツは、〈オカルト〉的観念との対話を、その生涯の詩作の源泉にした詩人であったし、そのアイルランドの仲間の詩人AEも〈神智学〉が詩作の霊感源だった。ロレンスも、少くともその後半世の仕事はエトルリアからメキシコに至る古代的世界像の巡遊によって摑まれた闇の意識のオカルティズムに支えられていた。

可憐なキャザリン・マンスフィールドも、その死をオカルティストであったグルジエフのサナトリウムで迎えることを、みずから選んだ。ジョイスの大作品の構造に滲み透っていたものが〈ヘルメス的〉手法であったことは、W・Y・ティンダル教授を引用するまでもない常識であろう。オールダス・ハクスレーも、晩年は『永遠の哲学』から『知覚の扉』に至るまで、東方のオカルティズムに身を捧げ、初期の西洋ユートピアと東洋神秘学とのコラージュ的総合に安住の地を見いだした。T・S・エリオットも、出世作『荒地』に恰好をつけるためには、マダム・ブラヴァツキーとタロー・カードを、作品の構造上の重要ポイントに、ちらつかせないわけにはゆかなかった。

そして、これら二〇世紀の諸作品を産んだ直接の親は、一九世紀ヨーロッパ象徴主義運動であり、その系譜は、ロマン主義を兄とし、そのまた祖先は一七世紀形而上詩派であり、そのまた源流は、中世のネオ・プラトニズムの根深い伝統にあって、これはプロティーノスと『ディオニシウス偽書』とを媒介にして、『ヘルメス文書』に遥かにつながり、プラトン思想に辿りつく。そして、そのプラトンのオカルティズムは、さらに遥かに、古代カルデアの占星術のシステムに棹さす……こうなると、もう、ヨーロッパ思想のうちの、文学的世界像と想像力との共犯関係の存在するところ、すべてこれ、〈オカルティズム〉の伝統が嗅ぎつけられると言っても、少しもおかしくない。ましてこれに、ボルヘスの二〇世紀的保証を俟つまでもなく、カバラのギリシア＝ユダヤ的伝統の奥深い底流を加算することなど当然とすれば、この図式はさらに、〈オカルティズム〉のヨーロッパ的正統性を、いやがうえにも強調するものに、ならざるをえないだろう。

ホワイトヘッドの巧妙な言い草ではないが、ヨーロッパの全思想の歩みは、プラトンへの脚注にすぎない、という発想は、右の文脈から考えても、全く正しいことになろう。
バビロニアとエジプトに発祥した数学的宇宙類比が、インドとギリシアで大成され、ヘルメス学・カバラ学・錬金術・占星術と雑婚しながら、キリスト教神秘主義とネオ・プラトニズムの本流を押し流してゆく有様は壮観であるが、われわれの当面の論題である文学とのかかわりあいになると、これらの本流はすべて前史になるだろう。その意味で、近世ヨーロッパ世界でオカルティズムが〈オカルト・サイエンス〉として再組織される段階以降が、改めてわれわれに大切な領分になってくる、またその文学者たちとの関係が。つまりスウェデンボルイとベーメからマダム・ブラヴァツキーに至る近代オカルトの歴史が、ダン、ブレイク、コールリッジ、ヴィクトル・ユゴー、ネルヴァル、ボードレール、ランボー、ユイスマン、リラダン、マラルメ、ジョイス、イエーツとの間に持った不即不離の関連である。

　ジョン・ダンが先頭にきたことでお分りのように、一応の目安は一七世紀になってくる。一七世紀科学革命によって、狭義の近代科学が成立したとき、因果律＝力学＝物理のモデルから見て不純とされる諸学は、すべて〈科学〉の領域から追放されることになった。科学史の教える〈追放諸学〉Rejected Sciencesに一括されてしまったのである。魔術・呪術・占星術・手相術・骨相術・錬金術・透視術・心霊術、その他その他の諸術諸学は〈科学以前〉の〈隠秘学〉〈秘教学〉として、〈オカルティズム〉のラベルを貼られて、公的科学の眼の届かないプシケの地獄の辺土《リンボー》に追い出しを食ったわけである。問題は、この追放処分が、かえって近代オカルティズムに自己の在り方を自覚させたことにあろう。薔薇十字会もフリーメーソンも、この追放によって目覚めた自覚から組織され、文学者と切れない随縁を結ぶこととなる。

なぜであろうか。おそらく——複雑な分析を省略すれば——オカルティズムは古代的世界像の継承者であって、狭義の近代科学の世界像と両立しないものではあっても、文学的想像力の髯根は、むしろこの古代的世界像のなかに深く根差しているからである。わたしの言う古代的世界像とは、人間と宇宙（自然を含む）とを相互の類比関係において了解する世界像のことであり、それには、アニミズム（物活論）とパンシィズム（汎神論）と有機体論を包摂して現代のC・G・ユングのシンクロニシティ論（同時性論）に流れ入る、ひとつの人類的な公分母としての世界像を指している。そして、この世界像は深く詩的世界像とかかわりあっている。したがって、この意味での古代的世界像が危くなったことを知ったとき、一七世紀形而上詩人、ロマン派詩人、象徴派詩人が、一様に、詩的世界像の成立根拠を求めて、薔薇十字会系その他のオカルティズムに走り、そこに自己の詩学の根拠地を争って求めようとしたことは、少しも不思議なことではない。ドニ・ソーラの『文学とオカルティスム』を始めとするミルトンやブレイクのオカルティズムの側からの先駆的研究、新しくはジョン・シニアーの『下降路と上向路——象徴派文学におけるオカルティズム』、デジレ・ハーストの『秘宝——ルネサンスからブレイクに至る伝統的象徴法』、フランセス・イエーツ『ブルーノとヘルメス的伝統』、キャサリン・レイン『ブレイクと伝統』のような、ここ数年の秀れた諸研究が花開くことになったのは、まったく、この近代のオカルト・サイエンスとヨーロッパ文学とが、科学革命を介して形成してきた、ただならぬ近親関係のためであったといえる。

＊

さて、ここで近代日本文学に眼を転ずるとき、どういう違いが見えてくるだろうか。近代日本文学は明治以降、オカルティズムを知らないところに、その本道の路線を設けてきたといえよう。無理もないことであった。ヨーロッパ近代科学を疑うことなど、少なくとも近代日本のインテリゲンツィアには、さし当りとんでもないことであったろうし、日本にヨーロッパ並みの近代詩・近代文学を誕生させることに必死だったのだから。近代科学に抗して詩的想像力を守備する角度は、近代科学をとりこみ、民主主義を導入し、ヨーロッパ文学の最先端に、あらゆる短絡路線をとって急速に追いつくべき要請のために、近代日本文学の視座のなかには入りこめないという、特殊日本的必然性が生れたといえよう。いわゆる象徴詩の移入の日本的歪みといわれる問題も、おそらくは、この特殊日本的必然性から、オカルティズムと詩学とのヨーロッパ的近親関係が、わが国では意味をもたなかったことに、その大半の理由が帰せられなければならない。

だから、近代日本文学においては、みずから象徴派を名乗る詩人でさえ、その人の思想のなかにオカルティズムが根を下している例は皆無にちかい。近代技術を技術としてマスターし、その世界像は捨象して何の疑問も感じなかった在りようと、まったく同一だったのである。ここから、三つの可能な場合をのぞき、近代日本文学とオカルトとの関係の確かなる所在を認めることはできないことになる。一つは、はじめから、このような特殊日本的必然性にたつ方途と関係なく、江戸末期までの日本の伝統を明治以降の文学環境のなかに鋭くとぎすます道を選んだ文学者の、本能的に保ちえたオカルティズムであり、二つは、たとえば自由民権運動のような、ヨーロッパ近代の政治条件の成立を目標に文学を志向しながら、それが日本の条件のなかで頓挫をきたし、その挫折から、広義の近代の世界観的前提または科学的世界像に疑惑をもち、オカルティズムに近接していった場合。三つは学者として象徴主義文学を究め、そこにヨーロッパにおけるオカルティズムと文学との深いつながりを認知し、オカルティズムに入っていった場合。

(一)に属する文人としては硯友社系の人たち、とりわけ泉鏡花の秀れた幻想世界の超自然や土俗との高次の結合に、なによりもまず結実しており、また鏡花の場合、〈摩耶夫人信仰〉が作品の中心象徴を形づくる点で密教と修験道の伝統に奥深く根ざした美意識の上に立ち、日本近代文学のなかで稀有のオカルティストとなっている。

(二)に属するものは、北村透谷にもっとも良い事例を見るものである。民権運動の挫折から詩人透谷は誕生するが、見霊者的資質が次第に顕在化してくるとともに、オカルティズムへの傾斜が深まり、明治文学には類例のない超自然と想像力の合体する文学《ポエジー》を産んでいることに、わたしは注目したい。透谷研究は今日まことに隆盛であるが、この点を見落しているため、甚しいプロヴィンシャリズムに陥っているものが過半を占めている。その点から、オカルティスト透谷の様相を著しく示すものは、「楚囚の詩」でも「蓬萊曲」でもなく、「蓬萊曲別篇」の時空の廃絶された慈航の湖のユートピア世界と、失敗作として真面目な論評の対象にされたことのない小説「宿魂鏡」とであろう。前者は無窮子釈環中禅機編「須弥界四時異同弁」に明らかな、仏教宇宙像のオカルティズムの時空が舞台となっており、後者は鏡のメタファーにこめられた狂気と愛死（リーベス・トート）のテーマを扱った、ほとんどホフマン的なロマン主義的オカルティズムを実現している。これらと鏡花との関係などが分断され、一向に美的精神の水脈が整理されていないのが、日本近代文学史の遺憾な点であろう。

㈢にかんしては、日夏耿之介をその筆頭に算えたい。早くからポオを介して、ボードレールに迫り、マラルメの『ディヴァガシオン』を枕にしていたこの学匠は、生来の超自然趣味も相俟って、象徴主義とオカルティズムの相関性を最も的確に攫んでいた人であった。一七世紀形而上詩、ロマン主義・世紀末唯美主義、フランシス・トムソン、イエーツという日夏の偏愛した対象群は、実は今日の時点から振りかえるとき、偏愛でも偏見でもなく、もっぱら、この拙文の前半に略述したようなヨーロッパ文学の象徴主義の正道に棹さす系列に他ならなかった。

㈠㈡が㈢とまことに高次の折り合を持つようになるであろう日、その日こそ、〈日本オカルティズム〉という言葉にたいして、わたしたちは疑問符をつけることなく、安んじて使える時点にあることだろう。

Necrophagia 考

夢野久作の『ドグラ・マグラ』の作中の仕掛けの一つに、唐代の名画工が描いた死美人の腐敗絵像がある。作中人物の若林と正木は、呉千世子の家系の縁起を知り、これを利用して彼らの学説の立証をはかる筋立てである。つまり呉家の先祖は中国の帰化人の家系であり、もと唐の遺臣であった。玄宗皇帝の放蕩を戒めるため、画工の呉青秀が愛妻を絞殺し、その腐爛してゆく屍体を描いて献上しようとするうちに、ついに発狂し、その絵巻物が呉家の日本移住とともに伝来し、狂気の家系をつくった。そこで絵巻物を呉家の血統の男に見せるならば、その触発によって思いどおりの犯罪を行わせることができ、彼らの学説の立証となると考えることになっている。

ここに使われている絵巻物とは、仏教で観禅不浄観といわれる観想修業のための「九想図《くそう》」であることは明らかであり、夢野久作は雲水として修業中に、どこかでこの種の絵巻物を見ていたに違いない。

五欲——とりわけ美を好み恋に耽る迷妄にとりつかれた者に、人間の不浄を悟らせ、その欲情を除くための観法である。「九想観《くそうがん》」と称する九段階を踏んだ肉体の腐爛し、白骨化し、四散に至るまでの観想修行である。一、想相壊、二、想相爛、三、想相虫啖、四、想相青敕、五、想相紅腐、六、想相虫食、七、想相解散、八、想相火焼、九、想相生。つまり、これを俗に略して言えば、一、は〈青想〉であって、皮や肉が腐爛して、黄赤——オレンジ色の濃いものであろうか——だった〈瘀《お》〉が〈黤〉に化する相をあらわす。すなわち、古血の固まった姿が、煮凝《にこごり》のようになった状態である。二、は〈膿爛想〉または〈絳汁想〉であって、肉体の九の穴から、虫や蛆に食われた膿《うみ》が、垂れながしの状態になり、黄色の汁が大地に漏れでて、臭気紛々たる有様を示す。三、は〈虫噉想〉または〈噉想〉で、ときに〈食不消想〉とも言われる。つまり、虫や蛆ばかりか、鳥類も獣類もこの屍体を食み、残欠落剝の、ところどころ骨をうかがわせる惨状を言う。四、は〈胖脹想〉または〈脹想〉〈膖脹想〉〈新死想〉と言い、屍体全体が水ぶくれして、さながら水枕のようになるさまを言う。五、は〈血塗想〉〈血塗漫想〉〈膿血想〉といい、頭の天辺から足の先まで、膿血が充満し、全身が汚土にまみれたような姿をさす。六、の〈壊爛想〉は〈壊想〉とも言い、屍体が風に露に変じて、皮と肉が裂け、五臓が腐敗し、臭穢が流れあふれる様《さま》をさす。七、は〈敗壊想〉〈散想〉〈筋纏束薪想〉と言い、皮も肉もすでになくなり、筋と骨が一つになって、さながら頭と足の束薪になってしまう姿。八、は〈焼想〉〈焼想可悪想〉とも言い、野火に焼かれ、太陽と月の光により焼き尽され、ついには煙臭となり、白骨もまた灰土に帰する姿を言う。九、は〈骨想〉〈枯骨想〉とも言い、ただ白骨のみ四散して散らかる有様を言う。

この九段階を内観により踏み越え、美好耽恋の迷妄を断とうとするのである。そのための手助けとなるのが〈九想図〉であり、その凄絶さは中国古典絵画のリアリズム性の極地をなしていたと言って良かろう。わが国にも、中国招来の、またはその模写と思われる一、二の秀抜な〈九想図〉が存在する。幾多の大飢饉の折に、屍体の腐爛から遂には土に化してゆく有様を、唐土の人も、日本人も、機会あらば目撃し、これを決定的な視覚上の変容の諸段階と、その拘壊する数論《ヌーメロロジイ》に従って組織し、肉体の果敢なさと、その虚妄性を説く手だてとしたであろうことは、容易に推測できる。

　人間はもともと、自分より強い相手の肉を食らうことで、それを己れの能力、体力の倍化にしうるという〈リチュアル〉への動機を持つ動物であった。古代世界の秀れた芸術が、すべて自然界の、鷲、野牛、ライオンなどの、古代人の体力を超越する動物に向けられ、宗教はすべてそれらの象徴化からなりたっていたこと一つを取ってみても分ろう。古代社会にとって代ったキリスト教が、古代聖獣の正反対である小羊、鳩などを聖化することでまず自己の顕教象徴体系を組織しながら、のちに、こっそりと、中世図像学の形で、異教古代の聖獣をキリスト教密教象徴体系のなかに再び導入せざるを得なかった苦心は、現代人の我われとして良くわかるのである。つまり「ヨハネ黙示録」の四秘獣であって、これを四福音書の著者を現すと解いた聖ヒエロニムスのこじつけの苦心もさることながら、キリスト教が建前上追放した筈の強力な獣たちが、こうして本音として甦ってきたことが面白いのである。

　そして〈死〉は人間にとって、最后の最も打ち勝ちがたい強力な敵であるとすれば、死の超克を願って、その象徴である〈屍体〉をリチュアルとして食べる古代的行為が、愛する者の屍体を食べるネクロファギア(屍肉嗜食)の願望と微妙に重なり合うものであることは、見易い道理であろう。

日本古典文学にネクロファギアは余り登場しないが、上田秋成『雨月物語』のなかの名作「青頭巾」の狂僧の話は、秋成の緊迫した感度の高い文章と相俟って凄絶な印象を残す。

下野《しもつけ》の富田に寺があった。そこの阿闍梨は篤学修行の人として聞え、人びとの尊崇を集めていたが、或る年、北陸へ灌頂の戒師に迎えられていったが、その国から十二、三歳の童児を連れて帰ってきた。この童児が容姿の秀れて美しいのを深く愛し、いつか仏事も怠りがちに見えた。ところが、その童児が、ふとした病の床についた。始めはかりそめの病と思っていたのが重くなり、阿闍梨は嘆き悲しみ、諍々たる大医まで迎えて治療につくしたが、遂に甲斐なく、童児は死んだ。阿闍梨は、「懐の璧《たま》を奪はれ、挿頭《かざし》の花を嵐に誘はれしおもひ、泣くに涙なく、叫ぶに声なく、あまり歎かせ給ふままに、火に焼き、土に葬ることもせで、瞼《かほ》に瞼《かほ》をもたせ、手に手をとりくみて、日を経給ふが、終に心神《こころ》みだれ、生きてありし日に違はず、戯れつゝも、其肉の腐り爛るゝを吝《をし》みて、肉を吸ひ骨を嘗めて、はた喫《くら》ひつくしぬ。寺中の人々、院主こそ鬼になり給ひつれと、連忙《あわただ》しく迯去《にげさり》ぬる。」

その後、この阿闍梨は、夜な夜な里に下って来ては人を驚かし、墓をあばいては、生まなましい屍体を食らうようになった。衆道が嵩じて人鬼と化したこの狂僧であったが、その土地に来あわせた高僧の得度によって、ついに成仏する話である。

〈瞼《かほ》に瞼《かほ》をもたせ〉〈手に手をとりくみて〉〈生きてありし日に違はず〉〈戯れつつも〉ついにその腐爛する肉を食らい、骨を嘗める有様は、実は「九想観」の階梯のままに、煩悩を解脱するのではなくて、煩悩へとひたすらに深まるものであり、それがかつては篤学修行で聞えた阿闍梨であり、その愛人が異性ではなく、衆道の相手である美少年であるだけに、秋成のこの話は冴えわたっている。〈瞼に瞼をもたせ〉の〈瞼〉は、具体的には頬をさすのであろうが、秋成の字くばりは、さながら瞳と瞳を大きく見つめあい、睫毛が互いに交叉し合うイメージを誘発するように仕組まれ、一方が屍体の命なき瞳であることを想うとき、その映像効果は、すぐあとのネクロファギアの行為そのものを、ごく自然に予測させる高度の修辞効果をあげている。

秋成といえば、その学殖から、すぐ中国の粉本を云々されるようだが、この話はむしろ実際にあった日本での話ではないだろうか。たとえば大江匡房の『続本朝往来伝』に寂昭が妻の屍を葬らず、屍体の九想を現実に見て、道心を起す話があり、その叙述の前には、寵愛する者に死別して愛撫の余り遺骸を埋めるに忍びない心境が述べられている。この叙昭のことは『宇治拾遺』に、三河入道の話として、妻の屍体を抱いて愛撫するうちに、口から臭い香が出、疎ましく思い、泣く泣く葬る話に変って出ている。また馬琴の『四天王剿盗録』には、木曾の寝覚の里に出没する人喰いの姿が現れている。

観想修行としての九想観に合せて道心に至らせるのが『続本朝往来伝』の説話の方角であるとすると、「青頭巾」の説話はヴェクトルが逆転され、僧が美少年の屍体が九想に変ずるがままに愛撫が深まり、ついにネクロファギアに至り、狂って人喰いになるのである。

ネクロファギアは九想観の転倒としての愛の究極のリチュアルと考えられ、西欧の場合、吸血鬼信仰の多くの細部と重なり合い、絡み合って、複雑な象徴法を造っているように思う。思いだされるのは、ダニエル・シュミットの映画作品『ラ・パロマ』である。女主人公パロマは、歌姫であり、明日知れない生命を医者に宣告される。彼女に恋着している若い伯爵イジドールと一緒になるが、彼の大きな愛にもかかわらず、彼を愛さない。そのうち治療の甲斐あって、彼女は健康になる。彼の母の希望で形式上の結婚をするが、イジドールの親友と密通する。この男と駆け落ちをするため、イジドールに金銭《かね》を求めるが、イジドールは彼女を愛しているためにこの要求を拒む。パロマの方は、その要求を容れてこそ〈大いなる愛〉であるという考えから、以后、イジドールに心を開かず、部屋に籠って自己剝製化の修行にとりかかり、秘術の油を塗る。ある日、イジドールを呼び、左手に黒十字架を持ち、イジドールに封印した遺書をわたし、誓わせる。三年後に開封し、遺言どおりに履行するように、と。パロマに死なれたイジドールは全く虚脱する。三年後、密通した親友の立会いのもとに開封する。「墓を露《あば》き、瓶に骨を入れて日没前に丘に捧げよ」とある。墓を露いてみると、生前そのままに美しい彼女の屍体が黒十字架を左手に握って横わり、大きな瞳を見開いてイジドールをみつめていた。日没前にまで骨を焼きあげる時間はない。しかし誓った以上、履行せねばならない。立会った人びとが逃げ去ったあと、イジドールは自暴自棄になり、ナイフを握って、その美しい屍体を切り刻む。次第に激しさを加えるナイフの動きにつれて、まことに嬉しげな、さながら無心の性戯の只中のようなパロマの忍び笑いがあたりを包む。(多分イジドールは、ネクロファギアを行ったのであろう。) 日没の茜色の丘を瓶を頭の上にのせて歩き去るイジドールの影絵のような後姿が写って終幕。

極度に台詞《せりふ》を圧縮し、時間構成を錯雑させ、あらゆるシーンが何がしかのパロディであるような、一種の〈メタ・シネマ〉であるが、根底にあるのは、ネクロファギアのテーマに重ね焼きされた吸血鬼信仰のパロディであろう。ファム・ファタル（宿命の女）としてイジドールの愛を独占しながら、イジドールへは愛を報わない永遠の聖処女であり、密通の友人にとっては聖娼婦であり、彼女が〈大いなる愛〉と解釈するものをイジドールが拒むと、「いつまでも変らぬ姿で、僕と居て呉れ」という死の床でのイジドールの願いを果すことで彼女の側の大いなる愛を彼女なりに貫こうとする――つまり、自己剝製化により、裏庭に葬られて生前のままの姿でイジドール〈と居〉り、発掘され、さらに誓いの力で屍肉嗜喰を誘い、イジドールの体内で一体化し、イジドールの生涯離れない、最も完璧な〈宿命の女〉としての愛を完成するのである。

ミイラは魂が転生の果てに戻った時に、その魂が再び宿るべき肉体として保存された甦りの信仰の表れであろうが、夜な夜なの吸血によって、棺のなかに不死の美貌を保つ吸血鬼は、『ラ・パロマ』のなかで、ネクロファギアのリチュアルを介して、ワーグナーのゼンダ以上の、より完璧な〈永遠の愛〉を実現して見せたところに、ダニエル・シュミットの凡手ならざるパロディの才がうかがわれる。

こう考えると〈ミイラ→吸血鬼→ネクロファギア〉は互いに絡み合い、九想観の両方向を孕むヴェクトルとなって作動する。

『宇治拾遺』に見える「世尊寺に死人を掘出す事」では、唐櫃のなかから、生前そのままの寝入っているとしか思われない、うら若い尼僧の屍体が現れたそうである。だがそれも、「乾《いぬい》の方《かた》より風吹きければ、いろいろの塵となりて失せにけり」とされ、これは大地そのものの手で再び風葬に付されたネクロフィリアのリチュアルを想わせる。

それにしても、ローマで一四八五年四月十九日に、サンタ・マリア新修道院のチェチリア・メテラ墓地の古代の墳墓から発掘されたという、生けるがごとき十五才の美少女ユリアの屍体は、コンセリヴァトリ宮殿の大広間に安置され、天使にまがうその屍体を拝もうと、詩人も画工も馳けつけ、それ自体が〈ルネサンス〉を象徴する好個の出来事となったというが、そのユリアのミイラは、一体どこに行ってしまったのか。

　また、これを伝えて巧みなルネサンス文化論を描いた学者は誰だったか、あまり有名すぎて、今ちょっと思いだせないのである。

落葉《おちば》のひとに

寄るべなき異郷にて
ひと　みまかりし　夢をみつ
落ちゆく星を　拾いし　ひと
珊瑚の乳首《ちくび》を　棄てし　ひと
落葉のうづむ　その腰　に
秋の気配　を　運びし　ひと

風狂の文学

夢野久作の都市幻想

「世界の涯の涯まで硝子《ガラス》で出来ている。
河や海はむろんの事、町も、家も、橋も、街路樹も、森も、山も水晶のように透きとおってい
る。
スケート靴を穿いた私は、そうした風景の中心を一直線に、水平線まで貫いている硝子の舗道
をやはり一直線に辷って行く……どこまでも……どこまでも……。
私の背後のはるか彼方に聳ゆるビルジングの一室が、真赤な血の色に染まっているのが、外か
らハッキリと透かして見える。何度振り返って見ても依然としてアリアリと見えている。家越し、
橋越し、並木ごしに……すべてが硝子で出来ているのだから……。
私はその一室でタッタ今、一人の女を殺したのだ。」
夢野久作の『怪夢』のなかの一篇「硝子世界」の冒頭の一節である。地平まで見渡せる壮大なス

ケールの遠近法のなかに、直線的に構成された街路とビルがあり、彼方の空を夕焼けが染める。これは東京なのだろうか。いや、どうも違うようだ。おそらく、それはハルピンなのだ。夢野久作が愛惜をこめて〈哈爾賓〉と書く、あの〈氷の涯〉の都市。そしてこの〈硝子〉も、おそらく〈氷〉であり、夢のなかの主人公が真逆様に落ちてゆく硝子の果ての〈無限の空虚〉は、ルスキー島の沖合の〈それから先は、ドウなっているか誰も知らない〉あの非有の場所なのだ。氷と硝子の幻想の都市のうえを縦横無尽に犯罪の影が走り、その涯の四囲を、孫悟空の釈迦の指のように、虚無がつつんでいる。夢野の都市は幻想のなかの都市だ。たとえ作中では、上海であり、福岡であり、ニューヨークであり、そして大東京であろうとも、夢野の都市は、ハルピンという名の都市幻想なのである。

フランスに渡ってパリ高等物理学校でレンズ光学を修め、前後五年もパリにいた久生十蘭の描く都市には、曾遊の地のリアリティーが、どうしてもつきまとう。その意味では、十蘭の都市の方が良く描けていると言う人もあろう。たとえば『墓地展望亭』のパリ。しかし、これは要するに写実の問題にすぎないだろう。自然主義的な写真の如実さが欲しいのなら、小杉天外の『魔風恋風』を読むにしくはない。昭和八年頃の東京がまことに如実に描かれている。そういうものとは別次元にあるのが、夢野の描く都市である。推理性を密封する空間として、選びだされ、築きあげられた言語のつくる幻視の次元にある。

夢野久作を論ずる場合、いささか、これまで、彼の土着性・田舎性・どろどろとした混沌の側面が強調されすぎていたように思う。もとより、わたしは、夢野のなかに、このような側面が特徴のひとつとなっていることを否定するものではない。だが同時に、夢野久作の強靱な構想力は、トリックの緻密巧妙・謎ときの面白さに終始する所謂「推理小説」とは質的に異るもので、一方において人間のアイデンティティーを無意識の幽暗な奥所にまで尋ね降りようとする執拗な思考と、他方において、現代大都市を股にかけて渦巻く国際犯罪の跳梁の網目のなかで日本のナショナリティーを尋ねようとする雄大なスケールの物語構図とを追求するところに、その本領が発揮され、〈個の深層〉と〈国際のなかの固有〉の問題を犯罪テーマに仮託して問いかける国際的現代性も強烈なのである。

この問題に直面するとき、夢野の選ぶ画布は勢い大型になり、その背景に、あの都市幻想がくっきりと現前してくる。その都市の街路樹の木末《こずえ》に吹き荒れるものは、虚無と哄笑の旋風《つむじかぜ》。わたしはこの都市幻想に執着する。

晩年になって、夢野はようやく右の都市幻想を、作品の空間のなかに構築することができた。おそらく昭和六年から八年にかけての三年に。夢野は十一年に逝くのであるが。夢野の幻想都市の地の涯を、夕焼けがつつみ、その夕焼けが、夢野の作のモティーフに夥しい大火の色合いに見まがうのを、どうして偶然と言うことができよう。それは夢野という太陽の、落日の最後の燃焼であったのだから。『怪夢』は六年に、『ビルジング』は七年に、『暗黒公使』は八年に、『氷の涯』も八年に製作された。この三年間に、夢野は東京と対決し、現代都市のメカニズムを透視して、そこに犯罪の巣窟を照射し、やがて透視は東京を脱色して遥かハルピンを幻視のなかに確かに見た。この都市幻想のヴォワイヤン。

ではその幻想の内実は？　『怪夢』では、まず〈工場〉。そこでは「すべての生命を冷眼視し、度外視して、鉄と火との激闘に熱中させる地獄の騒音」が鳴りひびき、幾千という生命が無造作に失われ、めくらめく〈私〉は「ポカンと口を開いて」立ち、あらゆるオノマトピアを総動員して無意味に笑い、最後にこう言わねばならない「……ザマア見やがれ……」。

それから〈街路〉。それも「大東京の深夜」。けたたましいサイレンを鳴らして疾風のように自動車が駆け抜けてゆく。つぎつぎに三台も。第一のには「綺麗すぎる横顔」の「水の滴るような束髪に結った」女がのっている。第二のは「パナマ帽を冠った紳士」、「富豪の典型」。第三のは「金襴の法衣」の坊主。すべては恐らく〈人形〉なのだ。〈女〉→〈資本〉→〈葬儀〉のイメージ。当然つづく死の予感。果して「二台の自動車が音もなく近づいて来た。私の前でスレ違うべく……」。つまり〈犯罪〉。

つぎは〈病院〉。精神病院らしい。「頑丈な鉄の檻」の中の「私」。それを「膝のとんがった縞のズボンと、インキの汚染《しみ》のついた診察着を着」た、もうひとりの私が診察する。私を発狂させ、研究を完成さすために。私は相手の眉間に致命の一撃を食らわせ、そして哄笑するほかはない。〈精神異常〉→〈監禁〉→〈二重人格〉→〈自己抹殺〉。もうひとりの私が倒れるのは〈深夜の廊下〉。

もうひとつは、すでにのべた〈硝子世界〉。その一室で女を殺した私。その私を「はるか向うの警察の塔上から透視していた名探偵」。そこで逃走。そこで追跡。私は硝子の果てから転落し、虚空を落下。硝子の地平の端から顔をだした探偵は明かす。こうしておまえを犯罪に追いこみ、硝子世界から「逐いだすのが、俺の目的だったのだぞ」。この探偵も恐くは、〈もうひとりの私〉なのだ。〈自己陥穽〉→〈犯罪〉→〈虚無への転落〉。

〈工場〉・〈街路〉・〈病院〉・〈硝子世界〉を、立軸の次元がサンドイッチ式に挟んでいる。上には〈空中〉、下には水中。空中には私の乗った「単葉の偵察機」が飛び、それと全く同一の飛行機が現れて、衝突に誘う。パラシュートで降りる私。わたしの暗示にかかり、とうとう「弾丸のように落下してゆく私ソックリの相手」。このイメージも〈二重人格〉→〈自己陥穽〉→〈虚無への転落〉。水中のイメージは〈七本の海藻〉。その海藻に囁きかけられる私。海藻ではない、実は「オーラス丸の船長夫婦と……一人の女の児と……一人の運転手と……三人の水夫」の水葬遺骸だ。囁やきかけられた私こそ、彼らを謀殺した「張本人の水夫長」なのだ。犯人が出会った遺骸の変身。〈犯罪〉→〈変身〉。良心の呵責のように、水中のどこかで「お寺の鐘が鳴るような」幻聴。

〈硝子世界〉のイメージの内実と、そのカラクリは、右のように組まれて、『怪夢』の都市の幻想空間を密封する。『怪夢』の都市は夢のなかの抽象された淡彩風景だが、これに具体の肉づけをしながら、大画布に活劇化されると、『暗黒公使』の舞台が整う。〈女〉→〈資本〉→〈葬儀〉そして〈人形〉は、油絵具でもりあげられ、〈志村ノブ子〉→〈ゴンクール〉→〈志村の死〉そして人形のような美少年〈ジョージ〉が登場し、〈街路〉は大東京の〈丸の内〉になり、〈探偵〉は〈狭山〉になり、〈二重人格〉の〈自己陥穽〉と〈自己抹殺〉は〈志村〉のなかの〈民族主義者〉と〈無国民性者〉の葛藤になり〈自殺〉になる。さらに〈二重人格〉と〈人形〉とが複合して〈ジョージ〉の演ずるトリックは、完全に彼をヘルマフロディトスにする。舞台は大規模になり、パリ・東京・全米・満蒙・シベリアを包みこむ活劇舞台に、東洋米化政策を狙う〈大資本を背景にした民族大犯罪〉が〈資本主義社会につきものの暗黒面組織〉を動員して展開される。中心的なイメージの群は〈大サーカス団〉で、犯罪に対抗するものは、〈ノブ子〉の〈純日本式貞操〉と〈志村〉の〈推理〉であるが、実際の狂言廻しの立役者は、ヘルマフロディトスの美少年である。かなり本格的な大衆推理小説の枠組みだが、やはりこの〈大東京〉も、その本質は幻想の都市なのだ。活劇が解決に向おうとする移行部への入口に挿みこまれた〈志村〉のコーヒー幻想は、ファンファーレのように鳴り響き、都市幻想とサーカスのイメージが溶け合いながら、『暗黒公使』全篇を壮大な幻想と幻聴の都に変える。

「カーキ色の城砦のような帝国ホテルの上空に、同じ色の山のような層雲がユラユラと流れかかって来る……その中から一台の、やはりカーキ色をした米国の飛行船が現れて、帝国ホテルの上空をグルグルと旋回し始める……帝国ホテルの屋上には何千何百ともわからぬ全裸体の美人の群れがブロンドの髪を振り乱して立ち並んで、手に手に銀色のピストルを差し上げながらポンポンポンと飛行船を目がけて撃ち放す……飛行船はタラタラと爆弾を落すと、見事に帝国ホテルに命中して、一斉に黄金色の火と煙を噴き上げる……美人の手足や首や胴体がバラバラになって、木の葉のように虚空に散乱する。……帝国ホテルが真赤な血の色に染まって行く……飛行船も大火焔を噴き出して、独楽のようにキリキリと回転し始める……それを日比谷の大通りから米国の軍楽隊が囃し立てる……数万の見物が豆を焙るように拍手喝采する……それを警視の正装した私が馬に乗って見廻りながら、これは困った事になって来た。どうしたらいいだろう。米国公使館に電話をかけてやろうか。どうしようか。……それともこれは見世物じゃないか知らん。それとも何かの広告かしら……なぞといろいろ心配している中にとうとうほんとうに眠ってしまったらしい……。」

色鮮かな都市幻想。ここでも燃える飛行船は帝国ホテルの上空を血の色に染め、時ならぬ〈夕焼け〉を創りだす。ここは〈硝子の都市〉なのだろうか？　明らかに。完璧な推理の大脳宇宙に生きる〈志村〉は、硝子の宇宙の住人だし、彼をとりまく虚無の実感はあまりにも深い。作中の〈志村〉の台詞「すべては虚構、すべては芝居、すべては敵」は、硝子の世界の回転軸。〈反語的存在〉とみずからを規定した彼の。

虚無が包み、夕焼けが照す夢野久作の幻想の都市は、東京からハルピンに移るとき、その幻想の純度を飛躍的に高めてゆく。『氷の涯』の上村作次郎一等卒とニーナ・オリドイスキーが、軍隊と反革命のメカニズムのなかで落しこまれてゆく犯罪は、料亭銀月をなかに置くハルピンである。犯罪を孕む都会であるとは、とうてい思えぬ静謐のなかに、この都市は眠る。夢野のハルピン幻想は、絵葉書のように、そして絵葉書から創作したユトリロの街角のように、あまりにも美しい。

「道の両側に並んだ楡や白楊の上にはモウ内地の晩秋じみた光が横溢していた。歩道の一部分に生垣をめぐらした広い公園だの、白楊の青白い幹が幾十となく並んだ奥に、巨大なお菓子か何ぞのように毒々しい色の草花を盛り上げた私人の庭園だの、仙人掌、棕櫚、蝦夷菊、ダリヤなぞ言う植物をコンモリと大らかに組合はせた花壇だのが、軒並に続き繫っているのを、僕は今更のようにもの珍しく覗いて行った。その奥に見える病院みたような窓の中から、面白そうな手風琴の音が洩れてくるハルピンの午後の長閑さ、なつかしさ……。」

この絵葉書のような静寂のイメージに激しく対立し合う、もうひとつのハルピンがある。〈ニーナ〉は言う、「……イイエ。アンタは何も知らないの。無頼漢街《ナハロハ》と、裸体踊りと、陰謀ゴッコが哈爾賓の名物だって事をアンタは知らないでいるのよ。殺される訳がないったって殺される時には殺されるのが哈爾賓の風景なんだもの……。何が何だか解らないままマゴマゴウロウロしているうちに、ヘッドライトもサイレンも番号札も何にもないトラックの下に敷かれっ放しになったら、ドウするの……。」またしても〈街路〉の暗殺自動車の登場である。そればかりではない。絵葉書の絵空事と深夜の街路の犯罪を同時に抱える夢野のハルピンには、ふたたび夕焼けが現れる。それは炎上する銀月である。ジプシーを装って放浪し、浦塩にたどりついた〈上村〉と〈ニーナ〉に逮捕の危険が迫る。彼らは氷の涯の虚無への落下を選択する。

「僕らは今夜十二時過にこの橇に乗って出かけるのだ。まず上等の朝鮮人参を一本、馬に噛ませてから、ニーナが編んだハンド・バッグに、やはり上等のウイスキーの角瓶を四、五本詰め込む。それから海岸通りの荷馬車揚場の斜面に来て、そこから凍結した海の上に辷りだすのだ。ちょうど満月で雲も何もないのだからトテモ素敵な眺めであろう。

ルスキー島をまわったら一直線に沖の方に向って馬を鞭打つのだ。そしてウイスキーを飲み飲みどこまでも沖にでるのだ。

そうすると、月のいい晩だったら氷がだんだんと真珠のような色から、虹のような色に変化して、眼がチクチクと痛くなって来る。それでも構わずグングン沖へ出てゆくと、今度は氷がだんだん真黒く見えて来るが、それから先は、ドウなっているか誰も知らないのだそうだ。」

やはり夢野久作のハルピンの外垣は氷であり、「硝子世界」の幻想の呪縛のなかにある。硝子世界の主人公は、スケートで〈真一文字〉に虚無に向って突切ってゆく。〈上村〉は氷上を橇で真一文字に無へと突切る。この自己抹殺に感傷はない。〈工場〉の〈私〉の哄笑のように、『氷の涯』の結びも哄笑である。だが〈上村〉はヘルマフロディトスではない。したがって〈女〉がいる。〈女〉→〈資本〉→〈葬儀〉の連鎖は、〈女〉→〈反革命〉→〈虚無への旅立ち〉の変奏曲をかなでながら、〈女〉ならではの笑いを以て閉じるのだ。

「『もし氷が日本まで続いていたらドウスル……』

と言ったら、彼女は編棒をゴシャゴシャにして笑いこけた。」

大陸浪人の夢によって、シベリア出兵によって、飛躍的に拡大された空間感覚を充満させながら、夢野久作の都市幻想のなかの夕映えも消えたあとに、残るのはこの哄笑。硝子のうえに谺する。その硝子は、〈もうひとりの私〉を写す鏡。アイデンティティーという名の鏡である。

〈付論〉

本文にうまく入り切らなかったことを、思いつくままに左に述べておこう。

Ⅰ　『暗黒公使』の都市描写には、関東大震災を境にして、一挙に現代都市に変貌した驚きがこめられている。これは、戦後の東京の急激な復興と変貌の驚きに、率直に重なるほど、なまなましい迫力がこもっている。

「その頃の東京も今の東京と比較したら全く隔世の感があるに違いない。震災をステップ・インするや否や一挙に二、三十年分の推移を飛躍したと言うのだから……。」

さらに新宿の現在の変貌ぶりを想うとき、震災後の新宿の変貌の激烈さと、その特徴づけ「エロのパラダイス」という言葉も、これまた、あきれるほど現在と対応しており、夢野の都市感覚の現実性を物語っている。

「その頃の宮城前の馬場先一帯は、大きな、草茫々たる原っぱになっていて、昼間は兵隊が演習をしていた。夜は又半出来のビルジングや建築材料、板囲いなんぞの間を不良少年少女がうろうろする。時折は追い剝ぎ、ブッタクリ、強姦・強盗、殺人犯人なぞ言う物凄い連中が、時を得顔に出没している有様であった。そのほか無線電信のポールは市内に一本もなかったし、ラジオやトーキーなんぞは無論ありようがない。飛行機は年に一度ぐらい外国人に飛んでみせて貰っていた。また現在エロの大極楽園《パラダイス》になっているという新宿なんぞも純然たる町外れで、時たま自動車が走ると犬が吠えつくという情ない状態であったから、今の人達に話したら本当にしない人が出て来るかも知れないと思う。」

都市幻想の基底に、このように的確な現実把握があったことに注目しておかねば、片手落ちになるであろう。

Ⅱ　『ビルジング』は触れることができなかったが、『怪夢』と『暗黒公使』・『氷の涯』とを結ぶ重要な点に立っている。〈ビルディング〉のイメージがでているというだけではなく、〈虚無への落下〉と〈もうひとりの私〉とが同時にでており、その点、見落せない掌編である。前者は「硝子世界」からの落下とむすびつき、氷の涯への脱出に結びつく。後者は本文中に再三ふれた〈二重人格〉または分身のテーマにつながる。

「私の意識はグングンと零の方向に近づきつつある。無限の時空の中に無窮の放物線を描いて落下しつつある。」

「……壁一重向うの室にモウ一人の私が寝ているのだ。……その壁の向うの私も疲れている。」

この掌編は分身と衝突して気絶するところで終るが、その結末は、ビル全体がたてる哄笑であり、本文にのべた哄笑の結末と関連する。

「巨大な深夜のビルジング全体が……アハ……アハ……アハ……と笑う声をハッキリと耳にしながら……。」

Ⅲ　夢野の東京にたいする晩年のアンビヴァレントな気持は、『恐ろしい東京』のなかにはっきりでている。有名な、山手線の自動ドアを知らずに笑われた時の、田舎者の屈辱感が、狸の化かし合いを公然と笑う某クラブの人たちへの反感によって、東京人との永久絶交を申しわたす激越な結びで終っている。この心の動きは、ホンモノは田舎にあり、インチキは東京にある、という認識となって現れている一面、夢野の都市が、都市幻想として描かれる瞬間に精彩を増すことに、他面なっていったことを説明してくれる。つぎの一文は、これまた、そのまま現代の東京に当てはまる。

「すくなくとも東京が日本第一の生存競争場である位の事は万々心得て上京した積りであったが、このアンバイで見るとその生存競争があんまり高潮し過ぎて、人間離れ、神様離れした物凄いインチキ競争の世界にまで進化してきているようである。」

自然状態と脳髄地獄——夢野久作ノオト

夢野久作の世界——それは極めて豊饒な多面体の宇宙、童話から一種の本体論的思考を貫いてナンセンス詩にまで至る、手のつけられない多様の海である。つまり、『白髪小僧』や『オシャベリ姫』から『ドグラ・マグラ』を貫いて『猟奇歌』や、作品のいたるところに散りばめられたオノマトピア（擬音）のナンセンスに至る、振幅の広い多面体宇宙なのだ。

彼の作品が、大正末年から昭和初年におよぶ、いわゆる推理小説の風土に決して収まりきらず、強靭な思考の縦軸をつねに底に隠しもち、人間の正体の解きがたい謎にまで、たえず肉迫する思想詩の風貌をたたえていることが、なによりも、わたしを喜ばせる。

夢野久作を読むとき、わたしはいつも、アンドレ・ジッドの〈自我解体〉以来、〈アイデンティティー〉の解けぬ謎のまえに執拗にたたずんできた二〇世紀のヨーロッパの大作家たちの次元と、おなじ次元に、いつの間にか入ってしまう。これは昭和文学史官製版のどのページにも、ついに見いだすことのない気分であり、深さである。このことが、わたしを更に喜ばせる。カフカは言うまでもなく、エリアス・カネッテイ、ヘルマン・ブロッホ、ローベルト・ムジールの、万華鏡の図柄のように尽きることなく散乱する無数の自我のなかに、〈アイデンティティー〉を尋ねざるをえない現代人の魂の錯乱の歌は、わが夢野久作を除外する時、極度に貧しいものになってしまうことだろう。

夢野久作を、つとめて伝記に還元して、その父杉山茂丸から伝承した玄洋社型の右翼日本主義に帰着させてゆく読みは、わたしには好ましいものとは思われない。あるいはまた、夢野久作を土着美学のドロドロ規準に一気に引き直してしまう読みも、同様にわたしには賛成することができない。

夢野久作の宇宙は、伝記も成立風土も超えて、じかに二〇世紀後半に訴えかける普遍的構造性を隠しもつ。その強靭な思考は、西欧型の二項論理を根底から覆えす徹底性をもっている。この論理的徹底が、またわたしを揺り動かす。

〈アイデンティティー〉の追求が、〈二項論理〉の底を踏み破り、〈有〉の根底にある漠々たる〈虚無〉の実感へと参入させ、その〈虚無〉の上限と下限の壺のあいだに、宙づりに密封されて、怨念を抱いて生を営む人間のいじらしさを、夢野はいつも照準する。

その銃口の奏でる交響を錯乱というのは、あまりにもやさしい。いますこし、その実体を、その構造を、析出してみたいものだ。

さし当り夢野久作の作品宇宙のなかの、〈自然状態〉と〈脳髄地獄〉とを、分析の枠組に選んでみよう。

*

〈自然状態〉の神話は、楽園の神話とともに古い。そして失楽園と原罪の定式化は、人類史のうえで、幾多の復楽園の大義名分を培ってきた。やがてそれは、進歩の観念と結びつき、さらに多くの政治的大義名分の根拠となってきた。終末論から千年王国、さらには観念論の目的の王国、プロレタリアート独裁にいたるまで。そのいずれにも、既存現存の社会にたいして、極限概念として立てられた何らかの〈自然状態〉のイメージが対置され、この鏡に照して、既存現存の社会の歪み、その矛盾、その腐敗が映しだされたわけである。

夢野久作の場合、〈自然状態〉のイメージは、どのように抱かれていたのだろう。ここでひとは性急に、土着農本主義のイメージに戻ろうとするかも知れない。一寸、待ってもらいたい。夢野の〈自然状態〉は、もう少し違うものだ。少くともわれわれは、あの傑作『瓶詰の地獄』が土着農本主義に還元できない質を孕んでいることを誰でも知っているだろう。もとより『瓶詰の地獄』は意識的に聖書を作品の主要モチーフに選んでいるから、モチーフ上そうなっただけである、と強弁されるかも知れない。しかし、それなら、『キチガイ地獄』のなかの、あの鮮かな〈自然状態〉の挿話の定着ぶりはどうだろう。ここには聖書の影もない。イヴよりもさらに赤裸な鞆岐久美子とその子の住む石狩川上流の未踏の秘境である。農本主義の理想をここに探しても無駄であろう。満蒙開拓団とは違うのだ。

夢野久作の〈自然状態〉のイデーは、〈脳髄地獄〉と分ちがたい関係にあるイデーなのだ。自我の〈アイデンティティー〉を信じえなくなった脳髄の地獄のなかに対極の像として閃めくイメージが、夢野久作の〈自然状態〉の像であり、しかもその像は、たえず崩壊の必然を内側にはらむものとして描かれる。その崩壊の必然はまた、たえず犯罪と関係し、その犯罪は性と政治とにまたがっている。

*

そこでまず、『瓶詰の地獄』。この掌篇小説の逆推理構成の見事さは有名だ。ところが、幾度か読みかえしたあと、わたしに浮ぶ疑念は、これもまた、脳髄地獄に閉じこめられた自然状態の悲劇ではなかろうか、という気持である。この作品を、市川太郎とイチカワアヤコとの間の、近親相姦の心中悲劇として解釈することはやさしい。しかし、それならば、聖書一冊をもって島に漂着した兄妹の、兄妹相姦を忌む果ての心中自殺に帰着することになろう。そう読めば主役は、太郎とアヤコではなく、実はそのような窮地にふたりを追いやった聖書である、ということになろう。果して聖書が主役であろうか。わたしには、そうは思われない。聖書は一旦、焼却されている。

「××島村役場」から「潮流研究用」の瓶にまじって「海洋研究所」に郵送された「瓶」は、はじめから揃いの三箇なのである。そうだとすると、別々に、長い年月をへだてて海流に托された三箇の瓶の、すくなくとも最初のものが両親の手許に届き、それにもとづいて、両親がこの絶海の〈自然状態〉の孤島にふたりを救出にやってくるのでなければ、もともと辻褄が合わないのである。それなのに、作品のなかでは、逆推理形式に並べられた最後の瓶のなかの手紙は、救出の船が島にとうとう近づき、「大きな二本エントツの船から、ボートが二艘、荒浪の上におろされました。船の上から、それを見送っている人々の中にまじって、私達のお父さまや、お母さまと思われる、なつかしいお姿が見えます……大きな船から真白い煙が出て、今助けに行くぞ……と言うように、高い高い笛の音が聞こえてきました。……けれども、それは、私達二人にとって、最後の審判の日のラッパよりも怖ろしい響でございました。……私達はこうして私達の内体と霊魂を罰せねば、犯した罪の報償《つぐない》が出来ないのです。この離れ島の中で、私達二人が犯した、それはそれは恐ろしい悖戻《はいれい》の報償なのです。……私達二人はフカの餌食になる値打しかない、狂妄だったのですから……」と記され、救出を前にした二人の心中投身自殺が暗示される。

しかし、第一の瓶がまず漂着し、それによって救出船が来たのでないなら、この第三の瓶の手紙のなかの記述は、もともとありえないのである。そうであるとすれば、この絶海の孤島の兄妹相姦悲劇は、実は、兄妹の脳髄のなかの幻影がもたらした悲劇ということになりかねない。第二の瓶の手紙の記述にあるとおり、次第に成長した兄妹が、孤島のうえのただ二人の人類として、原罪をおかし、そのために聖書を焼き、小舎を焼き、目印の枝をとり去ったのであるなら、聖書を焼いた彼らにとって、もはや罪の基準は消滅していた筈である。その二人に罪を想いおこさせ、救いの父母に代表される社会を幻出させ、心中に駆るものがあったとすれば、それは、彼らの脳髄にほかならない。その証拠に第二の瓶の手紙は、こう言うのである。

「おおかた、私が聖書を焼いた罰なのでしょう。夜になると星の光りや、浪の音や、虫の声や、風の葉ずれや、木の実の落ちる音が、一ツ一ツに聖書の言葉を囁きながら、私達二人を取り巻いて、一歩一歩と近づいて来るように思われるのでした。そうして、身動き一つ出来ず、微睡《まどろ》むことも出来ないままに、離れ離れになって悶えている私達二人の心を、窺視《うかがい》に来るかのように物怖ろしいのでした。

傍点を付したところに明らかなように、彼らの脳髄のなかで聖書の言葉が思考の手がかりとなって反響し、それが彼らの存在の中核となり、無垢の頃にひとたびは「ナカヨク、タッシャニコノシマニ、クラシテイマス」と書かせた認識を、「この美しい、美しい島はもうスッカリ地獄です」と書かせるに至ったのである。彼らを心中に駆る動力は、この脳髄のなかの地獄であり、聖書ではないのである。救出の船も、おそらく幻影である。東西を問わず、創世神話の始源の者は、多くは近親の二者である。『瓶詰の地獄』の太郎とアヤコは、創世の相姦者となる徹底的な白紙還元の一歩手前で、幻影の社会に引き戻され、それゆえに脳髄地獄におち、それゆえに死を選ぶのである。もっとも象徴的なことに、「み体徴《しるし》を地上にあらわし給え」と祈る太郎にたいして答えるものは、空の青だけなのである。

「けれども神様は、何のお示しもなさいませんでした。藍色の空には、白く光る雲が、糸のように流れているばかり……崖の下には、真青く、真白く渦巻きどよめく波の間を、遊び戯れているフカの尻尾やヒレが、時々ヒラヒラと見えているだけです。

その青澄んだ、底無しの深淵を、いつまでも見つめているうちに、私の目は、いつになくグルグルと眩《くる》暈めき始めました。」

〈自然状態〉を〈地獄〉と把える〈脳髄〉をとりかこんで、〈青い〉虚無が底無しにみえる——これが夢野の構図である。

*

さてこの構図を、『キチガイ地獄』に延長してみよう。これは『瓶結の地獄』の自我の単一性に比べ、徹底した自我の複数化、分身の悲劇、〈アイデンティティー〉追求のテーマになっている。その点で、『一足おさきに』から『ドグラ・マグラ』に至る、夢野久作の作品宇宙の幹線につながる作品といえるだろう。

東京は目黒の精神病院に、飼い殺し同然に監禁されている主人公は、完全な記憶喪失者である。したがって、自己の名前はなく、自我の〈アイデンティティー〉もない。彼がその失われた〈アイデンティティー〉を回復し、自己確認し、病院から釈放されるには、どうしたらよいか。自己が何者であり、どういう過去を担うものであるかを想起し、記憶の一貫性をとり戻すほかはない。必死の苦闘も彼にこの回復を与えてくれない。ところが、「今朝の事です。しかもタッタ今の出来事です。私は病室の床の上にこぼれていた茶粕の上で、ウッカリ足を踏み辷らして、ヒドク尻餅を突いたのですが、そのトタンに、トテモ素晴らしい大事件が持ち上ったのです。永い間忘れていた過去の記憶……石狩川に陥ち込んだ以前の、身の毛の竦《よだ》立つ記憶の数々が、一ペンにズラリッと頭の中で蘇ってしまったのです。」

プルーストの〈無意志想起〉を思い起さずとも、夢野の意図の射程の深さは明瞭であろう。プルーストの場合、主人公マルセルが芸術家として立つ最後の自覚は、一連の無意志想起の与える全体性の回復——したがって、自己の〈アイデンティティー〉の確立と、自我と世界の関連づけ——にあった。夢野久作はここで、プルーストをからかう優位の地点に、はしなくも立っているのである。なぜなら、この主人公が、自己のアイデンティティーをとり戻すため無意志想起にたよったとき、彼が摑んだ自我は「谷山秀麿」としての他我であり、その谷山は実は、別に存在し、主人公の飼殺しを托して、社会に戻り、世にときめいている男であることを、最後に知らされるからなのである。主人公の正体は、どうやら、主人公を記憶喪失に駆った敵と本人が考えることによって、自己の〈アイデンティティー〉をとり戻したと思った〈新聞記者A〉なのである。彼自身が言うとおり、彼はこの精神病院にいる限り、自己の〈アイデンティティー〉を〈無意志想起〉によって回復する望みはなく、他者の指導のままに——恐らくは治療者の指導のままに、したがって、治療者の影の出資者の指導のままに、さらには社会の指導のままに——自己を再構成し、自己ならぬ他我になるほかはないのである。我知らず、主人公はつぎのように告白する、「記者某から指導されるままに、自分自身の過去を、すっかりカモフラージュしておりました……。」

〈指導による自己のカモフラージュ〉が〈アイデンティティー〉の確立になる環境。「精神分析」治療から「過保護」を経て「自閉児」の生産に終る現代の精神風土の隠微な人間犯罪の秘密を、昭和七年の時点で、夢野久作は鋭い眼光のなかに摑みとっていたのである。その〈指導による自己確認〉は、そのまま、『瓶詰の地獄』の聖書であり、社会であり、また、その堂々めぐりを生みだす根幹に位する人間の〈脳髄地獄〉なのである。

主人公でもあり、また主人公の生涯を精神病院に幽閉した犯人でもあるらしい畑中某の、錯乱のなかに映ずる過去の一齣は、〈自然状態〉の挿話である。「大政党憲友会総裁兼首相の白原圭吾」を暗殺。終身懲役に処せられ、北海道の監獄を脱獄した彼が、石狩川上流の未踏の土地に、昔の恋人である久美子と自然生活を営んだという鮮烈なエピソードである。

「二人はそこで初めて、この上もなく自由な、原始生活の楽しさを悟ったのです。科学、法律、道徳といったようなやかましい条件に縛られながら生きている事を、文化人の自覚とか何とか錯覚している馬鹿どもの世界には、夢にも帰りたくなくなったのです。

二人は約束しました。……二人はこれから後イクラ子供が出来ても、年を老《と》っても、モウ人間世界へは帰るまい。アダムとイブが子孫を地上に繁殖させたようにして、吾々の子孫をこの神秘境に限りなく繁殖させよう。自然の儘の文化部落を作らせよう……と……。」

この秘境の上に、事態を嗅ぎつけた新聞社の飛行機が飛来し、〈新聞種〉に狂奔する〈記者A〉が潜入し、〈自然状態〉には破滅が忍びよる。その自然児である妻の久美子が、やがて鉱山王、谷村家の後釜にすわり、谷村は主人公を精神病院に飼殺しにして、「盛んに事業界に活躍する」のであるとすれば、これは、『瓶詰の地獄』の心中の裏がえしであり、〈自然状態〉から一転した、社会への心中ということになるであろう。

夢野久作の構成は、さらに念が入っており、このように「他人の経歴を思いだして」自己の〈アイデンティティー〉を確立したと思った主人公であったが、実はその〈思いだし〉も、誰を相手ともせずに語っていた独語であったことを最後に暗示する。

「ねえ先生……話賃に煙草を一本下さいな……。

……オヤアーッ。誰もいやがらねえ……。」

この独話の単線論理《モノ・ロジック》は、いち早く、ベケットを先取していよう。その独語を更につつむものは、誰のためともなく散る桐の花なのだ。

「……桐の花が、あんなに散ってやがる……。」

この「桐の花」は、夢野久作のあらゆる作品宇宙を最後に包摂する、漠々たる「虚無」、「有」の〈脳髄地獄〉の氷の涯を、つねにとりまく「虚無」の無音のビートである。『キチガイ地獄』に緊密に関連する作品『少女地獄』では、現代の「男性専政世界」を悪辣に利用し抜く虚偽の人格者森栖校長に、みずから焼身体となって相手の破滅を招来し、その悪の「一つの頓服薬」として已れの躰の「黒焼」を残す〈火星の女〉の鮮烈な挿話が最後を飾っている。そしてまた、男性そこのけの〈火星の女〉の究極の自覚は、またしても〈空虚〉なのである。

「私の心の底の底の空虚と、青空の向うの空虚の虚無とは、全くおんなじ物だと言うことを次第次第に強く感じて来ました。そうして死ぬるなんて言う事は、何でもない事のように思われて来るのでした。

宇宙を流るる大きな虚無……時間と空間のほかには何もない生命の流れを私はシミジミと胸に感ずるような女になって来ました。私の生まれ故郷は、あの大空の向うに在る、音も香もない虚無世界に違いない事を、私はハッキリ覚《さと》ってきました。」

この感慨を洩らす〈火星の女〉は、〈男女《おとこおんな》〉――すなわち、ヘルマフロディトスなのである。

夢野久作の作品宇宙に、束の間のぞく〈自然状態〉を、侘しい日常のなかに堅持しうるものがあるとすれば、それは、創生神話を哄笑とともに生き抜く、もはや怨念を必要としないアンドゥロギュネスたちであろう。それは〈アンチ・テオレマ〉であろう。

夢野久作・ドグラ・マグラ――狂気のロマン

昭和十年に書かれた『ドグラ・マグラ』が三十五年の歳月を越えて、われわれの心を打つのは、なぜだろうか。おそらく、二十世紀人が次第次第に入りこんでいった人間存在の深淵に、比類なく的確な測深鉛をおろした、日本人の手になる唯一の小説であるためだろう。これを前にするとき、遺憾ながら、巷間で昭和初年文学の傑作として数えられるすべての小説は色褪せる。

一方において〈わたくしがわたくしであること〉の成立する根拠を真に現象学的に問いつめ、他方において、〈わたくしをわたくしにさせない〉法と社会の操作的犯罪の生まれる陰微な根を、猟奇の隠れ蓑をかぶって、同時に問いつめたのが『ドグラ・マグラ』であるとすれば、この小説に匹敵する深さを他に求めるには、エリアス・カネッティの『眩暈』（一九三五）か、ローベルト・ムジールの『特性のない男』（一九三〇～四二）かであろうが、とりわけ、表現派映画の傑作のひとつ、ローベルト・ヴィーネの『カリガリ博士』（一九二〇）に赴かなければなるまい。カネッティとヴィーネを結ぶ国際的な線上に、わが夢野久作はいるのである。とくに『ドグラ・マグラ』の基本構造にかかわるものとしては、否応なしに、もっとわれわれの時代にまで、時間の下限をおろさねばならない。つまり、ミシェル・フーコーの『狂気と非理性―古典主義時代における狂気の歴史』(一九六一)にまで。

夢野久作は、カネッティもムジールもフーコーも読まなかった。わずかに、『カリガリ博士』を、なんらかのかたちで、観るか知っていたかの可能性があるだけであろう。にもかかわらず、夢野久作の想像力は、彼らが共有する二十世紀後半の知性の消息に、その先駆する翼の影を、色濃く投影できたのである。

*

『ドグラ・マグラ』より一年のちに、チャールズ・ロバート・オールドリッチは、その『未開人の心と近代文明』のなかで、まことに分りやすいイメージを提起した。ここに五十歳の男がいるとしよう。その男が六フィートの樹木の傍に立っているとする。もしその樹木の高さをその男の人間経験の象徴と考えるならば、なお十一マイルの木の根が、「人間の集合的・人種的な心の構造」を示すのに必要となる、と。また人間が猿類と人類との、いまは失われた共通の祖先から進化するのに要した期間を象徴するのには、これにくわえて、さらに四十五マイルの木の根を想像しなければならないだろう、と。

オールドリッチの比喩は、さらに進む。人間の〈意識〉は一軒の邸宅である。その一階には、いろいろのものがたくわえられている。そのあるものは、すぐさま取りだせるが、他のものは、そうはゆかない。しかしこの一階の下には、地下の〈迷宮〉があって、これは個人の家の一部ではなく、共有のものだ。芸術家は、しばしばこの地下の〈迷宮〉に降りていって、そこからいろいろのものをとりだして持ち帰ってくる。それは理性の眼には謎めいてみえるが、芸術的性向をもった人には、なつかしく、真実の、計り知れなく貴重なものである、と。

まことに〈個体発生〉――個人の生長の過程――は〈系統発生〉――ある〈種〉の生長の過程――を〈再現〉するということこそ、生命の秘蹟である。

自然主義は遺伝と環境の決定を信じ、それを説く物質科学を信じた。そのあとにきた表現主義は、自然主義を鋭く批評しながら、フロイト主義の一面の妥当性を採用して、これを〈異化〉し、芸術に精神を奪還しようとした。夢野久作の風土こそ、日本表現主義の土壌であり、彼は、〈個体発生〉のなかの〈系統発生〉の〈再現〉説を、自己の推理小説――『ドグラ・マグラ』のなかの言葉を使えば〈絶対探偵小説〉――に採用し、これを〈異化〉することで、彼の説く〈精神科学〉の秘蹟を歌おうとしたのである。

わたしは、少し結論を急ぎすぎたようだ。もう少し細かく説明しよう。

『ドグラ・マグラ』は〈自己確認〉の小説である――それも、自己確認がついに不能となる地点の、執拗な探求の小説である。主人公〈アンポンタン・ポカン君〉は二十歳ばかりの美青年で、〈狂人〉とされ、自分の名前はおろか、自分がいかなる者かも知らない自己喪失者として、大正十五年十一月二十日、九州大学病院精神科の七号室で意識をとり戻す。

「……ブウウ——ンンン——ンンンン……。

私はウスウスと眼を覚ましたとき、こうした蜜蜂の唸るような音は、まだその弾力の深い余韻を、私の耳の穴にハッキリと残していた。」

見廻してみると、私は真白なコンクリートの壁の中にいて、壁ごしに若い女の底悲しいかすれ声を聞いた。

……お兄さま。お兄さま。……あたしです。お兄さまの許嫁だった……あなたの未来の妻でしたあたし……。どうぞ今のお声をモウ一度聞かして……おにいさまアーッ

その声はいつまでも、いつまでも訴え続けていた。しかし、私は自分が誰であるか分らなかった。どうしてこんな所に、そして、あの声は誰だろう？

そこへ扉を排して現れたのが、「身長六尺を超えるかと思われる巨人」であった。「九州帝国大学法医学教授医学部長若林鏡太郎」と名乗るこの男が、主人公に強いるのは、「呉一郎」としての自己を、主人公に〈想起さす〉ことであり、それによって、壁の彼方の美少女「呉千世子」——実は主人公の従妹にあたると暗示される——との結婚も可能になるというのである。若林の手によって、入浴・散髪・着衣させられた主人公は、壁のとなりの美少女と対面させられ、美少女は〈お兄さま〉と叫んで彼に抱きつくが、彼には全く、その理由が分らない。やがて、若林の手で、主人公の記憶回復の手だてに提供されるのは、精神医学教授正木敬之の物語であり、若林と正木の双方の師である斎藤某の物語であり、さらには、精神病の入院患者のかずかずの遺品である。とりわけ、そのなかの五寸ぐらいの高さに積みあげられた原稿用紙の綴じ込みは、主人公の眼を奪う。五冊から

なるその綴じ込みは、表紙に黒インキで『ドグラ・マグラ』と記してあり、およそ、次の内容からなっていた。

(1)「精神病院はこの世の生地獄」ということを、痛切に歌う、阿呆陀羅経の文句。
(2)「世界の人間はひとりのこらず精神病者」ということを実証する精神科学者の談話。
(3) 胎児を主人公とする万有進化の大悪夢にかんする論文。
(4)「脳髄は電話局にすぎない」と説く精神病患者の演説。
(5) 冗談半分の遺言書。
(6) 唐時代の名画工が描いた死美人の腐敗絵像。
(7) その腐敗死美人の生前に生写しの現代の美少女に恋われる一美青年が、夢中遊行のうちに犯した残虐・不倫な殺人事件の調査書類。

しかも主人公が問われている罪状は、
(イ) 自分の生みの母親を絞殺したこと。大正十三年三月二日。
(ロ) 自分の妻(従妹)を絞殺したこと。大正十五年四月二十六日。
(ハ) 自分の病院で、患者にむかって鍬をふるい、四名を殺し、一名を傷つけた事件。大正十五年十月十九日。

これを認め、自己が呉一郎であることを想起すれば、彼は釈放され、美少女と晴れて一緒になれる、というのである。

これらの文書を読みゆくほどに、いつの間にか、若林の姿は消え、正木が眼前におり、すべては、若林の恐るべき陰謀だと説かれ、主人公は眼前に、自分そっくりの分身が、正木の発明になる「解放治療場」にたたずんでいる姿をみて愕然とする。昂奮した彼は、正木こそ自分をおとし入れた犯人となじり、病院を出奔するが、(6)の絵巻物の最後の記述が気にかかり、戻る。戻って我にかえった主人公は、正木がすでに死亡した人であること、自分が夢中遊行のうちに、何度か、同一の事態に直面していたにすぎないのではないか、と疑う。主人公は、この小説の冒頭にあった意識回復時の記述――柱時計の音である《……ブウウ――ンンン――ンンンン……》にふたたび、つつみ込まれる自分を意識する。

作中に、とぎれとぎれにたどることのできる筋によれば、精神医学教授正木敬之と、法医学教授若林鏡太郎のふたりは、トップを争う秀才同士であった。在学中にふたりは、裁縫塾にかよう呉千世子という美女を見染め、若林がはじめてその恋を得て半年、同棲し、のちに正木が半年を過し、一年後に、男児が出生したが、いずれの児とも、分らなかった。母親は、いずれとも言おうとしないのである。法医学の若林は九大にのこり、精神医学の正木は失踪し、阿呆陀羅経を歌って日本中を旅行する。この御経は、現今の精神病院が精神病に全く不適当な環境であり、キチガイ地獄にほかならず、よろしく、解放治療場を設けて正しい精神病院を作るべく、寄附を九大病院精神科に寄送することを求める内容であった。

正木は卒業論文として「胎児の夢」と称する独創的論文をものし、「脳髄はものを考えるところにあらず」と説き、脳は電話局の働きをするにすぎず、むしろ身体の各細胞がそれぞれに考えるのであり、脳はその調整をするにすぎないと説く新学説を、提唱したことが知れる。彼によれば、生命は、その始源の時以来、なにごとかを考えつづけてきたのであって、身体の各細胞に思想があり、原初の生命すら、思想をもっている。その思想は遺伝によって子々孫々に伝わり、母親の胎内で、新しい生命は進化の過程を再現し、自己の記憶の一切を、もう一度、生きなおす、というのである。この説の実証のために、正木は全国を流して阿呆陀羅経をとなえながら、妖怪伝説、社寺の縁起譚を尋ね歩く。それにより、ひとつの犯罪計画が成立する。裁縫塾の呉千世子の家系の縁起が、その手がかりである。呉家は中国の帰化人で、唐の遺臣。もともと唐の玄宗の放蕩をいましめるため、画工の呉青秀が、愛妻を絞殺して、その腐敗する屍体を描くうち、ついに発狂。その絵巻物が、日本に呉家の移住とともに伝来し、狂気の家系をつくった。若林と正木はこの遺伝上の秘密を知り、絵巻を呉家の血統の男性に見せれば、その触発によって、思いどおりの犯罪を惹起できることを予測し、呉千世子の生む男児に、その犯罪を実現させ、学説の実証をはかる。二十年後に一連の犯罪として成立する事柄こそ、彼らの計画であり、彼らの学理の生体実験であり、同時に、狂人の解放治療という、画期的な療法の基礎づけでもある……。

*

〈アンポンタン・ポカン君〉が、この一連の犯罪と学理生体実験の犠牲者として、正木か若林かによって、周到に選定され、所定の犯罪をおかしたのち、九大精神科の七号室に幽閉され、さて、自我忘失患者として、自分の名を想起しえず、「どうぞ……どうぞ教えてください。僕は……僕の名前はなんというのですか」と叫ぶ男になり果てているのも、どうやら、以上のような、背後のカラクリのためであるらしい。

*

しかし、この作の構成は、まことに複雑である。冒頭は、自我忘失患者の意識回復の記述――「……ブウウ――ンンン――ンンンン……」にはじまり、また結末も、「……ブウウ――ンン――ンンン……」に終るのであり、主人公は正木の登場以後の自分を、夢中遊行していたものと臆測し、その間の時間を否定しなければ、ツジツマが合わないと考え、他方、若林の言葉を嘘とし、要するに一切が夢遊のうちの出来事と考えようとする。すべては「ブウウ……ンン」の擬音によって密封され、七号室の白いコンクリート壁に閉じこめられた領域内の出来事なのだ。さらに考えてみれば、主人公が自己の正体を想起する手だてとして与えられる原稿そのものが、『ドグラ・マグラ』と題されている。つまり、「小説ドグラ・マグラ」は、「ドグラ・マグラのなかのドグラ・マグラ」であって、密封のなかでの堂々めぐりに、ほかならない。この密封を破る手段は、主人公の手中にはなく、その手がかりさえもないのである。

ただ、わずかに確からしいのは、自分にそのような夢中遊行の犯罪を計画させた〈何者〉かが、たしかに居る、ということ、しかし、その〈何者〉かは、若林か正木か、いずれとも言いえないということ。ただ、この計画が成立したのも、〈個体発生〉のなかの〈系統発生〉の再現を、恐るべき遺伝の触発によって、「胎児の夢」として実現した誰かが居たからこそである、という認識であろう。

*

『ドグラ・マグラ』は、カフカの『城』のように、『審判』のように、究極の犯人の正体は遂に不明のままにされている。自己の来歴否認、自己の存在忘失は、これを計画する者が、かりに二十年の歳月を費して生体実験するならば、当人には、全く辿ることのできない、陰微きわまる犯罪を可能にすることを、夢野久作は訴えているかのようである。

また、認識の問題としても、『ドグラ・マグラ』は、人間的生存が世界とかかわる仕方を、おそらく、ミシェル・フーコーの〈狂気〉の概念よりも、さらに深く把えているかのようである。デカルトが神の秩序にかわる〈理性〉の秩序を樹立し、人間性の基礎をここに樹立し、西欧的な明晰性と自己完結性の地平を与えたとき、実はそれは、人間主義の説く〈進歩〉の概念と〈理性〉の概念の合理性と明晰性に沿って、人間の〈自然〉を切りおとす、プロクルステスの寝台に、人間を乗せたことにすぎなかった。やがて、管理社会の精密化と自然科学の〈人間の中性化〉が、人間のなかから、あらゆる非理性・無意識・夢を奪い始め、いわゆる理性の規矩に沿わないものを、すべて〈狂気〉とし、それに拘束服を着せはじめたとき、〈狂気〉は、望むがままの数と種類に類別され、生存の狭隘化を、文明のなかに生み、ひいては、人間の自然の枯渇を招くことになったのである。

このような〈理性〉の暴虐にたいして、人間の自然は、もとより急速な〈退行〉をもとめて、自己の貝殻を閉じていった。その貝殻の別名を〈胎内〉または〈子宮〉という。『ドグラ・マグラ』

は一個の尨大な閉鎖イメージに終始する。ここでの時間は、胎児の時間であり、母体の心臓の脈搏をはるかに伝え聞きながら、伸縮し、停止し、そして動く。意識を獲得するやいなや、すでに世界のなかにとじこめられ、その世界を志向することで、自己に意味と定位を、わずかに与えうるにすぎない人間実存の境位を、『ドグラ・マグラ』は、正木または若林の洞徹した知性ですら、ついに破砕できなかったもの——生という名の、尨大な胎内のなかに、生存全体を子宮化するという、かつてない構想力を以て示した小説である。〈解放治療〉という着想の現代性は、六十年代の今日、ディヴィッド・クーパーとレインの手によって、ロンドンのフィラデルフィア・アソーシエイションの〈反精神治療〉として、ようやく実現されつつある。三十五年の昔、はるかにこのことを洞察していた夢野の天才性を認めるのは、おそらくクーパーやレインたち、そしてミシェル・フーコーであろう。夢野こそは、迷宮内実存の〈反精神治療〉を〈狂気〉の俗称のもとに造型しえた、日本唯一の表現派精神・〈異化〉の詩学の体現者であった。

指輪と泥棒——夢野久作のメルヘン

初期夢野の作品世界を色濃く染めるものに、メルヘンへの志向があることは、すでに知られていることである。たとえ九州日報記者として、多少とも埋草記事を書く必然に迫られたという環境があったにしても、これほど多量の作品を、とくにメルヘン形式で書いたということには、それなりの意味が求められねばなるまい。『夢野久作著作集第三巻』として公刊されたこれらのメルヘンを、編者西原和海が適切に注意しているとおり、夢野の「創作営為のスタートライン」と見ることは妥当ではない。しかし「あやかしの鼓」の当選を期として小説執筆への意欲に己れを賭けるに至るまでの初期の七年間に、これらのメルヘン群が書かれたことは、その後の久作世界にとって、小さいことではなかった。

明らかにこれらのメルヘン群には、後の久作の創作に向ってうけつがれることになる幾多のモチーフが認められ、単なる埋草でも習作でもない、まぎれもない夢野久作の特色が随所に輝いている。

この小論では、すでに三一書房版全集に発表された「白髪小僧」と「オシャベリ姫」とを除き、残る大小九十五篇について扱うこととする。

そこで問題となるのは、久作メルヘンのなかの種本《たねぽん》、または元話《もとばなし》の問題であり、明らかに元話を指摘できるものも二、三に止らない。したがって、久作のモチーフの転用や換骨奪胎について十分な用意のもとに論ずる作業が将来必要になろう。その必要を十分に認めた上で、ここでは一つの試論として、源泉研究ではなく、夢野久作の文学世界の胚胎の姿をこれらのメルヘン群のなかにさぐることを目的としてみたい。

たしかに西原和海の言うように、これらのメルヘン群は、「その執筆モチーフもそれほど切実ではなかった」と言えるかも知れない。しかし、切実とは、何であろうか。本人の夢野自身が、自分の身を切り、粉にして語っていないということであろうか。

だとすれば、これらのメルヘン群は、否である。

なるほど、夢野は、沢山の元話を使って、適当に責をふさいだものもある。

しかし、彼なりに、彼の本心を披瀝したものも多々、あるのである。

では、その二つを分けてみようではないか。

(以下は、『著作集第三巻』「豚吉とヒョロ子」に収められた「正夢」を1とする以下の番号による。)

たとえば、「3　石の地蔵様」は、日本民話に多い〈正直第一〉のテーマである。「4　謎の王宮」は、伝統的な〈スフィンクスのテーマ〉である。「9　龍宮の蓮の花」は〈王様の耳はロバの耳〉のテーマである。「10　吠多と峨摩の泥棒」はアラビアン・ナイトの元話である。……云々という風に。久作が、明らかに気を抜いて、有名な元話から、適当に責をふさいだものも多い。しかし、彼なりに、そのような元話によりかかりながらも、元話の枠を突き破って、已れを思わず披瀝したものもある。

さらには、夢野の文学作品に直結すると思われる奔放な筋の展開を孕むピカレスクな作品も認められ、そこでは教訓童話の既成的性格を踏み破る想像力の横溢を、ほとんど持てあましている気配さえあり、これらのなかに初期夢野文学の特色の成立を明らかに辿ることができる。

早い順から言えば「7　猿小僧」にこの特色が著しい。これに先行する六篇は、いずれも教訓性を正面にだすか、または童話の常套を踏んだものである。たとえば「1　正夢」は〈子供は神様〉という教訓を含み、「2　天狗退治」は〈コップのなかの嵐〉、「3　石の地蔵様」は〈正直第一〉、「4　謎の王宮」は〈スフィンクスの謎〉の常套、「5　運の川」は〈運に使われるな、運を使え〉という教訓が明示され、「6　金銀の衣裳」は〈貧乏娘の王子との結婚〉というシンデレラ型童話の常套を守るものばかりであった。

それに対して「猿小僧」は乞食小僧が山中に入り、猿の都を支配し、狼から猿を守り、生肝取りの悪人から十三人の貴種童子たちを救い出し、ふたたび猿の都に戻る波瀾万丈の悪漢小説《ピカレスク》になっている。明らかに、この時期の夢野には、強いられた教訓性に色々と工夫を加えながら教訓童話の形式を守る傾向と、奔放なピカレスク性に思う存分身をまかせたい衝動とのせめぎ合いが認められ、多くの場合、形式遵守は夢野の本領を発揮させず、あからさまな元話の焼き直しに終るか、童話という短い形式のなかで創造力が不発に終るかの、いずれかになりがちであることが認められよう。

比較的成功している「金銀の衣裳」でも、母親が古井戸に陥ちるというピカレスクな椿事が、王子との結婚というシンデレラ・モチーフの常套性に縛られて十分な動力ある展開の起動力にならずに、金銀の糸を織る蚕の見事なファンタジーを孤立させ、不発に終らせてしまうのである。むしろ即興的な筋立てのなかに、つぎからつぎへと主人公の冒険が波瀾を呼び、収拾不能かと思われるほどの筋の自己肥大と増殖の過程を、メルヘンのみに許される意外な結末に収めてゆく力技《ちからわざ》が発揮されるとき、はじめて夢野の作品は輝きを増すといえる。猿小僧の冒険譚の濶達な展開の重心となっているものは何であろうか。それは恐らく〈自然状態の神話〉である。乞食小僧は猿社会という自然に帰って始めて幸福であり、猿と人間の二重性を繰ることで生肝取りを退治し、それゆえに王様の御殿という文明に耐えられず、ふたたび猿社会に帰るのである。堕落以前、アダムは鳥獣の言語を解し、またバベルの塔以前、人間の言語は一つであったという。あらゆるメルヘンの根底には、必らずといってよいほど、この〈自然状態の神話〉のさし招く方途へのもだしがたい志向が秘められているが、夢野の場合、とりわけこの志向には強烈なものがあり、托鉢の雲水としての本格的修業の経歴とともに、ひときわ強烈な深層の願望であったと言ってよい。

しかし徹底したピカレスク物語は、九十五の話群のなかで、実は意外に少ない。「71　オモチャの探偵　三人兵士」、「77　茶目九郎」、「94　豚吉とヒョロ子」ぐらいである。もとより、連載とは言いながら、毎回読み切りの性格を当然要求されたに相違なく、夢野としても、長い続き物を、それほど勝手に試みるわけにはゆかなかったのであろう。

「71　オモチャの探偵」は、物語型式としてはピカレスクであるが、一種のピノキオ物であり、主人公たちはオモチャである。木の兵隊、土の兵隊、鉛の兵隊が、それぞれの材質の特徴を生かして、家に入った泥棒を追跡し、通りすがりの名探偵が、オモチャの兵隊を手がかりに事件を解決に導く筋である。オモチャのピカレスクとして、この作品は特異な位置を占めるが、名探偵との連結によって人間界との予想外の結びつきを持たされる構成になっている。探偵小説家夢野久作の誕生にとって、「オモチャの探偵」での〈名探偵〉の登場は、いささか安易ではあるが、見すごせないものを持っていよう。〈名探偵〉は「77　茶目九郎」にも登場し、やがて『怪夢』のなかの秀作「硝子世界」のなかに忘れ難く登場する形象となる。「オモチャの探偵」は、オモチャという初めから人間文明の一員でありながら人間ではない無機的存在を主人公にしている以上、ここに〈自然状態の神話〉のような下敷を求めることはできない。要はオモチャが人間の寝静まった時刻に縦横に活躍し、あとを人間の〈名探偵〉の解決するがままにゆだね、人間はどうしてオモチャが箱を離れて泥棒の家近くに散らばっていたのかを〈名探偵〉も解けなかったという、超現実の味わいが、この作品の構成上の成功の秘密であるといえよう。

「77　茶目九郎」は一種の〈トリックスター〉である。九人兄弟の末子に生れ、目が真茶色で、生来の茶目である。土蔵に入った泥棒を手玉にとったことから、世間に〈茶目修業〉にでかける。これは本格的なピカレスクにならざるを得ない。桶屋をからかい、継子いじめの母親をこらしめ、躄《いざり》を手玉にとり、名探偵とともに医者を救い、誘拐の家から子供たちを救う。ここまでであれば「猿小僧」のテーマとさほど違わない。「茶目九郎」の面白さは、〈女に化けかかった狐〉を危地から救い、以後狐をつれて放浪の旅にで、ケチンボ、床屋、海賊〈馬面《まつら》〉を退治する後半の展開にあり、しかもその狐が最後に身代りになって死ぬ、という残酷な結末を、その一切が夢であって、自分は相変らず土蔵のなかで眠っていたという、どんでん返しで結ぶ所にあろう。思いつきをつぎつぎに拡大してゆく出来事の発展、変幻する狐の魔術などが、この作品の悪漢小説としての性格を高めているが、結末の教訓は、もとより、強いられたものであり、夢野の本心とは思われない。「茶目九郎」には〈自然状態の神話〉をめざす志向は認めることができず、たかだか社会から少しハミ出て、膺懲《ようちょう》する小英雄の夢の痛快さがあるくらいであろうか。

それに対して「94 豚吉とヒョロ子」は、「猿小僧」と「茶目九郎」の両者を取り込んだ上で、さらにスケールの大きなピカレスク性を実現している。

「豚吉とヒョロ子」の大きな規模は、通常の人間から見れば、いずれも畸型に属し、しかも、その畸型同志がつがいとして人為的に夫婦視され、さらに、整型手術という、もっとも現代的なテーマを〈自然状態〉の権化ともいうべき〈無茶先生〉によって行われるというこの作品の考えうるかぎり先取的なテーマによって可能にされたといえる。夢野の生存のスパンにおいては、整型手術は決して日常のものではなかった。しかし逆に、戦后の視点からみれば、整型手術こそ、もっとも日常的な変身の手法となったものであって、それだけに、多くの犯罪と訴訟のもとをつくる人間の〈アイデンティティー〉にかかわる重大問題があったといえよう。夢野の先取性は、この畸型の問題を、その後の現実に直ちに直結しえた、その驚くべき先取性の素早さに認められねばならず、さらには、夢野文学の本格的テーマとして固守されることになる〈アイデンティティー〉のテーマを、いち早く、初期ピカレスク作品の末端に据えることのできた、その発想の驚くべき創見性に求められねばならない。

〈豚吉とヒョロ子〉は、同じ村に生れた二人の畸型を中心テーマとする。豚吉は短軀肥満の男性、ヒョロ子は長軀痩身の女性である。この二人をめあわせたならば最大の呼び物となろうと考えたのが、村の下種《げす》の知恵であった。

本人同志にとって、これぐらい迷惑なことはない。二人は結婚式直前に、手に手をとって遁走する。畸型同志の遁走。二人は永久に社会から追跡される二人となる。一体、社会とは何なのであろうか。社会の名において〈正常〉とされるもの以外を、狩りたて、異端とし、追跡し、処刑しなければ止まない、ある〈集団〉の論理のことであろうか。

少なくとも〈豚吉とヒョロ子〉は、このような意味での社会の論理に追跡され、逃亡にまた逃亡を重ねる。滑稽な馬車の屋根での逃避行、無茶病院、陥し穴、山奥、父母恋しを経ての無茶先生の整形手術、改名を経てのメデタシ、メデタシ。本篇のピカレスク性を真に活性化しているものがあるとすれば、それは、一旦、二人によって拒否されながら、最終的に整形手術によって二人の畸型性を社会へと受用されるものに移す野人、〈無茶先生〉なのである。二人の畸型ゆえに井戸に落ちた子を救う挿話は、「オモチャの探偵」の三つのオモチャの兵隊の、それぞれの材質に応じた長所を生かしての活躍と同一である。

「豚吉とヒョロ子」は、畸型という物質的な制約から平均的日常より蹴だされた、本来的な〈自然状態児〉の、たどるべきピカレスクであり、それを助ける者は、本来の〈自然児〉というべき〈無茶先生〉なのである。

ここで〈無茶先生〉が、鍛冶屋という、原型論的《アーキタイパル》なイメージで描かれていることに注目したい。多くの神話では、原初の創造主は鍛冶屋である。〈豚吉とヒョロ子〉を再生させる〈無茶先生〉が鍛冶屋であることは、まことに深い意味を荷っているといえよう。社会は二人を拒否した。しかし、その拒否の論理にともなう同質性の退屈のゆえに、畸型を追跡せざるをえなかった。しかし、その追跡は、畸型を受け入れるための追跡ではなく、あくまで、自己とは〈異なるもの〉への好奇心にすぎなかった。しかし、追われる者は、このような〈好奇心〉では済まない。追う者と同一化しなければ、追う者に亡ぼされるしかないのである。〈無茶先生〉は、それを破天荒の整形手術で叶えさせる。夢野が、これまでのメルヘンに苦労してつけて来た教訓は、すべて、無理か、上すべりか、心にもないものであった。しかし、「豚吉とヒョロ子」という、収拾のつかないほどのピカレスク（悪漢冒険譚）で、夢野のつける教訓には、珍しく無理がない。

〈無茶先生〉は言う。「それをきいて安心した。おれは、お前たちが両親や友達にかくれて逃げて来たものだとわかったから、罰を当てたのだ。お前たちの身体《からだ》をどんなに立派に作りかえても、心が立派にならなければ何もならないと思ったから、わざと両親が恋しくなる様にこんな山の中をいつまでも引っぱりまわしたのだ。」

人はあるいは、夢野を古いというかも知れない。しかし、夢野は、整形手術が日常化していなかった戦前の時点で、この言葉を口にしていたのである。ことは極めて深刻な問題にまで及ぶだろう。曰く、社会革命と、それに伴う精神革命の問題。もともと精神は自由に生れついているが、社会がそれを生れ落つるや鉄鎖につなぐのか。それとも、社会がいくら変革されようと、これを担う連中の精神が、変革以前の慣習を持ち越し、そのために改革も大きな反動となるのか。夢野は、この点、はっきりと、精神の変革を大前提にし、このように悔い改め自然状態にかえった男女にのみ、完璧な整形手術を許そうとする。ちなみに〈無茶先生〉は、夢野の幾多の自然状態の描写のなかでも、最も具体的な形象として、とくに特筆大書される必要があろう。『キチガイ地獄』の描く自然状態は、『瓶詰地獄』のより単一化された自然状態よりも、いっそう具象性があった。しかし、そのいずれにも、文明から自然への橋渡し人——ともいうべき仲介者の姿はなかった。

「豚吉とヒョロ子」は〈無茶先生〉の形象の創造によって、その橋渡し人を、確実に用意していたのである。〈無茶先生〉はつねに〈裸の儘の野蛮人見た様な恐ろしい姿〉をし、〈無茶なことをするので名高いのですが、どんな無茶なことをされてもそれを我慢してゐると、不思議にいろんな病気がなほる〉先生である。つまり、〈自然状態〉の権化なのである。〈無茶先生〉は〈豚吉とヒョロ子〉とともにこういう、〈人間だから裸で居るのもあれば、背の高いのもあれば低いのもあるのは当り前のことだ。それを見に来るなんて失敬な奴だ。又、此宿屋の奴も左様だ。おれたちのどこがわるいから泊めてくれないのだ。おれたちはみんな人間だぞ。人間が宿屋に泊めてくれといふのが何がわるいのだ〉。

おそらく、夢野の求めていた終局の人類主義は、このようなところにあったのである。

そして〈無茶〉の名を奉られながら、〈豚吉とヒョロ子〉といううつがいの畸型児の変身を、精神革命を前提に実現する、自然状態という根からの革命家が、〈無茶先生〉であったのだ。この変身のあと〈無茶先生〉は、二人ばかりか自分までも改名することによって、真の世界コンミュニティーを実現する。豚吉は歌吉、ヒョロ子は広子、無茶は牟田と。名称はけだし、アイデンティティーの符牒であり、自然児であった無茶先生は、二人にアイデンティティーを与え直すことで、自己の疎外をもまた克服するのである。

*

これまで、夢野メルヘンについて、論の筋を通すため、つい触れ得なかった幾つかのことが残る。それについて述べておこう。「猿小僧」、「茶目九郎」、「豚吉とヒョロ子」に共通するピカレスク性を支えるものに、作中に挿入された〈歌〉があったことである。これは、夢野メルヘンの重要な特色であると同時に、夢野のその後の文学作品のなかにも、その秀作の多くに於て、くりかえされる構成上の特徴とすることができる。とりわけ印象的なのは、『ドグラ・マグラ』のなかの〈アホダラ経〉であり、これに至るものとして、多くの秀作が含む〈歌〉〈呪文〉〈アホダラ経〉が指摘されよう。

その点で忘れたくないのは「65　銀のうた銀の踊り」である。乞食が水仙の根を拾い土に埋める。すると銀の服を着た女の子に会い二人は幸福に街頭で踊る。人びとはこの珍奇なとり合わせを喜び喝采する。ついに乞食は往来に倒れて死ぬ。そこにはかつての水仙が根を得て花が咲いていた。銀の服の少女の行方は知れなかった。この作品も効果的な〈歌〉を作中に挿入していることは断るまでもない。数えてみると、全九十五篇のうち、「7　猿小僧」「45　頬白の子」「46　泣虫四郎坊」

「65　銀のうた銀の踊り」「72　筆入れ」「74　水飲み巡礼」「77　茶目九郎」「86　おもちゃ二つ」「89　ドングリコッコ」「91　三人姉妹」「92　寸平一代記」「94　豚吉とヒョロ子」「95　ルルとミミ」が、すべて歌を作中の構成要素とし、夢野芸術の本来の出自、大道芸術性をあらわに物語っている。夢野の世界は、なるほど、メルヘンを境として、文芸推理小説に進んでいったが、その中心にあったこの大道芸術性——いい換えれば、バラードを骨格とする作品構成は、終生変わらず、その起点は、これらのメルヘン群が明しているといいえないであろうか。

それにしても、これらのメルヘン群の、単なる童《わらべ》物語と称し得ない、時代に対する毒性は、夢野の生涯をもとに考えるとき、ますます、われわれの心底にひたひたとひびいてくる気がするのである。

父茂丸との関係から、とかく安易に、夢野久作の作品と〈右翼美学〉との関わりが取り沙汰される昨今であるが、わたしは、夢野のこれらのメルヘンを再読するにつけ、とうてい、それらの取沙汰に同ずることはできないのである。

夢野は茂丸の体質を、もとより強くうけついでいる。しかし茂丸が結果的に奉仕したもの——日本帝国主義に対しては、(父への優等生、模範児として、終始しながら) 最も執拗に反抗し、ついに父の命日に刀折れ矢尽てみずからの理想に殉死したのが夢野のまことの姿であったと思うのである。

九十五篇のメルヘンのうち、何らかの意味で広く帝国主義＝軍国主義＝金権主義への批判を孕む作品は、「1　正夢」「2　天狗退治」「3　石の地蔵」「35　誰れの手」「44　お寺の釣鐘」「44　魔術の幸吉」「49　まぬけ次郎」「51　鉄砲の名人」「55　王様」「69　弱虫太郎」「93　人が食べたい」

「94　豚吉とヒョロ子」という風に、調べてみると、あっと思うほど多数である。

そして九十五篇のうち、〈指輪〉と〈泥棒〉をテーマとするものが、十篇に及び、卒読した時、指輪と泥棒という伝統的テーマの方がどういうものか、数のうえでは頻繁なように思うのである。これも夢野の策略かと思うほどである。しかし事実は、帝国主義・金権主義への秘めたる批判の方が多い。そして全体が教訓童話の体裁を強く印象させながら、その教訓性の凡庸ぶりを踏み破るピカレスク性を、実は全体のなかの主調とさせ、やがて来る「あやかしの鼓」以下の、自己の本領の発揮にむかって、着々とたくわえていた飛躍のための土台が、これらのメルヘン群であったことを知るのである。〈指輪と泥棒〉は久作の巧みな仮装であった。まことは自然状態の叫び声に耳傾けるピカレスクを目指す脱走の試みだったのである。

無為の饒舌——大泉黒石素描

大正八年九月、大編集者滝田樗陰が主宰する全盛時代の『中央公論』を舞台に彗星のように躍りでながら、大正末年のほぼ五年間、精力的な創作活動を行い、わが国最初といってよい混血文学の空間を開拓しながら、昭和七年頃には早くも文壇から姿を消し、それでいて、第二次大戦後の昭和三十二年まで横須賀の一隅に雑草のように生き延びて、独自のニヒリズムをひたすら築き、ひたすら深化させて死んでいったアレキサンドル・ステパノヴィッチ・コクセーキ——邦名大泉黒石の生涯は、まことに〈束の間の騎士〉のそれであった。

大泉黒石が血管のなかを流れる血の半分を分けたロシアの文学のなかでも、ゴーリキーを彼はとりわけ愛していたが、そのゴーリキーの傑作『チェルカーシュ』に登場する浮浪人たちは〈束の間の騎士〉とされた。〈束の間の騎士〉たちの人間愛の世界にたいする沁みいるような愛着を、ゴーリキーは『海燕の歌』の革命待望の唄声に力強く結びつけてゆくことが可能だった。だが、わが大泉黒石には、海燕となって近づく嵐の予感を唄う道は拒まれていた。いちずに〈東の間の騎士〉の在りかたを日本の文字に彫琢して生き抜くほかになかったのである。関東大震災・軍国主義的国家主義、やがて日中戦争を経て太平洋戦争の破局へと、ひた走りに走った日本の環境のなかで、彼のような才能と体質をかかえて節を通そうとすれば、海燕の予感に痺れていることは許されなかったのである。その〈無為〉の哲学には意外に野太い支柱が通っており、その〈饒舌〉のレトリックには意外に錯綜した陰翳の襞がたたみこまれており、滑稽の鎧の影に、スケールの大きな痛みをかかえていたことを、マヤカシ屋として大泉黒石を文壇から一挙に抹殺した連中は、まったく理解していなかった。彼の生涯に支払われた高価な代償は、ようやく現時点をまって、その重みを裸《あら》わにし始めたということができよう。おそらく大泉黒石の哲学とレトリックは、〈無為〉と〈饒舌〉をつなぐ線上で、大杉栄や辻潤と坂口安吾や石川淳たちを微妙に包摂し、的確に予見さすものをもっていた。戯作者の連綿たる伝統が、現代のニヒリズムと結んで甦えるところに昭和無頼派の成立根拠があるとすれば、その道を予感する海燕の唄を大泉黒石は、たしかな旋律で歌い、またそのゆえに、〈東の間の騎士〉にいよいよ徹する世俗的自己抹殺の後半生をひきうけざるをえなかったのである。

野口米次郎ならば〈二重国籍者の悲哀〉を気取り、アッツ島玉砕の翼賛歌を英語で書いていれば良かった。大泉黒石の場合、野口米次郎のような半分の資格をもった〈二重国籍者〉ではなかったから、正真正銘の〈二重国籍者〉として、ロシア語の翼賛歌で口を糊する汚辱に、陥ちてゆくわけにゆかなかったのである。

*

この真正の二重国籍者、わたしに言わせれば混血文学の先駆者は、みずからを〈国際的の居候〉と定義した。つまり純正のヒッピーである。

「アレキサンドル・ワホウキッチは、俺の親爺だ。親爺はロシア人だが、俺は国際的の居候だ。あっちへ行ったり此方へ来たりしている。泥坊や人殺しこそしないが、大抵のことはやって来たんだから、大抵のことは知っている積りだ。ことにロシア人で俺くらい日本語の旨い奴は確かにいまい。これほど図迂々々しく自慢ができなくちゃ、愚にもつかぬ身の上譚が臆面もなくできるものじゃない。ロシアの先祖はヤスナヤ・ポリヤナからでた。レフ・トルストイの邸から二〇丁ばかり手前で、今残っている農夫のワホウキッチというのが本家だ。俺の親爺は本家の総領だった。日本の先祖はどこからきたんだか、あまりいい家柄でないとみえて系図もなにもない。祖父の代から知っているだけだ。俺の祖父は本川といった。下関の最初の税関長がそうだ。維新頃、日本にも賄賂が流行したと見えて、祖父は賄賂をとったのか、とりそこねたのか、そこははっきり知らないが、長州の小さい村で自殺した。あまり人聞きのいい話ではないが、恥をうちあけないと真相が解らないから、あえて祖先の恥を晒す。さぞ不孝な孫だと思っているだろう。俺のお袋 Keita（恵子）はこの人の娘だ。俺を生むと一週目に死んだから、まるで顔を知らない。そんなわけから親類の有象無象が俺のことを仇子というんだろう。俺には兄弟がない。天にも地にもたった一人だ。ロシアの先皇が日本を見舞った――その時はまだ彼は皇太子だった――とき、親爺も末社の一人だった。親爺が長崎に立ち寄ったとき、ある官吏の世話でお袋を貰ったんだそうだ。そのとき親爺はまだ天津の領事館にいた。お袋はロシア文学の熱心な研究者だった。それは彼女の日記や蔵書をみてもわかる。それで、親爺がお袋を呉れろと談判にきたとき、ものの解らない親類の奴共が大反対したにもかかわらず、彼女は黙って家を跳びだしていった。旧弊人どもが、お恵さんは乱暴な女だと攻撃した。俺は二十七だ。」〈わたしは、そのとき、どうしようかと思って困り果てたば《い》な〉と祖母がいった。（『俺の自叙伝』一頁〜三頁『当世浮世大学』、『世界ユウモア全集』第十巻、集英社、昭和四年刊。仮名遣改め。）

これを冒頭とする『俺の自叙伝』は「中央公論」に連載され、爆発的な成功を収めた、大泉黒石の出世作である。自伝が出世作という顚倒した出発ぶりも、なかなか黒石らしい。大正八年から大正十一年にわたる断続された執筆で、祖母のもとでの生活、親戚をたらい廻しにされた厄介者時代、父をたよってのロシアでの生活、フランスでの生活、日本へ舞い戻ってからの生活を、波瀾万丈の逸話の連打で盛りあげた数奇の力作である。

その大正八年、当時駆けだしの編集者として滝田樗陰の許にいた木佐木勝が、八月二〇日の日記に「今日午后から田中貢太郎氏と大泉黒石氏現わる……この人の原稿は田中氏の紹介で樗陰氏が読んだのだそうだが、樗陰氏は例に依って最大級の言葉で〈面白い面白い〉とほめあげていた。自分も校正で、読んで面白いとは思ったが、少し面白すぎるとも思っていた。少年時代にヤスナヤポリャーナの田舎路で……トルストイに石を投げつけたらトルストイが猿のように真赤になって怒った話とか……書きぶりも真実らしい……とにかくこの人は眼の色が変っているばかりではない。『俺の自叙伝』も変っているが、この人自身が変っているという印象だ。」と誌し、率直に「自叙伝を読み、実物を見て、正体がつかめないところがあると思った」と書いている。(『木佐木日記』二十二頁、図書新聞社、昭和四十二年)文壇常識で摑める男ではなかった。

総じて『俺の自叙伝』では、黒石の数奇と無頼の面白さが前面に押しだされており、黒石のニヒリズム哲学と饒舌のレトリックは比較的抑えられているから、黒石のなかに〈俄かに信用できないもの〉を直ちに嗅ぎとることに終った律義者の一編集者の反応も、当然のことであったろう。木佐木がふれているトルストイやドーデーの挿話もさることながら、ロシア革命の内戦に巻きこまれ、ペトログラードの橋の上を年上の愛人コロドナの屍体をひきずって走る青年時代の黒石の姿など、現在のわれわれには、忘れがたい迫力をもって迫る。

木佐木日記では、黒石のその後の彗星のような文壇登場ぶりを記録しながら、早くも翌年の大正九年三月十五日になると、すでに既成文壇からの黒石にたいする風当りについて頻繁に触れるようになってくる。「こんどの特別号に大泉黒石の小説が入るという話をしたら久米(正雄)氏はちょっと妙な顔をした……『俺の自叙伝』の中のでたらめを指摘したのは久米氏だった……久米氏に限らず、どの作家でも大泉黒石のことになると触れたがらないから妙だ。」とあり、大正十一年五月二十五日になると、「近ごろ大泉黒石氏の評判が社の内外でひどく悪いようだ……今日村松梢風氏が来たときも〈黒石はうそつきの天才ですよ〉と言っていた……樗陰氏は……〈近ごろは黒石が恐ろしくなった〉と言っていた。」と書き、とくに付記して「言わば文壇の圏外にあった作家で、当時の文士からは場ちがい的存在として見られていた。一つには黒石の一種の人格破産者としての脱線行為と、またウソつきの天才と言われて、みずからもウソと真実のけじめがつかなかったようなでたらめな生活ぶりが、自己の才能にも自信を失わせる結果となって、作家としてものにならなかった理由と見られる。」と述べ、律義者の批評眼の欠陥と文壇根性をまるだしにし、大正十二年三月三十一日には、「読物作家から『中央公論』や『改造』の創作欄に起用されて新作を発表していた大泉黒石氏も今では人気が落ちてしまった。」と書き、これを最後に『木佐木日記』から黒石にかんする記述が姿を消すのは歴史的に重要なことである。木佐木は黒石をあくまで中間物作者の枠に入れて、ウサン臭く眺めることに終始し、二重国籍者の悲哀はおろか、小説家黒石の意義も、黒石のニヒリズムも、全く分っていなかった人である。なぜなら、それから半年のち、九月十六日に、甘粕大尉は大杉栄と伊藤野枝を大震災の混乱に乗じて暗殺し、日本アナーキズム運動の息の根を止めにかかり、偽装戯作者大泉黒石のアナーキズムを、いよいよ〈無為〉の方角に傾斜させていった理由が、甘粕の行為を日記のなかで一応は憤りながらも、木佐木には全く摑めていないからである。

*

大正十一年六月刊の創作『老子』は黒石のアナーキズムの小説面での集約であり、大正十五年九月刊の『人間廃業』は〈無為〉と〈饒舌〉のレトリックの集大成である。爆発的な大成功を収め、三ヵ月間に十三版を重ね、震災後の大正十四年になっても、さらに二度の重版を重ねた『老子』は、日本アナーキズム思想史を考える際に、避けてはならない金字塔である。黒石の著書には珍らしく、この本には伏字が多い。過激思想としての検閲の結果であることは、甘粕事件の前後関係の文脈のなかで考えられねばなるまい。周の老哲人李耳が、周に愛想をつかして旅にで、晋の首都絳の木賃宿で、尾羽打ち枯した好色の旅芸人鳳と革命家の労働者彭と合客になり、宿の娘柳娥をめぐる犯罪にまきこまれ、これの救出にのりだす破目になり、ついに獄中で〈道〉の哲理を説くに至る思想小説である。国家に癒着し、既成秩序の擁護に結果しがちな孔子の方角に嫌悪を覚え、国家も社会も否定して無為のアナーキズムのなかに本来の人間主義、真のインターナショナリズムを回復しようとする老子の立場が、芸人の無頼と労働者の革命と娘の愛の三つの極のなかで試煉をうけ、次第に冴えわたってくる筋を描いている。『俺の自叙伝』で〈俺は死ぬまで志望も目的もないよ〉と書いた黒石の虚無感は、『老子』とその続篇『老子とその子』（大正十一年十一月刊）に至って、中国思想を軸として本能的な段階を脱し、あざやかな思想にまで形成されたのである。トルストイの晩年の老子思想への共感（トルストイ・小西共訳『老子』別冊解説、木村毅執筆、日本古書通信社、昭和四十二年刊、参照）と、黒石のロシアの血液とは、こうして無為の地平で美しく同時代の交叉をとげている。

無為の地点に坐りこみ、文壇の狭隘な偏見のなかで生き残ろうとすれば、黒石にとってなお可能であったのは、戯作のレトリックを鋭ぎすますことであった。『人間廃業』はその題名から、すでに昭和無頼派を予想させるものがあるが、『人間失格』の湿り気はこれっぱかしもなく、爽快な饒舌の大洪水である。レトリックの美事さにおいて、おそらく黒石文学のひとつのピークであろう。ここにも黒石の中国思想とロシア文学の教養は泌みでているが、落語や戯作者の修辞を完全にこなした自在な駆使ぶりは、驚嘆に価する。東京の一隅の裏長屋に黒石本人らしい文士が食いつめ生活をするのだが、彼をめぐるどん底生活者やイカサマ師の強烈な生活力が出放題のレトリックの脱線芸の連鎖のなかで、いきいきと描きだされてゆく。この怖るべき饒舌に匹敵するものといえば、おそらく夢野久作の「鼻の話」と「オシャベリ姫」をのぞいて、他に見当らないであろう。とりわけ面白いのは、黒石独自の日本人論で、アナーキズムとボルシェヴィズムを流行のように口にしながら、いずれは日本人の痩せ我慢が尻尾をだして自滅するまで大挙して日本刀を振りまわす時勢が来るであろう予測を、「〈アナ〉と翻えり、〈ボル〉と揺れる……瑞穂国の枝や葉」に仮託して、辛辣に衝く部分である。風俗諷刺も抱腹絶倒の箇所にみち、これこそ大正文化史の生きた見本である。当時のモガ・モボ風俗に乗じて乱立した映画産業界の内幕を、田屋某と称するイカサマ監督からの来信という途方もない長文の手紙を引用しながら述べたてるくだりなど、およそ当時の日本語のあらゆるスタイルの大雑炊であって、『人間廃業』の圧巻であろう。どん底の長屋生活者を描きだして不思議に爽やかなのは、時折のぞく文明批評の姿勢と、諷刺の切れ味を支える端倪すべからざるレトリックのおかげであろう。イカサマ映画界を描いた黒石は、日活に一時関係し、シナリオを書いたこともあったらしい。黒石の短篇の傑作が多く集められている『血と霊』（大正十二年）の巻頭の二篇は、彼の言葉によれば、日活向島撮影所脚本部顧問として書いたシナリオをもとに小説化したものであるという。彼によれば「従来つくられていた新派映画と無関係」に「純表現派形式で撮影」したそうであり、実際四葉のスチールを掲げている。ヴィーネの『カリガリ博士』に想をえたことが一見してあきらかな、表現派舞台装置である。冒頭の「血と霊」はホフマンの翻案と断っているが、場所を長崎の支那魔窟に設定した恐怖小説になっており、『カスペ』や『ペペル・モコ』を先取りした黒石の翻案の才の非凡な先駆性を証している。この巻に収められた「天女立像」は昭和六年の短篇集で「天女の幻」と改訂されているものであるが、適度にとぼけた怪奇性が、得意のどん底生活のテーマと重なりあって、程良い味わいをだしている。

創作の上でも下層生活者の描写に長じていた彼は、当然ながらゴーリキーを愛好し、ふさわしくも『どん底』を大正十年に原文から訳出し、「老女物語」を付録につけて単行した。これなど、訳者と原作がテーマにおいて一体になっている妙味ばかりでなく、わが国における『どん底』翻訳史のなかでも、最も早い原典訳のひとつである。ロシア文学熱は、大正十一年に黒石に『露西亜文学史』を書かせた。当時の計画では、この巻を「発生の時代」または「起源の時期」として、いずれその後を扱う続篇を考えていたが、黒石の運命の変化が、ついにその続篇を書かせることなく終ったが、これまた最も早い邦文「ロシア文学史」であるばかりでなく、近代以前の、口誦文学と叙事詩に多くの頁をさいている見識は、わたしに言わせれば流石といわねばならない。〈エポース〉と〈アネクドート〉とはロシア文学の基本であろう。叙述の精粗よりも、全巻にみなぎる原典への愛着が引用詩の訳しぶりにまで滲みでており、大泉黒石の母斑の所在を無言のうちに示している。

創作の筆を折ってから――否、時勢によって折らされてからも――黒石は節を曲げることを拒み、どん底生活者として生きた。この食いつめ時代のものであろうか、わたしの手許には昭和八年の『峡谷行脚――附、山と温泉』があり、群馬、栃木、山梨などにわたるが、なかに、とくに雲仙を選んで、故郷長崎への黒幕を眼だたぬかたちで埋めこんでいる本がある。単なる旅行案内ではなく、田山花袋に優るとも劣らない質のよい紀行文であり、例によって人間批評の体質がうかがわれる。第二次大戦の暗黒時代は、黒石にとって、生涯のうちでも最も暗澹たる一時期であったに相違ない。

どのような暮しをしていたのか、詳かでないが、ここでも、どん底のなかでの思想的節操はうかがわれる。そのご昭和十八年七月十日の奥付で、大新社から、大泉清著『草の味』が発行された。ここには戦時下の食糧難に悩む日本人にたいして、親切を極めた食用雑草の献立法とその詳しい解説がなされており、あわせて、草食主義にことよせて、往年の老子思想がこっそりと顔をのぞかせている。文人黒石がこのような書物を書くことを、おそらく恥じてであろうか、黒石は本名の「清」をこの本にだけ冠した。清とは、ロシヤ人の父によって、キョスキーと改称を強要されたという、曰くつきの本名である。文壇から突然、閉めだされ、それでも昭和七年の交まで、ともかく文学の可能性をきわめる志を持続し、ひそかに〈無為〉と〈饒舌〉を連絡する無頼派の幹線の起点を敷設しながら、この〈東の間の騎士〉は雑草の味を世の人にすすめて風狂の生のうちに生きることを説いて死んだ。『草の味』は『人間廃業』の一大ファース宇宙と直ちには、結びつかない。しかし、わたしには、この本をあらわした晩年の黒石の心情が痛いほど分かる。その頃十四歳だったわたしは、芋の蔓を干して粉にしたもので腹をみたして、『チェルカーシュ』と『どん底』の翻訳本を、分らぬながら読み始めていた頃であった。

（注記）黒石にかんしては、主著類の復刊がそろそろ始められて良い時期ではなかろうか。現在入手出来るものは、鶴見俊輔さんの解説つきの『虚人列伝』（学芸書林、『ドキュメント日本人』第九巻）に抄録されている『俺の自叙伝』ただひとつだけであり、参考文献としては、辻淳さんの「大泉黒石の世界」（「図書新聞」、昭和四十五年一月二十四日号・三十一日号）だけである。

『黒石怪奇物語集』のあとに

大泉黒石――といっても、今の若い世代の人たちはもちろんのこと、ほとんど誰からも、そんな名前は聞いたことがないと、怪訝《けげん》な顔をされそうである。むしろ特異な俳優として令名のたかい大泉滉《あきら》氏の実のお父さんである、といった方が、分ってもらえるかも知れない。だが実は、大泉黒石といえば大正末年の数年間、彗星のように躍りでてジャーナリズムを騒がせた人物であって、当時の狭い日本の文壇常識ではとうてい測りきれないスケールを備えた途方もない異端者として、そのゆえに文壇から閉めだしを食い、ふたたび彗星のようにいち早く消えていった数奇の偉才であった、というのが真相である。この人の著述、思想を求めてわたしは久しい。

テレビ産業や演芸界で混血児の才能が何の偏見もなくうけいれられるようになり、五木寛之氏の文学が広範な人気を獲得し、日本人特有の狭いエトスへの反省が各方面にたかまっている現在に、もしも大泉黒石が生まれていたなら、文句なしに歓迎され、大きな存在となって、あの貴重な才能も円熟の時期を迎えることができたのかも知れなかった。残念ながら、彼の生きた時代は、あらゆる意味で、その逆であった。日露戦争・日中戦争・太平洋戦争と狂ったように驀進していったウルトラ・ナショナリズムの風土のなかでは、〈国際的根なし草——デラシネ——の痛み〉をニヒリズムの深淵にまで掘り下げ、それを感傷に流すことなく、野太い笑いに造型するという大泉黒石の生存の仕方は、まったく場違いのものであった。時代が悪かった、とすべてを時代のせいにするつもりはないが、前田河広一郎が日本のゴーリキーになれなかったといえるのなら、大泉黒石は日本のゴーゴリにひょっとするとなれたかも知れなかった人物である。文壇から閉めだされ、時代の暗黒化とともに創作の筆も絶った彼ではあったが、それでも節を曲げず、終戦ののちも、横須賀の一隅に雑草のように根強く生き抜いて終った。ニヒリズムは、人間という名の自然界の大雑草の、そのまた草の根であることを身を以て証明したのである。

*

大泉黒石（本名清、ロシア名キヨスキー）は混血児であった。生年は明治二十六年十月二十一日、なくなったのが昭和三十二年十二月二十六日、六十四歳であった。父はロシア人アレキサンドル・ワホウヴィッチ。ペテログラード大学出身の法学博士で、漢口の領事。母の大泉恵子は下関の税関長の本川某の娘であったらしい。本川姓から大泉姓に変った事情はよく分らないが、本川某が賄賂の嫌疑で自殺したことと関係がありそうである。アレキサンドルが恵子と結ばれたのは、ロシア皇太子訪日の主席随員としてアレキサンドルが長崎にきたとき、ある日本人官吏を介してロシア文学者恵子を知ったことによる。恵子はロシア語を勉強し、ロシア文学に明るかった新しい女らしく、周囲の反対を押しきって、ワホウヴィッチの求愛をうけ入れ、黒石を産むと間もなく、産後の肥立ちが悪く、他界したという。黒石の記述によれば、恵子（ロシア名ケイタ）がなくなったときの年齢は十六歳であったというから、まだほんの娘ざかりに、なるやならずの年であった。外国人と一緒になることにたいする親戚の反感の渦のなかで、心身ともに疲れ果てたためであろう、想えば胸が痛む。

それから黒石の国際的放浪の半生がはじまることになる。彼いうところの「国際的の居候」の生活である。まず祖母にひきとられ、小学校三年までを長崎で。ついで父をたよって漢口にいったが、間もなくその父とも死別。そこで父方の叔母につれられてモスクワにゆき小学校に入る。その後また、パリのリセに入学し三年ほど在学したが、停学になり、スイス、イタリアを経て長崎に舞い戻り、長崎鎮西学院中学をともかくも卒業。ふたたびロシアにゆき、ペトログラードの学校に在学。ロシア革命の巷と化すにおよんで日本に帰り、第三高等学校に入学。遠縁の女性と結婚。同校を中退して東京にで、一時、第一高等学校に在籍したが間もなく中退。石川島造船所書記から屠殺場番頭にいたる雑業のかたわら、小説家を志し……云々という経歴になる。結婚までの学費は、すべて海外の叔母からの仕送りに頼った様子であるが、東京にでてついに文筆家を志望し、さまざまの苦業を経ることになったのも、もともとこの仕送りが途だえてしまったことが大きな原因だったらしい。以上の簡略な前歴も、ほとんど大泉黒石本人の記述によるものであるから、どこまで信用してよいか分らない。ともかく、ロシア人の叔母の学資だけを頼りに、親戚縁故を厄介者扱いに盥廻《たらい》しにされ、ロシア・フランス・日本を股にかけて放浪し、卒業したのは小学校と中学校のみで、あとはいずれも放校ないし退学という経歴であったことは、まず大綱において間違いあるまい。たしかに自称「国際的の居候」の資格は充分といえよう。

ともあれ、苦労が実って、中央文壇の『中央公論』に「俺の自叙伝」が連載されることになり、一躍有名になる機会を摑んだのが大正八年のことであるから、黒石が二十九歳の頃のことである。原稿の紹介者は田中貢太郎で、採用したのは、全盛期の『中央公論』の編集長であり大ジャーナリストとして重きをなしていた滝田樗陰であった。

＊

滑りだしは劇的であった。当時、樗陰の下で編集の実務にたずさわっていた木佐木勝は、黒石の登場ぶりを回想してこう日記に誌している。

「大正八年八月二十日　今日午後から田中貢太郎氏と大泉黒石氏現わる。大泉氏はロシア人を父とし、日本人を母とした混血児で、その数奇な運命を『俺の自叙伝』としてこんどの特別号に書いている。この人の原稿は田中氏の紹介で樗陰氏が読んだのだそうだが、樗陰氏は例に依って最大級の言葉で「面白い面白い」とほめ上げていた。……少年時代にヤスナヤポリヤーナの田舎路で、アレキサンドル・ステパノヴィッチ・キョスキーこと大泉黒石が、トルストイに石を投げつけたら、トルストイが猿のように真赤になって怒った話とか……書きぶりも真実らしい。……とにかくこの人は眼の色が変っているばかりではない。『俺の自叙伝』も変っているが、この人自身が変っているという印象だ。自叙伝を読み、実物を見て正体がつかめないところがあると思った。黒石は十二ヵ国語に通じているという田中氏の話もにわかに信用できないと思った。しかし樗陰氏は今日大泉氏が持って来た次の原稿の話にすぐ飛びつき、来月号に続編を書いて持ってくるように勧めた。」(木佐木勝『木佐木日記――滝田樗陰とその時代』一九六五、図書新聞社)

五回連載された『俺の自叙伝』は圧倒的な好評を以て迎えられ、はやくも翌月の九月十日には朝日新聞が顔写真入りで大きくとりあげ、各方面から引っぱり凧になった。

「新聞に出るのが早いのにも感心したが、黒石氏もどうやら『俺の自叙伝』で一躍、世に出たという感じだ。」(『木佐木日記』大正八年九月十日の項)

しかし「この一躍、世に出た」という劇的な登場ぶりは、既成の文壇に寄食し、苦しい徒弟関係のなかで粒々辛苦の下積み生活のあげく、ようやくその一角を占めた手合いにとっては、驚異であり、また脅威でもあった。素生の知れない碧眼の鳶《とんび》に油揚をさらわれたのである。しかも黒石は筆も異常に早く、依頼原稿は必ず間に合わせたし、国際的放浪児として半生の間に積み上げたエピソードの山といい、途方もない雑学といい、文章の種は無尽蔵だったのだから、肥大したジャーナリズムにとって、こんな便利な男はいない。巻き返しにかかった手合いも必死にならざるをえなかった。当時、小説家よりも一段低いジャンルと考えられていた「読み物作家」というジャンルがあり、諸雑誌には欠かせない分野だったが、黒石は特異な経験をひっさげて、この分野に殴りこみをかけた結果になった。紹介者田中貢太郎はもちろん、村松梢風のような陰湿な読み物作家が、失地回復に躍起になってきたのも自然のなりゆきであった。大泉黒石の濶達な国際人的感覚は、この手合いの得意とする陰湿な中傷にたいして無防備だったといえる。さらに黒石が本来の素志にしたがって読み物から小説にまで筆をのばし始めると、既成読み物作家連の嫉妬に、さらに既成小説家連も加わって黒石の進出を食いとめようとし、共闘戦線を張った。久米正雄はそのひとりである。

「こんどの特別号に大泉黒石の小説が入るという話をしたら久米氏はちょっと妙な顔をした。大泉黒石の『俺の自叙伝』の中のでたらめを指摘したのは久米氏だったが、樗陰氏はこの読み物作家の奇才を買ってか、その後引き続いて黒石の自叙伝物を書かせ、どういうわけか創作欄にも小説を載せるようになった。久米氏などの意見はどうかと興味を持って尋ねてみたが、久米氏は別に問題にしていないらしく黙っていた。自分などどこの場ちがいの作者が一枚、こんどの特別号に加わるために、何か白米の中に砂が交じっているような気がしている。」(『木佐木日記』大正九年三月十五日の項)

「白米の中の砂」――この黒石観は、たんなる「異物」視から次第に「ニセモノ」視に進み、「信用できない」という所に落ちついてゆく。

「近ごろ大泉黒石の評判が社の内外でひどく悪いようだ。いつだか田中貢太郎氏が来たとき「黒石はひどいうそつきだ」と怒っていた……今日村松梢風氏が来たときも、「黒石はうそつきの天才ですよ」と言っていた……樗陰氏も……「近ごろは黒石が恐ろしくなった」と言っていた。

黒石氏も『中央公論』に「俺の自叙伝」を発表して以来すっかり読み物の人気作家になり、その後『中央公論』や『改造』に創作も発表して作家の仲間入りをし、ほうぼうの雑誌で引っ張り凧の人気者になったのに、どういうわけか今年になってから余り社にも寄りつかなくなっていた。近ごろになって、黒石氏の知り合い関係から黒石氏についての悪い噂が流れるようになった。……自分なども黒石氏に会った第一印象からその正体がわからないような気がして、信用できなかったが、ここへきて黒石氏も馬脚を現わしたように思った。」(『木佐木日記』大正十一年五月二十五日の項)

こうして大正十二年三月三十一日の記述、「読み物作家から『中央公論』や『改造』の創作欄に起用されて新作を発表していた大泉黒石氏も今では人気がすっかり落ちてしまった。この四年の短い歳月の間にも少しずつ文壇は移り動いているようだ……」を最後に、黒石の姿は『木佐木日記』から消えてしまうのである。「この四年の短い歳月」——つまり大正八年から十二年——が大泉黒石という彗星の光芒が中央文壇の一編集子の視界に輝いてみえたライフ・スパンであったことは間違いない。黒石を忘れ去っている日本現代文学史の視野も全く同様である。しかし、それからすでに半世紀を経過した現在のわれわれの眼にも、黒石の寿命はそう見えるだろうか。明かに否である。黒石の重要な仕事は、むしろそのあとから続々だされ、彼を日本近代文学のひとつの流れに棹さ
させたのである。

＊

大泉黒石の環境は、ロシア革命の決定的衝撃のなかで、大アジア主義と超国家主義とが手を結ぶ主潮に抗して、ニヒリズム・アナーキズム・ボルシェヴィズムが渦巻くように流れていた日本である。その時代のなかで、黒石はニヒリズムを思想的根幹にして最下層の生存に降りたち、そこに坐りこんだ姿勢で、野太い笑いと諷刺とを、新戯作調のユニークな文体にのせて、根強く時代にむか

って浴せた。作家黒石の本領は――読み物作家ではなく――むしろ「デラシネの痛み」をニヒリズムを根幹にして戯作調諷刺へと昇華したところに認められなければなるまい。したがって彼の命脈は江戸期戯作の伝統を、同時代の大杉栄や辻潤と雁行しながら、ロシア・中国の素養を生かして継承し、昭和における坂口安吾や石川淳たちに媒介する長大な流れのなかで摑まれるべきであり、大泉黒石はこの意味で、昭和無頼派への貴重な中継所なのである。

ここでは詳論できないが、ロシア・中国・日本の知的雑婚の結果、はじめて黒石独得のニヒリズムが生じていることは、ゴーリキー『どん底』の翻訳（大正十）、『露西亜文学史古典篇』（大正十二）のような仕事に現れたロシア文学への親炙《しんしゃ》、作品『老子』（大正十一）、『老子とその子』（同）にみられる中国ニヒリズム思想の理解ぶりに明らかである。それらが一丸となって長屋的実存を哄笑する戯作文学ならば、黒石一代の傑作『人間廃業』（大正十五）がこのうえなく雄弁に答えてくれる。大杉栄は大正十二年に暗殺されるわけであるが、このアナーキストを時代のチャンピオンにした知的風土のありようは、黒石の『老子』がいかに争って読まれたかによっても知ることができる。『老子』は十三版を重ねたばかりか、さらに大正十四年にポケット版がだされ、通計して二十版を重ねるほどに求められたのである。彼のニヒリズム哲学の特質と戯作レトリックの素晴らしさを、実例を引いて説く紙幅がないのが、なによりも遺憾であるが、ともかく無頼派への中継所という彼の位置づけをわたしは提唱しておこう。

＊

ここに復刻された『黒石怪奇物語集』は大正十四年に新作社より刊行されたものである。黒石の力量を示す代表作となれば、『俺の自叙伝』『老子』『人間廃業』の三冊は必要だが、『黒石怪奇物語集』にも、彼の特色は泌みでている。ぜひ注意しておきたいのは、物語の舞台である。ロシア、中国、日本とめまぐるしいが、とくに長屋的底辺生活が多く、これは『人間廃業』で頂点に達する黒石文学の持ち味である。また故郷の長崎を舞台にとったものが多いことにも、読者はすぐに気づかれよう。それもとくに、キリシタン禁圧時代の長崎に。黒石のキリシタン物の特徴は、日本世紀末文人たちのキリシタン物への傾斜にみられるような、美的エキゾティシズムでは全くないことにある。むしろ「俺の見た日本人」や彼の中国観に伺われるような、日本的エトスへの批判の眼が冴えているところが、黒石のキリシタン物をたんなる中間的読み物に終らせていないことに注目したい。本書収録の「聖母観音興廃」にみられる主人公小兵の「人間」観は、黒石の喜劇物にさえその背骨をなしており、さらには小兵の死が支配権力の読みのなかで無効にされる非情な結びは、これまた黒石の戯作のなかの醒めた眼玉を物語るといえよう。混血児の心情は「葡萄牙《ポルトガル》女の手紙」のなかに良くでている。ポルトガル女マリアの眼にうつる日本人の汚らしさ、混血の子供の姿。またそれらが「絵踏み」の体験を通じて、種族をこえた「人間」のありかたに心を開かれてゆく描写は、混血児黒石ならではのものである。「奇なる邂逅」は長屋物の系列の味わいの見本となるものだし、「眼中星」や「女が男になる話」には、夢野久作の世界に黒石を近づけるものがある。比較的軽い作品集ではあるが、それでも読み終って「滑稽なものほど凄くはなかろうか？」（「戯談」）という気持が、「星に見はぐれた沖の流れ舟」（「心癌狂」）の底深い孤独感にいつしか包みこまれてゆくのを覚える。

*

最後に、ほとんど資料が手に入らない大泉黒石のために、わたしが知る限りの、彼の著作を掲げ、大泉黒石復権のための便宜に供しよう。

1 『露西亜西伯利ほろ馬車巡礼』大正八年
2 『恋を賭くる女』大正九年　南北社
3 ゴーリキー『どん底』大正十年　東亜社
4 『老子』大正十一年　新光社
5 『老子とその子』大正十一年　春秋社
6 『露西亜文学史古典篇』大正十二年　大鐙閣
7 『血と霊』大正十二年　春秋社
8 『大宇宙の黙示』大正十三年　新光社
9 『黄夫人の手』大正十三年　春秋社
10 『人生見物』大正十三年　紅玉堂書店
11 『弥次郎兵衛と喜多八』（不明）
12 『黒石怪奇物語集』大正十四年　新作社
13 『老子』（縮刷版）大正十四年　春秋社
14 『人間開業』大正十五年　毎夕社出版部
15 『人間廃業』大正十五年　文録社

16 『予言』大正十五年　酒井雄文堂
17 『眼を捜して歩く男』昭和三年　第一出版社
18 『燈を消すな』昭和四年　大阪屋号書店
19 『峡谷を探ぐる』昭和四年　春陽堂
20 『山と峡谷』昭和六年　二松堂書店
21 『当世浮世大学（「俺の自叙伝」他）「現代ユーモア全集」第十巻　昭和四年　現代ユーモア全集刊行会
22 『読心術』昭和五年　万里閣書房
23 『天女の幻』昭和六年　盛陽堂書房
24 『峡谷行脚――附　山と温泉』昭和八年　興文書院
25 『おらんださん』昭和十六年
26 『山の人生』昭和十七年　大新社
27 『露西亜文学史』（再版）昭和十七年　霞ケ関書房
28 『草の味』昭和十八年　大新社
29 『俺の自叙伝』（抄録）『虚人列伝』「ドキュメント日本人」第九巻、昭和四十四年　学芸書林
ちなみに、24 26は大泉清著となっている。

大泉黒石『人間廃業』

本年（一九七二年）三月に上梓した『黒石怪奇物語集』につづく、大泉黒石複刻の第二弾である。黒石文学の再刊を行うには、『俺の自叙伝』、『老子』、『老子とその子』といった着実な順序を踏みたいものだが、現在の日本の要点を喪失した出版事情からは、俄かに行いがたいのが残念である。

大泉黒石の生涯とその位置づけについては、大体の輪郭を『黒石怪奇物語集』の解説文に記しておいたので、ふたたび触れないことにし、ここでは『人生見物』、『人間廃業』をめぐる黒石文学の理解に必要なことだけにとどめよう。

『文芸年鑑』は一九二三年（大正十二年）に創刊された筈であるが、いまもって、近代日本文学研究の一級資料である。創刊号の「文士録」は本人に照会執筆させたとあるから、つぎの記述も、大泉黒石自身が書いたか、または承認したものの筈である。短かいが、すでに黒石の面目が躍如としている。

「大泉黒石　名は清、明治二十六年十月廿一日、長崎市八幡町八幡神社境内に生る。日本と西洋の小学校と中学校、それから第三高等学校と第一高等学校に学ぶ、しかし卒業せず。『俺の自叙伝』、『恋を賭くる女』、『老子』、『老子とその子』等の著あり。現住所、東京市外雑司谷四四二。」

黒石の世間的な名声が最も高かったのが大正八年から十二年までであったとすると、大正十二年といえば、彼の活躍のひとつのピークであって、『文芸年鑑』の一九二三年号に彼に関する記述が最も多いのは当然であろう。「境内に生る」という記述は、戸籍届出上、どういうことを意味するのか分らないが、巧まざるユーモアにあふれている。古来トリックスターには、神の申し子ないし捨子が多いが、ロシア人アレキサンドル・ワホウヴィッチと日本人本川恵子との間の生れであることと――つまり混血児としての自己の出自を、生来のトリックスターとしての自認に利用し、ここから戸籍を書き始めているのだとすれば、これは愉快なことである。それはおのずから『人生見物』の冒頭の書きぶりに、つながる精神であろう。「ナポレオン第一世と俺とは、巳年の八白土星だ。高島呑象（易断）先生の占ひによると、俺の額は普賢菩薩のやうに優しいが、内心は八幡太郎のやうに剛健だから、二十一になると、身分不相応の出世をするさうだ。ことによるとナポレオン位になるかはも知れないと思つて、待つてゐた。」この星占いが見事にはずれ、浪々の生涯がはじまり、シベリアくんだりまで流れ流れたあげく、無駄骨折りの自己冷笑に落ちつくこの小説は、『俺の自叙伝』の欠落部を補うもので、本来なら『俺の自叙伝』の附録として扱われるべき内容である。『人間廃業』はそれ自体が独立の作品だが、これも本来なら、『俺の自叙伝』の後半をなす「文士開業時代」の「その三」として位置づけられるべきものだろう。自称「国際的の居候」大泉黒石が、ついに流浪の果てに日本の一寓に転々ながら定着し、食いつめ文士としての長屋的実存に居直るに至ったその心情が、これほど充実した規模と修辞で書き込まれたものは他に見当らない。「ロシアにくると日本へ帰りたくなるし、日本に一年もゐると、たまらないほどロシアが恋しくなる。俺は二つの血に死ぬまで引き廻されるんだらう。そして最後に引つ張つた土が俺の骨を埋めるに決つてゐる。」と『俺の自叙伝』で告白されたデラシネの感慨は、日本の長屋の最底辺に、その終着駅を見いだすことになる。

それでは、虚無主義者を自称し、一所不住ということに二十世紀的な苦悩（この点については、ジョージ・スタイナー『脱領域の知性――文学言語革命論集』、由良君美他訳、河出書房、一九七二、の世界史的な視点よりする《デラシネ論》を参照して頂ければ幸いである）をいち早く生き抜き、あり余る才能を抱きながらも、時代と状況の日本的制限から、ついに日本的長屋での文士的生存の一所不住の無頼派的生存者の先駆とならざるを得なかった黒石の、周囲をとりかこむ困難な時代閉塞の姿は、どのようなものであったのだろうか。われわれは、ここでもういちど『文芸年鑑』大正十二年創刊号にもどってみなければならない。

その号の「二月創作月評」欄に、早稲田派の今は名も残らぬ批評家小島徳弥は、「国民新聞」所載の月評を再録している。その項で志賀直哉『暗夜行路』、武者小路実篤『或る男』、中島清『師弟』とならんで、宇野浩二『あの頃この頃』、小島政二郎『一枚看板』とわが大泉黒石の『江戸ッ子』が批評の対象にとりあげられ、つぎのような評をうけている。「何れも皆ストオリイのうまさを見せてゐる点に於て偶々域を一つにしてゐる。そして僕は他事ながら、この人達の却々に達者な話振りに感心したのである。若し夫れ、これ一個の芸術品として見ずに、人々の消閑のため娯楽に供する程度の読物として見るとき、真に恰好なものであらう。しかしながら、これを一個の芸術品と見て別個の価値を賦与せんとする段になると、僕等はこれらの作品に如何なる価値を賦与すべきであるか、たゞ〳〵迷ぶ《ママ》ばかりである。前回に於て、僕は最も愚劣なる現実生活の一些を描いた作品として『師弟』を非難し、合せて自然主義のエピゴーネンが、たゞもう安価なる現実生活の描写に没頭してゐることに対して一言警告して置いた。而して、今、さうした自然主義のエピゴーネンに飽き足らずして現はれたこれ等の作家の恁した作品を見て、その観照の視野が些か前者と趣を異にされたばかりであつて、その態度に至りては些の進歩してゐる処の見られないのを頗る残念にも思考せざるを得ないのである。曾て宇野氏は長田幹彦氏その他の連中を皮肉まじりに悪口した事がある。小島政二郎氏は自然主義派の跳梁を難じて、田山花袋氏其の他を味噌糞にやつゝけたことがある。大泉黒石氏も又到るところで自然主義派その他の作家達を罵倒してゐる。されど此処に現はれた各々の作品を通じてみるならば、これら三氏と雖も、その難ずるところの自然主義その他から余り遠く隔たるところがない。……(中略)大泉黒石の『江戸ッ子』に至りては、此に何等かの芸術的価値を賦与しようと思うて読んでゐる中に思はず噴飯を禁じ得なくなつたのである。そして此のロシア人の血をうけたといふ作者、却々巧に江戸ッ子の啖呵が切れるなと思つた。唯夫許りで他に何の感じも起らない。」

いくらか事情が摑めてきたであろう。自然主義文学の凋落は渋々承認するものの、志賀直哉を芸術派とし、他を非芸術ないし大衆芸術として嗤う頭から、この貧しい文壇地図は作図されている。

さらにこれに対して、当時の実情に内実を与えてくれるものは、『文芸年鑑』同号の中村星湖執筆になる「創作界概観」と題する巻頭論文の、黒石に触れたつぎの記述であろう。「それから、今度は、大泉黒石氏の『老子』だ、「新光社」からそれが出て可なり当ると、「春秋社」から同じ著者で『老子とその子』とが出るといふ段取りだ。商人に抜け目のない事は言ふも野暮だが、誇大な広告に釣られて、実物を見てから呆れ返らない読者が幾人あるであらう。もつとも、大泉氏の『老子』をわたしは読んでゐないが、表面的に観察すると、出版界の一種の傾向の犠牲にされてゐる事は明かである。」いつの時代も変りはないが、文壇時評家とは、哀れな、無見識の商売である。無学、不勉強、それでいて威丈高に、文壇現勢図に密着して、自己の身の保全をはかるのに腐心する。中村星湖は何を打算していたのであろうか。彼の巻頭論文の末尾が、それを悲しく物語っている。「今年の現象から推して行くと、所謂宗教文学がコンマアシアリズムに利用されて堕落したやうに、所謂プロレタリア文学も同じ怪物に利用されて堕落しはしないかといふ虞れもあるが、時勢の要求が真面目の物ならば、そして所謂プロレタリア作家の態度が真剣であるならば、そのやうな忌まはしい事はなくて、順当の発達を遂げるであらう。さうであることをわたしは希望する。」何をか言わんやと言うべきであろう。どうしてあの時代の（そして今の）「時勢の要求」が「真面目の物」であるわけがあろうか。いやしくも文芸時評家たる者が時評すべきは、「時勢の要求」にたいする自己の信念に照しての比量であろう。「時勢の要求」を無批判に「正しい物」として、余をすべての作家の責に転嫁することにあってはならない筈である。自然主義文学、プロレタリア文学、その対抗勢力の三者が渦巻く当時の日本近代文学の苦難にたいして、前二者の凋落のうえに居坐りながら、対抗勢力の理論を組織する能力もなく、黒石『老子』のごときニヒリズム文学を「所謂宗教文学」として、読まずに分類するのが、彼らの精一杯のところであったのだ。しかし時勢は急転していた。『文芸年鑑』の同号の「執筆目録」は、大泉黒石の項に〈小説「江戸ッ子」、「表現」二月、随筆「ある頃の俺この頃の俺」、「中央公論」九月〉を掲げ、おなじ号の「出版目録」には、著書として〈文学史『露西亜文学史第一巻古典篇』、大鐙閣三月、創作『老子』、新光社七月、同『老子とその子』、春秋社十一月〉を記しながら、その七月の「文芸日誌」の記載事項は見逃せない。鷗外森林太郎の悼報とならんで、実につぎの記述が巻末ちかくにある。

「大泉黒石氏の新著『孝子』(『老子』の誤植)の出版記念講演会は、二十二日夕、中央仏教会館にて、大泉氏を始め、秋田雨雀、加藤一夫、加藤朝鳥、辻潤、中山啓氏等の出演の筈のところ、その筋から禁止された」と。大正三年の第一次大戦勃発、六年のロシア革命とそれにつづくシベリア出兵、七年には日本各地に起った米騒動という情勢のなかで、十年にはわが国にも「アナ・ボル共同戦線」が成立し、澎湃としてたかまったニヒリズム・アナキズム・ボルシェヴィズムの潮のなかで、時評子が読みもせずに宗教文学に分類した黒石の『老子』の出版記念会まで危険視され、官憲の弾圧をうけねばならなかったのである。大正十一年六月初版の『老子』は黒石アナキズムの小説面での集約であり、爆発的な成功を収め、三カ月間に十三版を重ねたばかりか、震災後の大正十四年になっても二度の重版を求められたほどの、日本アナキズム思想史上、見逃すことのできない作品である。黒石の滑稽本の系列と異り、珍らしくこの本には伏字が多い。過激思想としての検閲の結果である。周の老哲人李耳が、周に愛想をつかして旅にで、晋の首都絳の木賃宿で、尾羽打ち枯した好色の旅芸人鳳と革命家の労働者彭と合客になる。そこで宿の娘柳娥をめぐる犯罪にまきこまれ、救出にのりだす破目になって連坐。ついに獄中で「道」の哲理を説くに至る。国家に癒着し、既成秩序擁護に結果しがちな孔子の方途に嫌悪を覚え、国家も社会も否定する無為のアナキズムに本来の人間主義と真のインターナショナリズムを回復しようとする老子の立場が、芸人の無頼、労働者の革命、女の愛の三つの極のなかで試練をうけながら、次第に冴えわたってくる筋を描く思想小説なのである。コマーシャリズムに毒された軽薄な宗教文学であるどころか、『老子』において黒石は、ロシア文学思想を中心に培ってきた彼の血液のなかの生来の本能的虚無感を、中国思想を基軸に、大正十年代の日本の状況とかかわる虚無思想にまで形成したのであって、トルストイ晩年の老子思想への傾斜と、奇しくも同時代的交叉をとげた現象と言わなければならない。

やがて大正十二年九月の関東大震災が到来し、混乱のなかで大杉栄と伊藤野枝が惨殺され、日本アナキズム＝ニヒリズム運動の息の根は止められる。昭和三年の共産党員大量検挙、五年の大恐慌、六年の満州事変、十一年の二・二六事件、十二年の日中戦争、十六年の太平洋戦争にむかって、時代は急傾斜に超国家主義ファッシズム・対外侵略戦争にのめりこんでゆくことになる。すでにこの混血児にたいする文壇人の狭隘な偏見によって閉めだされ、ここにまた時代の暗い思想弾圧をうけた黒石が、なおも筆を曲げることなく生き残ろうとすれば、それは『老子』において摑みとった「無為」の地点に坐り込み、偽装戯作者としての修辞に身を研ぎすますことしかない。『俺の自叙伝』にあらわれた滑稽大衆自伝作家の側面、『老子』にあらわれた虚無思想小説家の側面とならんで、『人間廃業』は偽装戯作者としての彼の側面を代表する、あらたな転機を示している。江戸戯作・洒落本・滑稽本の系譜にたち、浪曲、落語の修辞法に巧妙な江戸弁の啖呵の切れ味を加味した、端倪すべからざる無頼と饒舌のレトリックの誕生である。東京の一隅の裏長屋に雑草のように巣食う、黒石本人らしい文士の食いつめ生活、それをめぐるドン底生活者やイカサマ師の群が発揮する強烈な生活力と哄笑とは、笑いの文学に乏しい日本近代文学のなかで、ひとつの偉観たるを失わない。

出放題の饒舌のレトリックの妙技は本書で実物について味わって頂くとして、ここで是非注意しておきたいのは、前記「アナ・ボル共同戦線」の夢も空しく潰えた関東大震災直後の、復興期の東京に『人間廃業』の舞台が設定されていることである。抱腹絶倒の言葉の洪水と風俗諷刺の野太い笑い声の背後に、黒石の虚無哲学の眼玉は随処に光り、「モガ・モボ」時代のパノラマの彼方に日本人の命運を確かに透視している。「日本人が幾ら不逞思想の洋服を着て、危険哲学の靴をはいて、舶来の問題に熱中しやうと、一と肌ぬげば、先祖代々の魂があらはれて、鼻の穴から吹き凪す神風に、思想の提灯も哲学の炬火も、消えてなくなるにきまつてゐるんだから世話はない。」大正十五年のこの言葉は、十九年さきの日本の破局を、震災の時点で黒石が確実に予見していたことを物語るものであることは、つづく次の言葉を考え合わせれば分る。「日本人の教育はパンの略奪や剰余価値の悶着や偶像破壊の理屈から始まつちやゐない。南京米は食つたつて瑞穂国だ。歴史の巻頭にはまだ明らかに認めてあるくらゐだから確かなものだ。生活のパンのと、さもしい根性を出しちやいけない。食へなくつたつて心から困りやしない。困つたつて目を覚すものか、箆棒め！と、目が覚めないのを自慢に啖呵を切る君子の世界だ。だからそんな謙遜はしちや見るが結局は上表で、枝や葉だ。この枝が何うかすると〈ボル〉と揺れたり、この葉が〈アナ〉と翻ったりするが、枝葉には見えずとも根は腹中に磐々として蟠つてゐる。一たん緩急あらば義勇公に奉じて、占領してやるから旅順港を出せ！と腕をまくらせるのも此の根だ。排日なんざア幾らでも食つてやるから持つて来い！なんて口をあけさせるのも此の根だ。何の是しきの天災に兵古たれた日にやア極りが悪くて毛唐人の手まへ借金も出来ないし、第一、日本刀の面よごしだと痩せ我慢を張つたのだ。先祖代々の幽霊があらはれて采配を振つたのだ。」

クロポトキン、マルクス、ニーチェのうわすべりの輸入――つまりはアナキズムからボルシェヴィズムその他の付け焼刃が皮肉られ、さらには危機あるごとの大和魂と痩せ我慢への回帰――つまりは吉田松蔭から福沢諭吉を経て三島由紀夫に至るある血脈にたいする、冴えた洞察が光っている。では黒石の居直りは、どこに帰着するのだろうか。「〈アナ〉や〈ボル〉に手古摺るひまがあるなら、ピストル強盗でもつかまへたが悧巧だ」と巧みに当局を裏返しに皮肉ったうえで、「肝腎の痩せ我慢ときた日にや丸でない俺」（巧妙に〈日の丸〉を埋めこんだこの修辞も面白い。）として己れを規定したのち、さて、赤裸の心を野ざらしにして孤独にただようデラシネの生き方を、クラゲのイメージに託し、これを「俺の宗旨」と言い切る「天涯孤独の水母法師」としての自己を描く箇所に、おそらく最も力強く表されている筈である。

日本の行方を、ほぼ二十年のスパンを以て洞察していた彼は、太平洋戦争中も、震災以来の浪々の長屋的実存を貫き、節を曲げず、食糧難にあえぐ同朋に雑草の味を説いた（『草の味』昭和十八年、大新社刊）。終戦後、得意の語学を駆使して、横須賀近在で通訳として細々と生計をたてながら、旧海軍が田浦山中に埋蔵した重油ドラム罐を掘りあて、物置に自前の濾過装置を設けてこれを精製し、

「キョスキー（黒石のロシア名）特製ウイスキー」と名付けて飲み暮し、酒精の雲にのって静かに昇天した彼であったという。これを現代日本風狂の人に算えなくてなんとしよう。昭和三十二年十月二十六日、享年六十四のことであった。

坂口安吾または透明な余白

坂口安吾の文学は、これまで、あるいは〈否定と憎悪〉の文学として、また〈戯作〉として、あるいは〈インド教〉との関係において、または〈理論先行型〉として、〈自然志向〉として、またはその正反対として、ときに〈ファルス〉〔ファース〕として特徴づけられてきた。

それぞれに一理あるとはいうものの、わたしには納得できない。せめて〈戯作〉という、たぶんヨーロッパの文学批評ジャンルに全く対応語のない日本的ジャンルならば、安吾の特性の多くを含み得ようか。

安吾は、かつてわたしが名付けたように、〈モダン・メルヘン〉である。そうであればこそ、〈戯作〉と大幅に相覆い、〈ファース〉とも相覆う。しかし、それでもなお、安吾の得度は仏教の空観に深く依存しており、透明な余白に抱かれる芸の至純の三昧境を知り、またそれが荒々しい生活者の臭気によって走り抜けられることをも望んでいた。

安吾はアクセルの城を知り、アクセルを無に帰せしめるものを望み、その果てが、〈空《くう》〉であることも知っていた、小型ではあるが稀有の芸術家であった。

このことは、伝統的な〈無心〉と厭でも抗《あらが》う己れを自覚させ、〈無心〉と魔術的に拮抗する芸術意志が、〈無心〉を殺害して〈空〉の眩しい余白に抱かれる、モダン・メルヘンの秀作を産んだ。『夜長姫と耳男』である。

*

全体は九部に分れ、安吾の附した(*)印によって区切られている。梗概を示そう。(番号は安吾の(*)印に従って付す。)

(1)

主人公〈オレ〉は二十歳の若者で、ヒダ随一の名人と言われる匠《たくみ》の弟子。夜長の長者から師匠への声がかかり、死期近かった師匠は〈オレ〉を〈身代り〉に推薦する。長者の使者〈アナマロ〉の口から、ヒダの三名人といわれる〈青ガサ〉と〈フル釜〉と相競い、長者の依頼で仏像を造る使命にあることを知り、かつ、長者の娘〈夜長姫〉は〈日本中の男という男がまだ見ぬ恋に胸をこがしている〉美女であることを告げられる。長者と夜長姫に謁見した〈オレ〉は、〈耳男《ミミオ》〉として紹介され、姫により〈馬にそっくり〉と言われ、走り出る。

(2)

〈青ガサ〉と、〈フル釜〉の代理〈チイサガマ〉到着。耳男は人びとから〈ウマミミ〉と称せられる。三工匠は正式に長者に召され、夜長姫の持仏の〈ミロクボサツ〉を〈ヒメの十六の正月〉までに刻むことを命ぜられ、〈月待〉と〈江奈古《エナコ》〉という母娘を紹介され、姫の気に入る仏を彫った者は、褒美として〈エナコ〉を与えられることを知る。〈エナコ〉を珍獣のように見据えた耳男は、〈エナコ〉と応酬の末、左耳を〈エナコ〉に切られる。

(3)

六日後、仕事場の小屋がけをしていると、〈アナマロ〉が来て、長者とヒメのお召しであるから斧を持ってついて来いと命じ、その途上で耳男に逃亡をすすめるが、耳男は断って、ついてゆく。

(4)

長者の家の奥の庭に座がしつらえてあり、〈エナコ〉が後手に縛られて睨んでいる。長者はエナコの首を耳男に斧で切れと命ずる。耳男は首を切らず、エナコの縄を切り、耳を切られたことなど、虫ケラに耳を咬まれたも同然と嘯く。これを聞いた夜長姫が姿を現わし、本当にそうか、と念を押す。耳男が肯定すると姫はエナコに母の形見の懐剣を渡し、耳男の右の耳も切らせる。姫はその光景を〈冴えた無邪気な笑顔〉で見ている。

(5)

それから三年間、耳男のノミを振っての死闘が始まる。すでに〈ミロク〉ではなく〈馬の顔をした化け物〉〈魔神〉の像を彫る決心をしていた耳男は、ともすれば怯む心を鞭打って、蛇をとり、生き血を絞り、飲んでは〈モノノケの像〉にかけ、さらに七分通り出来て急所にかかるころ、兎、狸、鹿を捕えてその生き血を像にしたたらせる。それを収める厨子は可愛いものにし、大晦日の深夜に完成さす。

(6)

翌朝、戸を叩く音に眼を醒ましたが、出てゆかないと、姫の声がし、「出てこなければ、出てくるようにしてあげますよ」と言い、小屋の外に柴を積み、火打石を打つ音がする。これには耳男も驚き招じ入れると、部屋一面の蛇の骨を見て驚くどころか、姫は〈笑顔に生き生きと感動〉をかがやかせ、〈満足のために笑顔は冴えかがやいた。〉姫は小屋を燃やし、〈ミロク〉は他の像よりも気に入ったから、褒美をあげたいから、来るようにと命ずる。魔神も及ばぬ真に怖ろしいものは、この笑顔であることを悟った耳男は殺されるのではないかとおののき、今生の思い出に、姫の笑顔を刻み残したいと考え、その旨、長者にお願いする。願いは長者にも姫にも聞き届けられるが、その折、長者から、エナコが死んだことを聞かされ、姫からは、耳男に賜った下着は、エナコが自害した時の血染めの着物の仕立直しであることを聞かされる。

(7)

天然痘が蔓延し、人びとは無数に死んだが、姫は雨戸も閉さず、耳男の造ったバケモノ像を疫病除けにと門前に据えさせる。耳男は姫の笑顔を写すミロク像の制作に余念がない。村の五分の一が死んで、疫病は通り過ぎた。耳男の造った像が疫病神を睨み返したのだ、と信じた村人は、夜長姫を尊び、耳男を崇拝する。姫は耳男が制作中のミロクは、何の効力もないと言うが、耳男はミロクに何かがあると信じ続ける。だが、姫の笑顔を見ると、その自信も崩れるのであった。

(8)

五十日たって、別の疫病が襲ってきた。人びとは魔神の像にすがろうとするが、祠の前でキリキリ舞いをして死んでゆく。今度の疫病神は睨み返せないらしい。姫は耳男に蛇を取ってくるように命じ、高楼に登って、その蛇を裂き、生き血を吸い、蛇の死体を逆吊りに下げ、血を床に撒き散らす。姫は〈無邪気に〉〈畑の人も、野の人も、山の人も、森の人も、家の中の人も、みんな死んで欲しいわ〉と言う。これを聞いて、始めて、耳男は〈このヒメが生きているのは怖ろしい〉と思い始める。

(9)

早朝、蛇を取って高楼に届けると、姫は蛇を吊し終えてから、また取って来いと命ずる。高楼からは、つぎつぎにキリキリ舞いをして死んでゆく人の姿が望まれる。それを見て喜ぶ姫の言葉に、耳男は心が変り、覚悟すると、姫の胸に錐を打ち込む。姫は〈サヨナラの挨拶をして、それから殺して下さるものよ〉と言い、ニッコリとして、〈好きなものは呪うか殺すか争うかしなければならないのよ。お前のミロクがダメなのもそのせいだし、お前のバケモノがすばらしいのもそのためなのよ。いつも天井に蛇を吊して、いま私を殺したように立派な仕事をして……〉と言い、目で笑い、眼を閉じる。耳男は気を失って、姫を抱いたまま倒れる。

*

さて主人公〈耳男〉であるが、飛騨の木彫師であり、名人である親方の推挙を得て、姫の持仏の競争彫刻に向う、異常に耳の大きい、馬に似た異貌の男と設定されている。耳男に託された象徴的意味は何であろうか。名人に代わる地位を手に入れるか否かの試煉に立つ芸術家であり、異貌の象徴するものは、人並みの平凡な相貌から区別された芸術家の疎外状況を表わし、〈馬〉であることで、他者に御される役割を暗示し、〈馬を御す〉に伴うものは性的含蓄である。〈耳〉は夢解釈においてエロティックなものの象徴であり、特に〈大耳をもつ人を見ること〉は〈頼みごとがうまくゆくこと〉とされる。そして、この馬男である芸術家が〈魔神像〉を制作するのに、他力としてすがるのが〈蛇〉であり、とくにその〈生き血〉である。馬－大耳－蛇のイメージの連鎖は互いに親近性がある。なぜなら〈蛇〉はフロイトにおいても、また他の夢解釈においても〈純粋に性的な根源的象徴〉とされるからである。〈生き血〉は生に直結した、これまた根源的象徴であり、結盟のためのメディアであり、また生命付与の呪液でもある。試煉に立った芸術家は、生と性の呪術的結合により、試煉を超克しなければならない。

この試煉の道に立ちはだかるものとして、〈エナコ〉が居り、さらに彫像制作という試煉を課す者として〈夜長姫〉がいる。(名目上の課題者は〈長者〉であるが、筋が示すように、実際の筋の起動力を持つのは夜長姫である。)

さし当りの対立者〈エナコ〉の象徴は何であろうか。〈エナ〉は〈胞《エナ》〉であり、胎児を包む被膜のことをさし、また転じて〈家〉をさす。従って、家の保護下にある幼児性を象徴する。このことは、エナコを紹介する長者の言葉によって、さらに明らかになる。〈向うの高い山をこえ、その向うのミズウミをこえ、そのまた向うのひろい野をこえると、石と岩だけでできた高い山がある。その山を泣いてこえると、またひろい野があって、そのまた向うに霧の深い山がある。またその山を泣いてこえると、ひろいひろい森があって、森の中を大きな川が流れている。その森を三日がかりで泣きながら通りぬけると、何千という泉が湧き出している里があるのだよ。その里には一ツの木蔭の一ツの泉ごとに一人の娘がハタを織っているそうな。その里の一番大きな木の下の一番キレイな泉のそばでハタを織っていたのが一番美しい娘で、ここにいる若い方の人がその娘だよ。〉母は〈月待《つきまち》〉、娘は〈江奈古〉であり、二人は〈虹の橋〉を渡って長者の所へきたことになっている。山―湖―野―森を〈泣きながら〉超える道程は、出産の暗示であり、〈泉〉の〈木蔭〉で〈機を織る〉娘は、羊水につかって出生前の夢を織る胎児である。母〈月待〉は、出産の月満ちるのを待って、エナコを保護する者を表わす。彫像制作の勝者に〈エナコ〉が与えられると予告されたことで、〈エナコ〉は保護された状況から、現実の女に歩みでなければならない。エナコの防衛機制が働き、耳男のエロスの象徴である〈耳〉を切り落すことになる。従ってこの行為は象徴的な去勢であるが、耳男にとっては、芸術制作の途上に立ちふさがった第一の試煉として表われる。この(2)に表われた第一の試煉を、〈アナマロ〉の勧めによって回避しようとする心情が兆すが、芸術意欲に燃える耳男は、これを克服することで、(4)の第二の試煉に会う。これで両耳をソガれたのである。〈大粒の涙〉をためて、この試煉に耐えた結果、〈虫ケラ〉に同定された〈エナコ〉は自害する。これは〈エナコ〉に転位された、耳男の母胎回帰願望の超克である。

対立者〈夜長姫〉は、不可解な底知れぬ魅力をもつ無心の象徴として表われる。この無心は残酷を容認し、非人間に通ずる無心である。ただし、さし当りは、耳男にとって、〈童女そのものの笑顔〉(4)として表われる。

耳男の三年間の制作の苦闘は、この笑顔に対抗する戦いとなる。〈オレがノミをふるう力は、オレの目に残るヒメの笑顔に押されつづけていた。オレはそれを押し返すために必死に戦わなければならなかった。〉この戦いには、さまざまな呪力——水浴び、ゴマ焚き、松ヤニいぶし、足の裏焼き、蛇の生き血、蛇の死体の天井吊し——が援用される。〈オレはヒメの笑顔を押し返すほど力のこもったモノノケの姿を造りだす自信がなかった。オレの力だけでは足りないことをさとっていたためである。ついに〈オレが蛇の化身となって生れ変った気〉がし、〈耳の長い何ものかの顔であるが、モノノケだか、魔神だか、死神だか、鬼だか、怨霊だか、オレにも得体が知れな〉い像は完成する。この像を耳男は〈可愛い〉〈花鳥をあしらった〉厨子に収める。ここには、姫に奉る品であるための必要から可憐さが選ばれているとともに、醜怪対可憐という、相反するものの一致としての美の条件がこめられている。

モノノケ像は姫の気には入ったが、姫の無心の笑顔に対抗できるものであっただろうか。否である。(6)で耳男をねぎらいに来た姫は、むしろ部屋一面の蛇の死体の方を喜び、〈満足のために笑顔は冴えかがやき〉、さらに小屋に火をかけて燃やしてしまうと、〈明るい無邪気な笑顔〉を残して去る。この笑顔こそ〈長者も施す術がな〉く、〈地獄の火も怖れなければ、血の池も怖れず、ましてモノノケ像など、〈この笑顔が七ツ八ツのころのママゴト道具のたぐい〉であることに、耳男は気付いてゆく。〈真に怖ろしいものは、この笑顔にまさるものはない〉。今度は自分が殺されることを予感した耳男は、この笑顔にまさる〈ミロク〉はないことを悟り、今生の想い出にこれを刻むことに賭ける。

耳男の芸術の評価は、ひとまず姫から、他の像より〈百層倍も、千層倍も気に入りました〉と言われることで承認を得、それなりの威力を、〈ホーソー神〉を睨み返した挿話によって立証する。だが、それ以上の力はなく、〈ちがった疫病〉はモノノケ像にすがる村人たちを、かえって〈キリキリ舞い〉させては悶死させる。この頃、耳男はミロク像に打ち込んでいたことが注目されねばならない。もはや呪いを込め、呪力というおのれ以上の力にたより、魔性の化身となろうとした、かつての心境から、〈ヒメの笑顔に押されるということがない〉〈芸本来の三昧境にひた〉り、〈心に安らぎを得て、素直に芸と戦っている〉のである。その耳男に再び蛇をとって来させ、今度はかつての耳男となって、蛇の生き血を吸い、天井吊りにする夜長姫は、笑顔の輝きを増しながら、〈みんな死んで欲しい〉という。その声は〈すきとおるように静かで無邪気〉である。姫の欲望はジェノサイトにあったのである。〈ヒメがしていることは人間が思いつくことではなかった〉――つまり非人間的なものなのである。耳男は姫を刺す。笑いながら囁いて死ぬ姫の言葉に、はじめて謎が明かされる。モノノケ像は素晴らしいが、ミロクは駄作である。なぜなら、愛は〈呪うか殺すか争うか〉しなければならないものであるから。今後とも蛇を吊して、〈いま私を殺したように立派な仕事を〉せよ、と。でも、こんなことなど、ニーベルンゲン伝説を知る者にとって常識ではなかろうか。

エナコによって象徴的な去勢をうけ、母胎回帰の願望に抗して、モノノケ像を造った耳男は、性を断ち、幼児性に抗し、芸術による自己超越を選んだ男であった。それは狂気に接し、非人間に通ずる道である。

だが今や芸術三昧に自足し、ミロクを造る耳男は、芸術から転落し、〈チャチな人間世界〉に堕ち、〈疫病よけのマジナイぐらいに〉もならない像しか造れず、(7)に描かれた名声のなかに安住している。これはミロクに名をかりた俗界の信仰であり、芸術の営みではなくなっている。信仰のシンボルを殺し、ふたたび芸術の〈立派な仕事〉をめざす自己超越に向わねばならない。だがそれは、めくるめく道であり、耳男は気を失って倒れるのである。だが少くとも耳男は、倒れながら、彼を閉じこめていたながながしい夜の闇(夜長姫の夜)から外にでたのである。

善悪現世を超え、狂気と非人間に接する、この矛盾にみちた営みは、一体なにを目指すのであろうか。それは人間性すらも脱色し、全くの眼—視になりきることである。それは(1)に描かれた師匠の教訓〈大蛇にかまれても眼を放すな〉の意《こころ》であり、ひたすら視つめ、〈その人やその物とともに、ひと色の水のようにすきとおらなければならない〉。〈ひと色の水〉——すなわち、泉の無心の透明さ、空の底知れぬ青さであろう。姫を刺す直前に、耳男はこの空の青さを確実に見ていた。〈オレが天井を見上げると、風の吹き渡る高楼だから、何十本もの蛇の死体が調子をそろえてゆるやかにゆれ、隙間からキレイな青空が見えた。〉(9)

この空は、安吾が〈文学のふるさと〉と呼ぶものと同義である。それは〈空しい余白〉であり、〈非常に静かな、しかも透明な、ひとつの切ない「ふるさと」〉であり、モラルを超えた〈のっぴきならないもの〉であり、〈凄然たる静かな美しさ〉が生れる場所である。

だが安吾はさらに重ねて言う。こういう場所は我々の〈ゆりかご〉ではある。だが〈大人の仕事は、決してふるさとへ帰ることではない〉。だが、この〈ふるさとの意識・自覚のないところに文学があろうとは思われない〉、と。

透明な余白を確実に垣間みた耳男は、大人の仕事をするために、夜長姫を刺し、刺すことで、ふるさとを〈自覚〉したのである。

思えば、耳男は作中で、二度身代りになっている。冒頭で、見る教えを垂れた師匠の身代りとして出かけたことによって、また(6)で夜長姫からエナコの血染めの着物を賜わり、これを〈身代り〉として、気づかぬうちに身につけていたことによって。芸術家は試煉の道を歩む犠牲の山羊である。耳男はもし、芸術家でありつづけようとすれば、限りなくミロクを殺し続けねばならないのである。

安吾芸術は〈反自然の意志の芸術〉であった。

最後の江戸文人の面影——平井呈一先生を偲ぶ

必要な時期に必要な人に出会うということ——それがどんなに稀有なことであり、また宿命的なことであるか。生存の道の半ばを、とっくに過ぎる年になって、いまさらのように思うのは、この感慨である。

わたしにとって、平井呈一先生は、このような出会いを与えて下さった方である。昭和二十二年、まだ旧制高校にいた頃のことだから、わたしは十七、八だったはずだ。

当時わたしの頭を占めていたのは、哲学を別にすれば、世紀末文学で、とりわけビアズレーとダウスンには耽溺していた。そんなある日、気に入って集めていた袖珍版の山本文庫——これも最近は古書店でもみかけなくなったが、とりどりの美しい市松模様の紙装本で、ラディゲも入っていれば、ホフマンもドストエフスキーも入っていた——の近刊書目のページに、「ダウスン『晩秋』平井呈一訳」とあるのを見つけたのだ。かなり蒐集したつもりの山本文庫だったが、いくら探しても、こればかりは、どこにもない。矢も盾もたまらずとはこのこと。もう訳者に会って直接みせてもらうほかはないと思いつめるところへきた。

だがその頃は、平井呈一という名前の主を、知っている人は少なかった。何軒か懇意にしていた古書店主に、分ったら教えてくれるように頼んでおいたのが効を奏して、早稲田鶴巻町の復員あがりの古本屋が、その人なら大観堂の主人が知っているらしいと教えてくれたのは、そろそろあきらめかけていたころだった。金子光晴の『鮫』が二十冊ぐらいも折重って抛りだされている暗い店の奥で、早稲田大観堂主人は平井先生の住所を、わたしの熱意をあきれ顔に、それでも親切に紙片に書いてくれた。「平井に会いたいんだって？　あんたも物好きだね」などと言いながら。

数度の手紙の往復ののち、やっとお会いできた先生は、わたしの期待どおりのお方だった。中野か高円寺あたりの和菓子屋の二階だったろうか。お顔を見ると、それほどのお年でもないのに、すでに銀色の総髪。厚い眼鏡の裏から優しい瞳がのぞき、漱石や藤村の遺品によく見る木製の小型書き物机（文机《ふづくえ》）のまえに和服で端坐され、ダブル・コラムに細字でぎっしり組みこんだサッカレーの古版本を拡げて、翻訳に寧日ないご様子だった。

わたしが求めてやまなかった江戸文人と洋学者の伝統がその部屋には息づいていた。なにしろ周囲は焼跡と闇市の、活気はあるが浅ましい環境で、その活気は喜びながら、浅ましさはやり切れないという気持を抱きながら、とりわけ合理主義と取り違えた日本語表現のだらしない不自由化への世をあげての傾向を憤慨して暮していたわたしに、先生の身辺にただよう趣味の洗練と語感の広さと鋭さとはまさに旱天の慈雨だった。盲滅法に読みあさっては、独学的に手さぐりしていたわたしの文学趣味の筋道が、どうやらそれほど間違っていなかったらしいという、ささやかな安心を、与え強めて下さったのも、先生であったと思う。

当時は誰からも怪訝な顔をされたゴシック・ロマンスにたいするわたしの偏愛や、ロマン主義と世紀末芸術と象徴主義とを一緒くたに愛してゆく態度を、励まして下さったのも先生で、こういう偏愛こういう態度は、その後、大学の英文科に学ぶようになっても、決して授業のなかからはくみとることができなかったものだ。奇矯と罵られながら、自分なりにこつこつとやってきたが、誇りばかりは強くても実力はまだ身につかず、孤立無援の有様だったあの青年期に、先生のような冴え冴えとした感性を持つ先達に、蔭ながら鼓舞して頂くことがなかったなら、英学の道を歩きとおす気力も、いつか失っていたかも知れない。その後、貧乏暇なしの日常になってから、十年以上もお会いしない空白期があったが、それでも、この感慨は離れてますます強まるばかりであった。十九の年に、もうかなり親しくなった先生に、「弟子にして下さいますか」と切りだしたとき、例の身振りを加えながら、「いや、弟子だの先生だの、ていうんじゃなく、その、同臭の徒としてね、行きましょうや」と微笑されたお顔は、なんとも美しかった。学界のボスにとり入って得をしようとする世すぎの方向だけは、ついに無縁のわたしだったが、それも、もともと、青年期の閾のところで、先生のような在野のホンモノに私淑する光栄に浴したためであったにちがいない。

先生は、早稲田大学にしばらく学ばれたあと、佐藤春夫に師事され、文学の道をひとすじに歩いてこられたとうかがっている。自分の舌にあうものを鋭く嚙みわけて彫琢された邦語にゆっくりと移してゆかれる先生のお仕事の筋はまことに一貫している。すでに早く昭和十二年に春陽堂文庫からダウスン『悲恋』の名訳をだされ、この訳文が堀辰雄に与えた影響は、知る人ぞ知る。ラフカディオ・ハーン（小泉八雲）を好まれ、岩波文庫に数点を訳して収めておられた。ついに十二巻の大冊『小泉八雲作品集』（恒文社刊）として個人訳を完成され、日本翻訳文化賞を受けられたのが十年昔のことであった。怪奇小説の系列では『ドラキュラ』、『カーミラ』、『怪奇小説傑作集』などいずれも創元文庫に収められて世評がたかく、また新人物往来社刊の『怪奇幻想の文学』三巻を監修され、ゴシック・ロマンスから現代怪奇小説にいたる名作を広く集められた。

また牧神社という、先生の御心にかなう出版社が出現して以来、『アーサー・マッケン作品集成』全六巻の個人訳をひたむきに遂行され、ほかにも『怖い話・気味のわるい話』を第二巻まで刊行されるという精励ぶりであった。

その第三巻も定訳稿——先生はどんな訳も三回書き直された——が御逝去前に完成し、上梓の日も近いと聞く。

だが先生の訳文の冴えは愛惜されたサッカレーの世話物の場合にとくに美事にうかがわれる。この系列には戦後すぐ出版された『歌姫物語』その他があるが、岩波文庫に収められた『床屋コックスの日記・馬丁粋《す》語《ど》録《ろく》』にはまったく舌を巻く。江戸戯作、狂歌、涙香調、鷗外・春夫・耿之介を一貫するモダン・ゴシックの修辞学への完全な習熟が、翻訳を芸術にたかめる理想を実現させ、原作と等価の空間を異質の言語世界のなかにたしかに現出させている。
たとえば「馬丁粋語録」には「べっとうすごろく」とルビがふられており、サッカレーの本文はロンドン児のいわゆる『コックニー』調——江戸の鳶職の親方の巻舌言葉を想わせる——で一貫したそれこそ翻訳不能の文体なのだが、それを邦語にうつすのに、巧みな任侠調の戯文によって味を伝えておられる。冒頭数行を引けば、

「あっしゃね、御当世紀元年の生れだから、当年とって三十と七歳になりやす。おふくろの野郎はあっしのことを、チャールズ・ジェイムス・ハリングトン・フィッツロイ・イエロープラッシュと呼んでいやしたが、こいつはね、それぞれそういう名前の上つ方があって、あっしをその方にあやからせたいてえのと、それと、おふくろが知ってたロンドンの市長さんの馭者で、しょっちゅう黄ビロードの常服《かんばん》を着ていたのがあってね、そいつにあっしをあやからせたいてんで、付けた名前なんで。」

といった具合である。またサッカレーの歌謡の諷刺の軽みを伝えるのに、漢訳総ルビふりという、素晴らしい離れ技を展開しておられるのには感嘆させられる。ここに全篇を引けないのが残念だが、（拙著『言語文化のフロンティア』〈大阪創元社刊〉に全文収録）見本に四行だけ引いてみると——

市場街降頻雨中　猥芋売濡彳路傍

此時従向居酒屋　襤褸紳士両個現
弊衣蓬髪鼻向空　肩斬風威気揚揚
窃尾行聴両人語　驚矣此両個乞食

とあって、ルビではつぎのように読ませる。

いちばどおり　ふりしくあめのなか
やきいもうり　ぬれてろぼうにたたずむ
このとき　むこうの　いざかやより
おんぼろしんし　ふたりあらわる
へいいほうはつ　はなをそらにむけ
かたでかぜきり　いきようよう
ひそかにびこうして　りょうにんのかたるをきけば
ぶったまげたね　このふたりのこじき

この頃、翻訳論がさかんだが、どうも古文・擬古文の素養のない訳読先生の直訳翻訳誤訳論には、うんざりさせられる。読みやすさとか初歩的正確性とか誤訳の問題は、翻訳論以前であって、芸術の奥の院とは何の関係もない。

その奥の院級の翻訳に、思潮社から先生が出版されたホレス・ウォルポール『おとらんと城綺譚』(その後牧神社版が出、さらに同社から豪華限定本もだされた)がある。数年前、さきに述べた『怪奇幻想の文学』第三巻に『オトラント城綺譚』として現代文に訳されたとき、先生のあり余る力量が貧しい現代カナづかいと漢字制限の範囲内に幽閉され、まことに、かこち顔であった。それだけに、このたび、その制限を取り払い、のびのびと原文に肉迫する擬古文の構築に遊んでおられるさまは、読む者を堪能させ、鏤骨《るこつ》の名訳を実現している。装幀造本も、愛蔵にたえる出来栄えである。原文がすでに擬古調なのであるから、このような名作の邦訳は、どうあっても擬古文でなければ冒瀆になる。第五巻の圧巻といえる部分を、現代訳と擬古調訳とを対照してみよう。

「フレデリックの血は、血管のなかで凍りついた。ややしばらくかれは身うごきもならずにうずくまっていた。やがて神壇の前に顔をうつ伏せにして倒れると、神々に許しのおとりなしを懇願した。一心不乱になって祈っているうちに、涙がとめどもなくあふれてきた。そして思うまいとしても、マチルダの美しい姿がふっと浮んでくるので、かれは床に倒れ伏したまま、悔恨と恋情の戦いに身をよじりもだえた。」

「フレデリツクは全身の血汐凍りつきたる如くにて、しばし身動きも得ならで蹲りゐたりけるが、やがて神前に身を俯伏せに打ち倒れしまゝ、ひたすら神恕を請ひ奉りぬ。涙滂沱として下り、思はじとすればいやさらに、マチルダが妙なるおもかげ、目のあたりにまざ〳〵と浮びきて、恨み侘びつつ恋ひわたる心の閼ぎに、身を揉みよじりてぞ悶えける。」

『オトラント城』の決定訳というにふさわしい、ゆるぎない訳しぶりである。『オトラント城』につづいて先生はダウスン短篇全集をすっかり改訳され『ジレムマ』として刊行された。硬質の擬古文調とは異った、平仮名の多い纒綿《てんめん》たる和文脈のなかにダウスンが甦っている。

昭和五十一年五月十四日、先生は書斎で仕事中に悪感に襲われ、救急入院され、後五日間、ほぼ小康をとり戻されたと思われたのが、十九日夜半、第二の発作が先生の生命を奪うことになり、遂に帰らぬ人となられた。病名は狭心症であった。享年七十四。

先生のやり残された御仕事は多い。ポーウィスの厖大な訳稿が第一稿のままに残されているし、ポリドリの改訳も進行中であった。そして、なによりも、牧神社の熱意ある肩入れによって、先生を主幹に私たちが推進してきた『ド・クウィンシー作品集成』全六巻は、これからという時に、先生という中心を失った。まるで船装《ふなよそお》いをととのえ、帆をあげ、いざ出帆と思った瞬間に、突然の凪ぎに見舞われた思いである。膂力は及ばずとも、先生が是認なさった若い訳者陣の手で、なんとしてでも仕上げるほかはないであろう。

五十年七月、『ド・クウィンシー作品集成』の分担打合わせと訳者陣顔合わせを、とあるホテルのグリルで済ませたわれわれは、飲み歩いた果てに、あの穴ぐらのような「ワッケロー」にくりだしたのであったが、なんと午前一時を廻るころまで、老体の先生がこの若さのムンムンする穴ぐらで、われわれにつき合われたのであった。それも、いかにも愉しげに。御帰りの車を見送りにでたとき、洋風の仕草のお嫌いな先生には珍しく、車のなかから右手をだされ私に握手を求められ、「今夜は有難う。しっかりやって下さい。これで思い残すことはない」と言われた。うろたえた私は、思わず「そんな情ないこと、江戸ッ子が言っていいんですか！」と思わず叫びたくなったが、先生の見たこともないような真顔にズイと気押されて、口にだすどころではなかった。今にして思い当る、あれは、最後の最後まで訳稿を彫琢しながら、それでいて、一年前にすでに迫りくる命数を察知していた、最後の江戸文人の名匠の、本人すら意識的に言ったのではないある黙示であったということに。

回想の平井呈一

僕が平井呈一先生と最初に出会ったのは終戦の翌年だったと思います。何で平井さんを知ったかというと、あの頃僕はアーネスト・ダウスンが好きで、今までダウスンをやった人はいないかと調べていたんです。学者では数人おられたけど、あんまり面白くない(笑)。そうしたら、当時山本文庫というシリーズでラディゲの『花売り娘』を古本で手に入れて、その巻末にこれから出る予定の書名が書いてあった。その中にダウスン『晩秋』があって、平井呈一訳とある。それで、これを必死に捜したんですが、どうも出版されなかったらしいですね。でもその平井呈一という名前がとても気になって。そうこうしているうちに、平井さんの訳されたものがいくつか手に入ったんです。するとどれも非常に美事な翻訳で、しかも今まで日本で何故訳されていないんだろう、と僕が思ってたような作品ばっかりだった。それでどういう人物だろうと思っていろいろたずね歩いたんですが誰も知らない。その頃早稲田では復員あがりの連中が軍服のままでにわか古本屋をやっててね。

兵隊のくせに文学好きだったような変わり者が多かった。結構掘り出し物もあるので、年中入りびたってたんですが、その中の一人がね、「大観堂」という、古本屋をやりながら出版もやってる変な親爺が平井さんを知ってるってことを教えてくれた。それで大観堂へ行って「平井さんに会って話をしてみたい」と言ったら、サラサラッと番地を書いてくれて、「ここに手紙出しな」っていうから、手紙を出したんですよ。そうしたら一度会いましょうって返事がきてね、その頃先生が住んでおられた、高円寺か阿佐ヶ谷のお菓子屋さんの二階にお邪魔したのが最初です。その時は二階で翻訳をやっておられて、それでその日半日くらいだべりこんで——気が合っちゃったのね。それ以来しょっちゅう先生と話をするようになってね。僕の家へもよくみえられました。おいでになると、ただだべったり、僕が最近掘り出した本をたねに話したり、話がつきると散歩したり……。

　あの方はあんまり人にべったりはつかないのね。そのかわり気に入った人とはいつまでも仲良くする。一度ね、珍しいお菓子が手に入ったので、先生はお菓子が好きだからと送ってさしあげた。そうしたらものすごい返事がきてね。あんなものは菓子じゃない、お前とももう絶交だって（笑）。こっちは菓子の専門家じゃないから、純粋の江戸菓子と和洋混血の区別なんてわからないですよ。それでしばらく喧嘩別れ。そんなふうにして、一時期つきあいが細くなったり、切れちゃったりしたこともあったんですが、少し怪奇幻想ものが着目されるようになった頃から、また非常に親しいつきあいを回復するようになったんですね。新人物往来社の例の「怪奇幻想の文学」シリーズ、あれを出される時に、実はこれをゴシック小説に溯って本格的なシリーズにしたいから、お前手伝えっていうような手紙をくださったり。その前後に僕は『椿説泰西浪曼派文学談義』初版を出したんですが、平井さんはあれをとても喜んでくれて、「ほるぷ新聞」に随分長い良い書評を書いてくださったな。同じ頃牧神社の菅原君もやってきて『牧神』を出して、平井さんをかつぐから一緒にやってくれといろいろ言ってきたりね。

＊

僕はとにかく、あの方はね、非常に感性が冴えざえとした方で、日本語の達人、それからまた本当によく英語が読める人だってことを感じましたね。ただ僕は彼を怪奇幻想文学が好きな人とは最初思わなかったですね、むしろ世紀末文学から入って、日本でいえば佐藤春夫のような文学の系列の中で、翻訳をなさっている珍しい人だというふうに思ってつきあっていたんです。先生も僕を、文学の正統ではあるけれども日本ではあんまり真面目にうけとられていない部分を真剣に歩いてみようとしている変わり種として、かわいがってくださった。

だから僕としては、世話物というかな、風俗とか人情とかに細やかな眼をもった文学が好きな人というふうに思ってましたね。イギリスの世紀末文学ってのが本来そういうものなんですよ。非常に象徴主義的な傾斜がある側面と、非常にリアリズム的な傾斜のある側面と両方ごっちゃごちゃの流れがイギリスの世紀末を作っているわけね。一方でヴェルレーヌなんかを移入したアーサー・シモンズのような批評家や詩人がいるかと思うと、ジョージ・ムーアみたいなリアリストやクラッカンソープみたいな破滅型がいて、フランスの小説じゃないかと思うような細かいリアリスティックな作品を書いている。そしてまたモーパッサンあたりが喜ばれた時代でもある。ダウスンなんかもそうなんで、ロンドンの下町の風俗人情だとかブルターニュの細かい風俗の描写だとかが彼の小説の中心をつくっているわけですが、同時に、象徴主義的な手法のかなり入った美しい抒情詩とかも書いているんですね。

そうした両面性をもった世紀末文学が日本にも大正末から昭和初期頃に入ってきたわけです。それがちょうどあの頃の日本の文学状況にも合致して、それでみんな早速とびついたんだろうと思います。そういった雰囲気の中で平井さんなんかも成長されたわけですよ。あの方の生家は浅草のせんべい屋ですから、下町の中に残っている一種の江戸情緒みたいなものに深く浸った目で、世紀末文学を一身に浴びて育った。だからあの方はみかけよりも非常に幅の広い人でね、戦後、次第に幻想文学の流れの中で自分の好みってものを出していかれたから、幻想文学の専門家のように思われるようになりましたけど、でも根は非常なリアリストだと僕はみています。そして文章もいろいろお書きにはなれるけれども、細かいリアリズムが非常にうまく訳せる人だという感じですね。サッカレーあたりが一番あの方の文体理想にピッタリしたものだと思います。お化け物とか幻想物になると、少し切れ味が違うなという気が僕などするんです。マッケンなんかでも少しドロドロに訳しすぎてるって感じね。ラフカディオ・ハーンのようなものは非常にお好きで全訳もなさっていますが、あんまり怪奇そのもののようなもの、それからまた純粋にファンタジーの方にのめりこんでいくもの、こういうものはあんまり向いておられないような気もするし、それほど好きではなかったんじゃないかと思うのね。やはり日常の細かいディテールがあって、その中から突然異次元にくぐーっとくぐりぬけちゃうようなものがとてもお好きでしたし、またそういうものの訳がとてもお上手でしたね。それからゴシック小説は、大学でもやらないし、英文学史にも出てこない、大体原書自体なかなかない、という中なのに、かなり読んでおられました。

*

とにかくああいう人はあんまりこれからも出ないでしょうね。完全な独学で、早稲田実業学校に一年か二年おられただけでしょう。それも中退ですからね。本当に僕はいろんな先生にならったけれど、あんな読める人に会ったことがない。あの方はわかんないところは百遍読んで、こういうことであるに違いないってわかっちゃうようなやり方でやってきたんで、文法なんか全然知っちゃいないですよ。また文法なんか知ってたらあんなに読めませんよ。作家なんてのは文法を考えて書くわけじゃないから、そういうものを本当にわかるのには、文法を超えちゃわないとわからないわけで、その点あの方はすごかったですね。だから、「こういう云い方があるよ、知ってるか」なんていうんです。「知りません」ていうと、「きっとこれまた出てくるよ」っていうから気をつけてると、そういう語法が出てくるんですね。そんなふうに語法の流行なんかも先に読みとれちゃうくらい語感もすごい人だったんですね。

そしてまた大変なスタイリスト——文体の実験家で、彼は知られていないところで随分いろんな人に影響を与えてると思いますよ。堀辰雄は、平井さん訳のダウスンの『悲恋』を——あれは非常に実験的な日本語なんですね——読んで非常に感動してあの頃から堀の文体が変わってるんですよ。中原中也も平井さんの訳文が気に入ったらしくて、ダウスンやホフマンの『古城物語』なんかを読んでとても面白かった、と日記に書いている。

平井さんはそれで、時代に対する感覚がないようでいて深いのね。戦後になると文体も変えましてね、すぐ戦後向きの文章を書けるようになっちゃった。そうかと思うと、『オトラント城』を訳された時に、僕が「ああいう当世向きの文章もいいけれど、先生は擬古文の大家なんだから後世に遺るものを訳されたらどうですか」って言ったことがあった。そうしたら非常に真剣な顔されて「それはそうだ」と。「よし見てろ」っていうんで、擬古文で訳された。あれはもう非常に美事な訳ですね。そういうふうに時代感覚もあると同時に自分の文体を対象に合わせていくらでも変えられる大変な人でしたね。

だから日本語に対してとても厳しくて、一所懸命自分で日本語を勉強なさった。これは偉いと思ったね。僕はあんまり怒られたことないんだけど、一度本当に怒られたことがある。「平井先生はとにかく古い言葉も新しい言葉も自在にこなせてうらやましい、やはりとてもいい時期に、古い日本と新しい日本と両方の中で育ってこられたからでしょう。僕らはほんのちょっとした古語でも勉強しなきゃ身につかない」って言ったわけね、そうしたら怒られたね、「何でお前はそういうデタラメなことをいうんだ、誰だって古い日本のことを知ろうと思ったら勉強しなきゃできない、俺だって自然に覚えたんじゃない、西鶴から古今集まで自分で読んだんだ、お前だって読んだらいいじゃないか」ってものすごく怒られた。僕はあの時本当にそうか、と思ったね、自然に育って身につくものと自分で意欲して学んだことと、両方なくちゃ人間駄目なんだし、それをこなすにはやっぱり修練しなくちゃ、と。それで僕も独学で国文学やろうと思って、それから随分読んだんですよ。

あれがよかったんです。

*

永井荷風との一件のことはね、怒られるかなと思ったんだけど、一度訊いたことがありますよ。『来訪者』という作品はかなり本当ですか」って訊いたら怒らなくてね。「本当といえば本当だし、嘘といえば嘘だね」「虚々実々ってことですか」「そりゃそうさ」なんて言っていろいろ話してくれて、本当は荷風の代筆をしてたらしいね。荷風があんまり忙しいんで、「今こういうの書いてる、筋はこうこう、登場人物はこうこう、今はこういうとこまで書けてるから、次のところはこうなるように書きたいと思ってるので、そういうふうに書いてくれ」、そうすると平井さんが荷風そっくりの字でね、荷風のスタイルでもって書くわけです。それに荷風がちょっと手を入れて渡すということをやっていた。そうしたら面白くなっちゃって、荷風が言うよりも先のことがどんどん自分の頭に出てきて、先を全部作っちゃったんだって。それを荷風の校閲を経ないで渡しちゃった回があったらしいのね。そしたら荷風が烈火の如く怒って、大喧嘩になった。それを、荷風が平井が印章まで偽造して売ったというように荷風は贋作事件にしたてて作品にした。印章云々は荷風のウソだけど、でもそうしなきゃ面白くならないよね、なんていって話してくれましたけど。

まあとにかくあの荷風が舌を巻くほど、そっくりの字やスタイルでやれる方なのね。だけどあれが理由でしばらくいろんな人から鼻つまみになってしまって、その間仕方がないからものすごく勉強して、翻訳家として本当に立たれようと思われたんじゃないでしょうか。だからあの頃から以降のものはまた非常に冴えた訳文になっていますね。

だいたいそういうインチキというか文学の〈フェイク〉をやろうっていう人間は相当の才能をもってる人ですよね。ですからあの方はもっと悪者になっていればね(笑)、国文学かなんかの古い古文書をでっちあげて、埋もれ忘れられていた古文献がみつかった、とやるようなこともできた人ですよ。幸いにしてそっちへはいかなかったけれど(笑)。

ともかくも、平井さんはいろんな側面をもっていて、ただ僕は、あの人の鑑賞能力の非常に確かな点、読みの深さ、表現力の美事さ、この三つに非常に感心しましたね。それから在野のああいう英文学者ってのは非常に珍しいんですよ。大抵〈先生〉だから。僕もそうだけど、先生になるとどうしても教師としての訓練をうけちゃいますから、つまんなくなるのね、人間が(笑)。ところが平井さんはそういうもんじゃなくて、文士の体臭がぷんぷんしてる人でした。文士でありながら美事な翻訳家であるといったような一種の両棲類的存在でしたから、若い僕にはたまらなく魅力でしたね。一度弟子にして下さいと言ったら、ニヤニヤ笑ってね「弟子だ先生だっていうんじゃなくて、同臭の人間としていきましょうやね」なんて言われた。なるほど同臭の人間てのはいいよね。それから先生に手紙を書く時は「御存知同臭より」、すると先生も「同じく同臭より」って(笑)。そういうちょっとしたところにも、昔の江戸の人情が感じられるいい人でしたねえ……。

*

それで次に、平井先生と出会うまでの、僕自身の読書遍歴、特に幻想文学との関わりということでお話ししますと、やはりいちばんの根っこは童話でしょうね。当時「小学生全集」というのがあって、それを繰り返し読んだことを覚えてる。特にその中の『アラビアン・ナイト』の巻にすごく感動してね、それとは別に日夏耿之介が家来を使って全訳した版が出ていて、それを全部どこかから借りてきたか盗んできたかして（笑）、何度も読んだ。だから『アラビアン・ナイト』は今でも思い出すところが随分あるな。それとその時感じたのは、児童向けの本てのは駄目だってことね。本物読まなきゃいけないと。当時の本は総ルビが多かったので、苦労すれば子供でも読めたのね。あれがよかった。

僕が小学校の頃はもう戦争に突入する時代で、例の生活綴り方ってのが盛んだった。実際にあったことをそのまま克明に観察して書けっていうのね。要するに幻想なんていけないってことになった。そういう教育のされ方に反発したわけね。天邪鬼《あまのじゃく》だから、あったことをただズラズラ書いても面白くない。で、先生に提出する綴り方も自分の空想したことなんかを書く。それでひどい点がついてくると非常に不愉快でね。子供だからどうして面白くないかわからずに気分的に反発しただけ──戦争の風潮に対する反発とかいう立派なものじゃなくて。要するに自分に合わなくて、いやだっただけなんですね。

結局、自分の感情に忠実に生きることね。これをやると、どうしたって幻想文学の良さってものに衝突せざるを得ない。それからそういうふうに生きてると、時代がもし歪んでいるとすれば、そういう面もみえてくるんじゃないかという気がするのね。現実の中で生きるんだけれども、現実からは絶えずワンクッション離れていて、それを自分からみて美しいと思うか、思えなかったらどうすれば美しくなるのか、ということを考える仕方が、いいように思う。僕の場合の幻想文学との関わりはそんなところにあるんだろうと思います。

それから僕はロマン主義を専門にしているわけだけれど、ゴシック小説も昔から大好きでいろいろ読んできた。僕の場合そもそものきっかけからして恵まれていたんです。まだ成蹊高等学校に通っていた頃ですが、当時からどういうわけかゴシックというものにひかれていましてね。それである時——僕は合唱をやっていまして——譜面を借りてこいといわれて、太田文子先生の家へ行かされたんです。それでお伺いしてひょいと部屋の中を見たら、ズラッと洋書が並んでる。びっくりしましたね。実はこの先生は夭逝された太田七郎氏の未亡人だったんです。太田さんは日夏耿之介の高弟で、日夏門下で唯一人ゴシック小説をやっておられた。ともかく英語のできる方で、日夏も大変かわいがり大切にしていたんですが、病弱のため大学教師になることを諦めて外務省にお勤めになった。お兄さんも外交官で、イギリスに行くたびに、弟のために珍しいゴシック古書を捜しては購ってきて、それでものすごく持っておられたんですね。僕はもう譜面のことなんて忘れちゃってね(笑)、ただ呆然と眺めてたら、先生が笑って「何よこの坊や、この本わかるの?」と言うから、「あれはパーシー、これが『オシアン』、ラドクリフがあるな、ルイスの『マンク』は二巻本だから初版だな……」なんて表題を読みあげてった。そしたら「あら、知ってるの!」なんてびっくりされて、「それならかまわないから、あがってお読みなさい!」その日のうちに早速三冊ほど借していただいて、それからはもう学校なんかそっちのけで(笑)、読ませていただいた。もちろんまだ高校生ですから、ろくに読めもしなかったですけど。終戦直後で極端に洋書が少なかった時期に、ともかく実物があってその雰囲気がわかっただけでも素晴らしくプラスになったと思いますね。その頃日本じゃゴシックなんていうと、英文学者なんか馬鹿にして誰も読まなかった。読んでないくせに悪口だけは言うんですよね。それで僕なんか腹が立つから、たくさん読んでいろいろ言うと嫌な顔されましたね(笑)。でもそれからロマン主義をやってよかったと思いましたよ。ロマン主義の純文学の詩だけ読んでたんじゃ、そういうものの〈肥やし〉がわからない。ちょうど明治大正の大衆小説読まないで漱石や鷗外だけ読んでるのが駄目みたいなもので、サブ・カルチャーからポライト・カルチャーが生まれるわけですから、両者のつながりを往復できないとインチキになるわけね。花だけ見てて根っこを知らない人間になっちゃう。そういう方途でゴシックを読んでたことは本当によかったと思う。

*

ともかくこういうふうに、世紀末文学だのロマン主義だのゴシックだのが好きで、翻訳では少女趣味文学ばかり読んでると、そういうのおかしいわけね、当時は。ところが平井先生は、いやお前の趣味正しいんだって言うの。それでいいんだからどんどんやれって。味方を得たような気がして、どんどんやってきたわけですがね、そしたら三十年経ったらそれが当り前になっちゃった(笑)。時代ってのは面白いもんですね。平井先生も幻想文学が商売になるようになってから、かなり精出して訳されて、それによって日本の翻訳の中に幻想文学というものがかなり根づいた。これはすごい功績だと思いますがね。でもまだ先生がなさったものだけじゃ不充分で、もう少し系統をつけないと。特に理論面が弱いですから。日本では昔から文学理論とか批評理論というものを軽視する傾向がありますよね。学校でも教えないし。そうしてうるさい理論をやるような奴は、本当は文学がわからんのだ、なんてよく言いたがる。そんな馬鹿な話ないですよ、やはり一度理論をこなしてからでないと、ただの感想文じゃない、ちゃんとした〈読み〉はできないでしょう。そういう一般の批評理論すらまともにやらない国ですから、まして幻想文学特有の理論というものを造りあげるところまでいくには、随分時間がかかるでしょうね。でもこれは別に怖がることはないんで、幻想文学が好きな人たちが集まって、たとえば他のリアリズム系の文学と、どういう点で根っ子を共有しながら本質が違うのか、そういうことを一所懸命考えてね、そしてそれに役立つような、いろんな人の言ってることを集めて、そこにひとつのシステムを発見するようにすればいい。トドロフ以降、海外でも幻想文学自体の理論ということを随分やっていて、かなり優れた本も多いし、それらを参考にしてみんなで造っていくようにすれば、きっとできると思いますよ。

ただ気をつけなくちゃいけないのは、日本はどうしても趣味的になるんです。同好会的にね。そうするとそれしか読まない奴ばっかり集まるから、頭が狭くなって駄目になるわけね。お前この本持ってないだろう、とか威張って(笑)。それじゃまるでアンティック(骨董品)を集めて部屋に飾っておくのと同じでしょ。僕はそういうのは大嫌いで、駄目だと思いますよ。仲間うちだけの狭いところに閉じこもるんじゃなく、やっぱり極力ひらいていって、そして諸学一般とのつながりの中でやっていかないと。そもそも文学というのは現実からワンステップ離れなきゃできないものであって、そのワンステップそのものをより純化していくベクトルの方向に幻想文学といわれているものがあり、その逆ベクトルをとるとリアリズムになってくるわけですね。ですから両ベクトルの根っ子は同じ現実なんで、人間という現実が厳としてあって、そこから両方向へ発しながら、お互いを含みあってるものだと思う。よく幻想とリアリズムを対極のようにいうけれども、そうじゃないと思う。もしも現実という根を絶ってしまったら、幻想そのものも貧弱にならざるを得ない。だから僕は幻想文学を研究するためには、リアリズム文学もうんと研究する必要があると思っています。

そういう点で、世紀末文学というのは前にも言ったように両方を非常に鮮やかに持ってるので面白いんですね。特にイギリスの場合は世紀末に限らず、幻想性が高くて、しかも現実的。マロリーもそうだし、ブレイクなんかまさにその典型でしょうね。彼は現実にすごく密着していながら、それを象徴を通じてしかいわない。そして天上と地上とが通底している。だから普通にいわれる狭いリアリズムで考えたら全然わからないし、象徴だけで読んでもわからない。両方を行ったり来たりする力が最も大事なのね。英文学は一般に、フランスのように純粋詩とかいわないで、雑多な要素が混在してるのをそのまま楽しむ。そういうところ日本人はわりとフランス的な純粋主義者が多くて、すぐリアリズムかファンタジーかなんて言いたがるけど、そんな枠はないんですよね。むしろ全部を要素として持っていて、その中で人間というものの奥行を感じさせるものが本当の意味ででっかい作品なんでしょうね。バルザックにしろドストエフスキーにしろ、文豪といわれる人たちはみんなそういう両面性を持っていますよ。

まあリアリズムも、ここ一世紀半ほどで燃え尽きようとしていますよね。すると今度はまた、ぐんと幻想性を仕込んで、リアリズムも太らないと駄目だというところへきてるのね。そこでリアリズム文学の、それから文学自体の活性剤とならなきゃいけないのが幻想文学で、だからこそ現在その重要性が叫ばれてるのだというふうに僕は思っています。（談）

現代俳句における風狂の思想——中村草田男

『美田』随感

昭和二十二年頃であったろうか。中村草田男は旧制成蹊高等学校の講壇に立って、『奥の細道』を講じていた。敗戦直後の、手のつけられない虚脱状態の雑兵さながらの学生の一群をまえにして。それは、異常なまでに、講者ひとりの熱気につつまれた風景だった。聴者の方がいかに心ここになかろうと、弁当を食おうと、喋ろうと、そんなことは全くおかまいなしであった。淡々と、しかし一貫した語調のその講釈は、『奥の細道』の一字一句を追って、いつ果てるとなく続いた。一学期かかっても、ものの十数ページとは進まない、それはそれは、途方もなく精緻な、嘗めるような、しゃぶるようにして永劫に続く講義だった。それはここに、浅ましい世相とかかわりなく、一箇の風狂の人が、厳として存在していることを、なま若いわれわれにさえ、教えるものがあった。

その翌年、病床に臥しているわたしの許に、クラス担任の中村清太郎先生から、短冊が届いた。こう読めた。

天餌足りて胸つくろいの寒雀

草田男先生も、おなかが減っていらっしゃるのかな、という失礼な直感とともに、それを寒雀の胸つくろいと〈天餌〉とに託された表現の美しさに打たれ、改めて、先生こそ本当に、モダン風狂の徒だな、という感銘を深くしたものであった。

現代の俳人である草田男には、かつての芭蕉のように、日月を友として漂泊の生涯を送る本来の風狂の生活は許されない。おのずと定住の人である。しかし、その定住のなかに、著しい風狂への志向が、句作の動機のなかにこめられていることを、多くの人は見逃すことはない筈である。その定住者のモダン風狂を追って、円熟期の句集『美田』のなかから、僅かな鑑賞を以下に試みてみたい。以下は架空の二人の、『美田』をめぐる対話である。

*

A　句集というと、誰でも冒頭の句には頭を使うよね。さりげなく始めたような様子をしながら、自信のあるやつを置かざるをえないからな。

B　そうだ。『美田』の冒頭はね、「夜半の月」という章で、最初の句はこうなっている。

そこにしづか蜥蜴の胸の早鐘は

A　巧いじゃないか。暗に、自分の句集をいよいよ世の眼にさらけだす直前の、筆者の心胸の換喩とも読める。俎板の上の鯉さ。観念して〈そこにしづか〉にしているが、胸は〈早鐘〉を打っている。

B　それにしても〈蜥蜴〉に喩を転ずるところに、争いがたいモダンな連想が働いているな。僕に思いだされるのはルナールだ。

「壁——誰だ、うそ寒いよ。

蜥蜴——俺だ。」っていう奴ね。

A　なるほど、そういうバタ臭い連想も働いているのか。それより僕に考えられるのは、現代の映画に多用される音響効果の巧みな俳諧への利用だ。ほら、よく映画などで、決定的瞬間の到来を描写するとき、水道の蛇口の水滴の音を拡大して入れたり、普段なら耳に聞える筈のない心臓の鼓動の音を拡大して入れるよね。あれだ、あの手法だ。

B　そういった色いろの技巧が、〈しづか〉と〈早鐘〉という相反するものの一致を形づくり、しかも全体は、言外にある夜半の月の、中天遥かに世を統べる距離感と冷たさと永遠性が浸《ひた》しているわけだ。

A　著者は風狂の深夜の蜥蜴なんだね。

B　そう、そして、そこへ、世間、読者、批評家という人間が忍びより近づいてくる。

A　それをもう一段超越して、月が見守っているのだね。

B　筆で食ふ隣家も多子や実山椒

これは、どうかね。

A　面白いじゃないか。なんとなく「隣は何をする人ぞ」の奪胎だね。

B　伝記的な読み方は禁物だけれど、ひょっとすると、成蹊の寄宿舎だったところに、草田男家も住んでいたころかな。そうだとすると、壁ひとつ隔てた隣室のいろいろな日常茶飯事が、いやでも聞えてしまった筈だからね。教師ではあるが、おなじく筆で食べている隣家の人も子沢山だ、大変だろうという連想が、自然に〈実山椒〉に結びついてゆく。

A　うん。その〈隣は何を〉の伝統性が、〈実山椒〉という結びの句で、思わざる軽みを生みだしていること、これが良いんじゃないかな。だって、〈みざんしょう〉と読めるとすると、〈子沢山も実に大変でござんしょう〉という語呂になるんだ。

B　少し無理だが、面白いことを言うね。たしかに、草田男の風狂には、一見そうでないところに軽みがあって、余裕をつくっていることは確だね。

A　紅芙蓉枝の向きむき四山退《の》く

こりゃ、良いと思う。初秋だろうかね。

B　うん、華麗な叙景だが、前景と後景のつり合い、その間にある動感が凄く良い。

A　とくに〈枝の向きむき〉という繰り返しのつくる、掌を互いにかえし合うような身振り性だね。

B　それに応じて退く四辺の山の身動きとだよ。作者は枝になって舞い、山になって協讃している。遥かな鼓の音が聞える。

A　そう、枝になった時は女、山になったときは男たちだ。

B　鮮やかな風狂だね。

A　鮮やかといえば、こんなのどうかね、もっと豪華絢爛だろう。

秋日は放射七面鳥は示威に倦まず

B　そうかも知れないが、しかし君、孔雀じゃないぜ、七面鳥なんだよ。豪華絢爛じゃなくて、絢爛もどきだよ。そこに草田男の一ひねりがあるんだ。あまり映えない色のやつが、ものによっては絢爛と映える筈の秋の光のなかで、〈倦まず〉に〈示威〉をしている、というのだから、何とも救われない。

A　そうか。分ってきた。そうだとすると、〈秋日は放射〉という上の句の堅い物理学用語による名詞どめと呼応して、実に無残な光景を造っているとも言える。

B　そうとも。ただの光琳風の豪華絢爛を描くには、この人は余りにも現代人なんだよ。この〈七面鳥〉はアンチ・ヒーローなのだ。伝統的な風狂からみたら、残酷なものだね。

A　かなり、ブラック・ユーモアだよ。

B　じゃあ、この「夜半の月」の章で、伝統的な風狂の境地に迫って、しかも草田男ならでは、という句になると、どれかな。君はどれを採るかね。

A　真直《ます》ぐ往けと白痴が指しぬ秋の道

B　そのとおり。正にこの句だ。品格も高く、しかも、そら怖ろしいものがこめられている。

A　うん、白痴の無心は神さまに接しているからね。あらゆる世迷い言をはなれて、人生の秋をゆく作者に、ためらわず真直ぐにゆけ、という御託宣がでたのだよ。

B　『神曲』の冒頭の世迷いの森をでた瞬間の心境といって良さそうだね。

A　ダンテの世迷いの森は、中年でさしかかった森だよな。〈人のいのちの道なかば、小暗き森のただなかに、すぐなる道を失いて〉だからね。これにたいして、草田男は、中年の森を出ようとするころ、〈真直ぐ〉の道を悟得したのだよ、人生の秋にね。

B　その導き手が、ヴェルギリウスでも賢者でもなく、〈白痴〉だというところに、この句のモダン風狂ぶりが、まことに躍如としている。ドストエフスキーの連想をもちださずとも。

A　だから、そのあと、かなり澄んだ作風の〈夜半の月〉の連作が並ぶことになる。

B　代表はこれかな。

夜半の月と稀なる星と随《つ》ききたる

A　ああ、いいね。悟得のあと、さらに自在になった風狂を暗示している。夏空のような賑やかな星ではなくて、ややまばらになった星空のなかの、ひときわ輝く見なれぬ星が、母子のように、月と一緒に、作者が西すれば西、東すれば東と、ついて動く、というのだね。これはまた、〈真直ぐ〉の句のもつ、一種凄絶な決断の味とちがった、悠々とした、自然《じねん》のままに仲間あり、といった心境かな。

B それこそ、僕が〈定住者の風狂〉と形容したい、草田男独得のモダン風狂の境なのだ。

A その〈随ききたる〉自在な運行のイメージ、というか〈めぐり〉のイメージね。これはもちろん、輪廻にかよう悟得だろうが、この句なんかに明らかだね。

月の露ねむる車輪をめぐり落つ

B まさしく、そうだ。人が眠っている間にも、川は流れることを止めないように、夜半にも、月の露は、眠る車輪をめぐって、したたり落ちているわけだ。この車輪は、何の車か知れないが、象徴のレベルでは、もちろん、輪廻の輪にまで遥かに及んでいるものだろう。

A 風狂は輪廻を予定するわけかな。

B そりゃ、もちろん。現実をおどろおどろしく描くだけでは、深みのない、ただの綺想になってしまう。

A 想念における形而上性に加えて、現実とつかず離れずの、あの距離が要るわけか。

B そう、美的距離が要るのだ。

A では「寒鯉」の章には、どうだろう。その意味での秀句はあるかね。

B 渡り鳥の一点先翔《か》く愛と業《わざ》

なんてのは、良い方だろう。

A 少し肘を張ってるね。

B 綺想ぶりは美事だけれど、〈愛と業〉という収め方ね。これが気取りすぎで、まだ〈雲に鳥〉の枯淡の落想まで行っていない気がする。

A 巨き寒鯉かたはら小鯉息添えて

はどうかね。

B 自然な叙景として良いと思うけど、神韻がないんだな。応挙の絵のようだ。巧者だけれど怖ろしさがないね。

A 「暮の土」にゆこうか。

B いいよ。この章は、とくに現代的な叙景のものに、特徴あるものが見当るな。

A たとえば。

B 捨トラックさしもかしがず枯野久し

なんか、どうかね。

A 終戦後しばらく、どんな空地にも、この〈捨トラック〉が赤錆びていたものだね。

B 〈さしもかしがず〉と〈久し〉い〈枯野〉とを連絡した手際は、上手だろう。

A　終生主義者病み咳く未知の信濃も恋ひ

も、現代的で、同時に、〈夢は枯野を〉を想わせながら、その野が〈未知の信濃〉という、ひねり方はどうだ。

B　〈主義者〉というのは〈アカ〉のことだろう。すると、俗にいう〈非転向〉の旅に病む姿かな。

A　現代風狂のもうひとつの現われ方のように思うね。

B　「暮の土」という章題の出所句があってね、こうなっている。

「胡麻撒《ふ》り煎餅」落ちて平らに暮の土

A　草田男には、この種の、身辺の食べ物が地面におちた姿を、綺想で描く一連の作品があるように思うね。たとえば、『火の島』だったかな、

パンは浮かみリンゴは沈む枯浅茅

なんか、それだ。

B　あの句は、いろいろ取沙汰されたね、当時。あの句の思わせぶりな寓意と比べると、このゴマフリ煎餅は、ずっと自然なユーモアがあるな。カッコを使った工夫も、ユーモアを増強して、生活的な風狂になっているね。

A　この章は短いが、わりに秀句が多くないかね。

小春の蠅首級くるりと廻し拭く
冬の明眸先立つ白狗《びやつく》の甘えやう

B　どちらも、いいね。〈首級くるりと〉という表現、さっき出た悟得ではないが、孤寂のなかの滑稽な、ゆとりが良いね。その犬の句は素晴らしいと思うが、草田男にはずい分、犬の句が多いんで、その点、あとで、まとめて論じてみようよ。僕がこの章で気に入ったのは、ズバリ、風狂の作で、こういう奴だ。

白き靴ベラ旅しばしばの年暮るる

A　〈白き靴ベラ〉ってのが、この作の象徴の鍵だよね、一体なんだろう。
B　作者自身が、ポケットに入れて歩いている靴ベラかも知れない。もう少し自然にとると、どこの旅館の玄関にも下っているような、何の変哲もない白いベークライトの長い靴ベラではないかな。それを渡されて手にしたとき、靴に当てがいながら、この感慨が浮んだと読みたいね。
A　なるほど、そうか。それなら、これは、定住者ながら、よくも講演旅行や句会の旅に、明け暮れたこの一年なりしことよ、という偶感を、どこにも遍在する〈白き靴ベラ〉に託した、これも風狂の詩なのだね。ところで、草田男には犬の句が多いと、君は言ったね。『美田』には、さっきの句の他に、どんなのが、あるのかね。また、風狂と犬と、どういう関係にあるのかな。
B　うーん。どういう関係と言われると、すぐには答えにくいけれど。要するにさ、その、あれだろ、つまり、人間は、ヨーロッパ人なら〈知の人〉とか〈工作する人〉とか〈遊ぶ人〉とか〈笑う人〉とか、いろいろに本質規定をするわけだが、東洋、それもとくに、伝統的日本なら、人間は〈旅する人なり〉というわけさ。カトリック・ヨーロッパでもね、たとえば、ガブリエル・マルセルのように、〈旅する人〉（ホモ・ヴィアトール）という本質規定があるほどなんだ。その〈旅する人〉のかたわらに付き添うものとして、四季のくさぐさのものがあり、それと並んで、人間の忠実な友としての〈犬〉なんかがいるんじゃないか。その犬が、風狂をつよめ、風狂に伴い、時に人間と自然の距離を、痛切に知らせるのじゃなかろうか。草田男の犬たちを並べようか。

伴れ犬にいつか蹤く犬山開き
未知の犬夏芝はるばる来つつあり
敗犬去れば眼をしばたたき枯野犬
真向から聞く耳雪の日本犬
黒犬二匹の面輪にけじめ道をしへ
短気な犬を見てゐる犬や夕立来

A　草田男はこの〈見ている犬〉を見る人。

おそるべき解剖の眼――『魚食ふ、飯食ふ』

俳匠中村草田男の、ほぼ四十年にわたる散文評論の見本帖である。見事な重さだ。もちろん、前著『風船の使者』の冒頭に収められているような、生存の一瞬の、ほとんど病的なまでに研ぎすまされた心理の襞を狙う描写の文章群もある。しかし、それにもまして、読むわれわれの心に迫るのは、これは、俳匠草田男の、あられもない俳論だ、ということであり、またその故に、草田男俳句を難解な思想詩と思う人に、是非とも読んでもらいたい、これは中村草田男コンパニオンだ、という感想である。

俳人である草田男は、当然、おのれの数ある句集を、己を知るべき道として挙げるであろう。だが、草田男の衣裳は佳麗で堅牢だ。草田男は蟹だ。その美味しい肉を味わおうと思うなら、その堅牢な衣裳の殻を衝き入らなければならない。そこにあるものは何か。意外にもナイーブな生活者の姿であり、同時に、生活を物すさまじい写生観照によって、個と全を相渉らせようとする、溜息をついて抛り出したくなるような、生活世界を求道者として生き、その営みを言語芸術作品に結晶せしめようという、表面、甚だ日本伝統的で、実はひどく世界文学的な、異貌の道なのだ。

そうであればこそ、このエッセー集は、メルヘン集『風船の使者』よりも何層倍、この俳匠の仕事場を、はらわたを語って余すところがない。編集も出色の出来栄えである。

俳句に関心のある人には、根源俳句を「失語症」と決めつける適確な文章、日野草城の「ミヤコ・ホテル」をめぐる不退転の言辞が面白かろう。広く読書人は、現実と激しく相渉りながら風流道を「同時達成」せんとする達人の境地に心ひかれよう。評者は「抜き足、差し足」に見る恐るべき解剖の眼と、伊丹万作と三土興造に寄せる青春の輓歌とに打たれた。(みすず書房刊、一九七九年)

己れの座

理科から転科してみると、文科の教室では草田男先生が低声で『奥の細道』を講じておられた。敗戦直後のおぞましい世のなか、教室は海兵・陸士の出戻りや、私のような転科生が雑居する梁山泊、戸外は激しい驟雨であった。絶対に怒鳴らぬ先生と見て、なかには眠っている者もおり、弁当を食べている者もいる、私語の声も小さくない。ただでさえ低い草田男先生の声は、とぎれとぎれに聞えてくる。だがテクストに半眼を据えた先生の表情はゆるがない。そこには周囲と関係なく、テクストと、それに対している草田男という〈己れ〉だけの関わりしかない様子であった。これは只ごとではない、という気持が、愚かな私にも迫ったのであろう。私はテクストの行を追った。なんと、始まってすでに半分ちかく授業時間は経過しているのに、先生のお講釈は、まだテクストの初め数行のところを、さまよっているのだった。旧制高校生は生意気である。芭蕉全釈の類書は、すでに読んで教室に出ている。異解があれば、すぐ「質問」と手ぐすね引いている。ところが、先生の講解は、先行の芭蕉評釈書類を、もう一段超えたところにあることが、喧噪のなかに耳を澄ましているうちに、だんだん分かってきた。芭蕉の伝記をもとにした説明ではない。国語学を背景にした語釈ではない。解釈史を羅列した上での説明でもない。ではなにか。ここに、芭蕉という大テクストがある。大テクストであるがゆえに一芭蕉を超えた客体である。この客体と草田男とが〈今・ここ〉の場において切り結び、それによって生かされる、生ま身の芭蕉の味とは、いかなるものか。それを伝えるためには、草田男という〈已れの座〉に居て、徹底的にテクストとしての芭蕉を〈シャブル〉しかない。しかも、その刻々の味わいを、已れの言語能力の一切を挙げて表現するしかない、と、こう決意された人の、低声のなかに眦を決した発話が続行されていたのだ。先生のは、講義ではなかったのだ。ひたすら『奥の細道』の言々半句を朗誦し、さて、その一言一言の、歯ざわり、舌ざわりを、能うかぎり周到に表現し、さらには、どのように口蓋を越え、嚥下され、どう胃もたれするかを、逐一、刻明に言語化され、大テクスト芭蕉が草田男という已れの座に、どう咀嚼され、芭蕉という過去が、どう現在となるかを、手にとるように、たなごころをさすように、克明精緻に言語化されていくのだった。『奥の細道』の講義は一学期たっても、数ページしか進まなかった。だが、受講した私には、先生のシャブリ方が乗りうつり、全巻を独力で読破したような、えも言えない充実感だけが残った。先生は、およそ大テクストというものを、〈已れの座〉からいかに読むべきかを、教えて下さっていたのである。恐ろしいまでの秘伝であった。

また、こんなこともあった。上荻あたりの雑木林の竹垣いのようなものの内側であったろうか。考古学に興味のあった私は、そこで円墳の盗掘をしていた。連れていった芋屋の娘が「アッ」という声に、その指さす方を見た私は、そこに、無精髭に浅黒く、眼光あくまで炯々——否、不気味に射すくめるような血眼《ちめ》が、燃えさかるのを見た。ゾーッと背筋に走るものを覚えたが、それでも足早やに遠ざかる下駄の主は、その全体像からして、どう考えても草田男先生のほかに、ありようがないという気がした。先生は句作の途上であられたのだろうか。それにしても、先生の眼は、何という兇眼、何という物狂いの眼差しであったことかと、私は心底、ゾーッとした。先生における〈写生〉というのは、この〈兇眼〉というか〈物狂い〉の眼のことなのだな、ということに得心したのは、先生の句作に親しんでからのことである。

ほぼ四十年にわたる、この大俳匠の散文集『魚食ふ、飯食ふ』を前にして、私が改めて感ずるのも、この二点である。すなわち、〈己れの座〉と〈物狂うまでの写生〉と。

〈今芭蕉〉とたたえられるこの俳匠に、枯淡さを誤解する人は、是非とも、本書に収められた「伊丹万作の思ひ出」「松山の友だち」を読んで頂きたい。〈法外に長い修学期〉とみずから言う青春の代償に、限りない哀悼を親友伊丹万作に寄せる永遠の若人草田男の姿が浮びあがるだろう。それは従兄弟三土興造に寄せる、美しい挽歌にも明らかであろう。浅ましい今の世の人たちは、三土興造の名前を忘れていようが、私は忘れない。あのナチに追われてアメリカに客死した哲学者カッシーラーの『自由の理念、国家の理念』を大正十三年に初訳し、アテネ文庫にニイチェの「酔歌」を遺したこの逸材を。三土は草田男の青春の片割れであり、今もって彼の髭根である。

また、草田男俳句を、〈難解〉〈観念的〉という評語で評し去る人たちについて、この書をひもとくことを、すすめる。たとえば「抜き足、差し足」である。〈写生〉ということを、もしも〈観念性〉の対極に考える、日本的思考に慣らされているならば、この文章は、したたかな開眼の機会を与えてくれるだろう。女性の骨盤にまで突き入る〈写生〉の眼なくしては、男性の〈己れの座〉からの句は咏めないことを、この一文ほど、納得させる文章はない。

世評かまびすしかった〈根源俳句〉は、外国文学者である私からすれば、少しイギリスの〈形而上詩〉、〈ゴンゴリスム〉を読んで頂きたいと申し上げたい所だが、草田男先生は、これをもう一つヒネって〈失語症〉と評し去られているのも、残酷なまでに的確である。

日野草城の「ミヤコ・ホテル」をめぐる「尻尾を振る武士」は、その不退転の言辞のなかに、〈己れの座〉の確信をうかがわせて余りある。大テクストに対坐する〈己れの座〉、物狂うまでの〈写生〉、時流に対峙する〈風狂〉を通じて、四畳半の文学〈俳句〉を世界文学に伍せしめようとする最も伝統的で、最もモダンな俳匠の心意気と、その長い歩みとを、巧まずして編成した、これは無二の好篇といえようか。

夏山の騎士——草田男の連作

昭和十九年の草田男先生の御作に、アルブレヒト・デューラーの版画「騎士と死神と悪魔」に想を得た、十三句の「騎士」と題する連作がある。迫りくる二十年夏の敗戦を前にした、あのとりわけ暑かった夏の、どんづまりの澱むような重苦しい空間のなかにくぐまり、沈潜し、果てはそれを衝き破ろうとする、決意を秘めた連作である。

デューラー——このドイツ・ルネサンスの巨匠に、草田男先生は尽きぬ愛着を示される。『来し方行方』の自注にも、「デューラーの銅版画〈騎士と死と悪魔〉の俳句化。同版画は高校生の頃より我の愛好せしもの。」とある。この年来の愛着が、敗戦一年前という歴史的瞬間のなかで煮つまり、あの、いつ果てるとも知れなかった戦争の、茫然と過した永遠の今のような日々のなかで、騎士への感情移入を許し、生へのきっかけを摑もうとする決意の歌を産んだ。偶然であろうか、否、必然であろう、「騎士」連作の直前の句は、

デューラー「騎士と死神と悪魔」

冬空に縋らんか巨松に縋らんか

であった。

〈冬空〉も〈巨松〉も、縋るにはあまりに遠く、人間を包み越えて在るとき、その包越する停滞を破って、生臭く動き始める者がある――〈騎士〉である。

深く皺を刻まれた暗澹たる顔の、しかし眼光ばかりは炯々と彼方の一点を凝視し、隙間なく甲冑に身を固め、右肩に槍をかついだ一人の騎士が、素晴らしい駿馬を御してゆく。騎士は完璧な横姿勢。馬も同じ横姿勢で、両者の造りだす比例美は、さながら壮大な記念碑または銅像のように美事であり、騎士の肩の長槍は画面の空間を斜めに截って、上方遠景の城館の静に対する動を寓意する。騎士の伴廻りは、下方に悦び走る犬、向って左に、蛇をからませた半腐りの老醜の死神が砂時計を手に駄馬を歩ませ、右には上に突きでた巨大な角を頂き、羊角をそなえた豚頭、蝙蝠の翼を持つユーモラスな悪魔が槍を担いでいる。犬の足下には犬と逆方角をさして蜥蜴が走り、二頭の馬の行手には、枯木と髑髏を載せた切株が立ちふさがるように転んでいる。中景を大きく二つの山に分けるように、暗い岩面がそそり立ち、そのうえに夏木が生うて天に迫る。

従来、夥しい象徴解釈が捧げられてきたこの版画に、草田男先生は、生の逆説的停滞のなかで、敢えて動に賭ける汗まみれの人間の営為を読みとろうとされる。

さし当りは、見落されやすい下方の点景から始まる。

蜥蜴ゆく騎士行進の四蹄の間を

これより十年あとの『美田』で、蜥蜴は、

そこにしづか蜥蜴の胸の早鐘は

と唄われる、その蜥蜴である。『美田』の一句では、天上高く澄む月が対極となって、極大と極小を形づくり、蜥蜴は極小でありながら生ある者であり、従って早鐘打つ心臓に象徴されるのだが、デューラー画では、死神と悪魔を超自然のものとすれば、あるのは騎士と犬のみであり、壮麗な〈騎士行進〉という表現の裏に、犬一匹従うのみの単騎出撃の図という孤影が伴い、同時に単騎とは言え重武装の騎馬武者の〈四蹄の間〉をくぐり抜けるようにして逆方向に急ぐ小さな生の、自己保全の動きにはアイロニーがこもる。ロレンス・ヴァン・デル・ポストは、永い日本軍収容所での生活のなかで蜥蜴に寄せた愛情を描写して、こういう。「さんざんになぐられ暴行された体の、深い、ヒリヒリする苦痛をいつしか忘れ、うつらうつらしながら横になっていたときのことだ。深い深い井戸のなかに投げこまれていたような気持ちだったが、その井戸のはるか上方の、うららかな日ざしの当たる井桁の上にとまっている小鳥の声でもあろうか、突然、はるかかなたから、チチと鳴く声を耳にしたのだ。ああ、そうだ。あれは蜥蜴だ。敏捷な、なかば透きとおったような小さなあの蜥蜴の鳴く声だな。インスーリンダのどの小舎、どの家、いちばん重い営倉のなかにも住んでいるあの蜥蜴たちの。営倉には、蜥蜴が二匹いて、とてもかわいらしかった。はじめから、孤独な監禁をともにしてくれた蜥蜴たちなのだ。かわいさがつのると、ただ声をきいただけで、どっちが雄でどっちが雌か、なんとなくわかるような気がしてきた。日本人でも朝鮮人でもない唯一の生物、何週間も鼻つき合わせてきた、激しい攻撃的な敵たちではない唯一の生物。それが蜥蜴たちだった。あまりにも生き身のものに思えたので、パトリックとパトリシアという名前を、とうとうつけてしまった。」(『影の獄にて』、思索社、昭和五十三年、一五頁)〈この攻撃的な敵たち〉の対極にある〈あまりにも生き身のもの〉である蜥蜴の、ささやかな、攻撃進発とは逆方向に、恐らくは家路をさすであろう、おずおずとした歩みに、まず眼をむける草田男先生の出発の視線に注意したい。

だが作者の視線は、ついで、当然ながら画の中央に向けられ、主人公の眼に、その汗に、さらには犬馬の労をとる〈伴〉に向けられる。

眼澄《まなこ》む犬馬は騎士の汗の伴《とも》

締めの一句〈汗の伴〉の重い括り方が、この句を成功させているが、考えてみると、〈汗〉は画中のどこにもなく、全く作者の、鋭敏この上ない感情移入なのである。耳を伏せ、ひたむきにギャロップで主人を追う犬の愛すべき姿は、正攻法の横構図の馬のトロットと比べるとき、いっそうのいじらしさを引きたてる。〈蜥蜴〉についで〈犬〉を選ぶ草田男先生の愛の眼差しは、おなじく『美田』の

伴れ犬にいつか蹤く犬山開き

を偲ばせ、この作者に多い犬の秀作の意味について考え込ませる。

視線はつぎに、当然ながら、画面を大きく斜めに切り取る大槍に注がれる。

夏も寒し画面を過ぎる決意の槍

画面の端に切り落されて見えない穂先きの、夏を寒からしめる秋霜の輝きに、作者は感情移入し、そこに〈決意〉の提喩を見ている。

つづいて前景両脇のユーモラスな死神と悪魔に眼は向かう。

夏痩せの魍魎騎士はかへり見ず

本来は超自然の物凄まじい形姿であるべき〈魍魎〉が、たしかにデューラーの画のなかでは、いずれも自信なく力萎え、ともに僅かばかり口をあけ、あたかも騎士の歩みについてゆくのに精一杯であるかのような、かすかな喘ぎさえ感じられる。〈夏痩せの魍魎〉という撞着語法《オクシモロン》が、力ない魍魎たちに対する騎士の決然たる姿の対蹠法と重なり合って、この句の軽みを孕んだ強靱な構造が成立している。〈かへり見ず〉——この重い言い放しは、騎士の決意の旅立ちを物語って余りある。

続く二句は死神の細部に視点を向けようとする。

智の蛇嗤ふ個の命数の砂時計
夏枯木死神《しにがみ》騎士の眼路《まぢ》追ひ得ず

〈蛇〉は死神の冠にからみつき、〈砂時計〉は死神が右手に捧げるものである。〈智〉対〈個の命数〉の争いに、作者の心情は冷厳な漏刻の必然の歩みの嘲るような勝利を予告している。背後の岩面に生う夏木立の夏枯れの姿は、死神と合するとき、騎士の〈枯死〉を予徴するが、それを跳ね返す騎士の凛乎とした決意の眼差しに、死神の眼は力弱く、あらぬ方に外らされている。その騎士の〈眼路〉はどこに向けられているのだろう。草田男先生の視線は、画面を遠くさまよい出て、騎士の両眼の交わる彼方に合わされる。

騎士の好餌公敵夏野の果にひそむ

これは説明を要しないが、私怨晴らしではなく〈公敵〉とある強い表現に、わたしは戦時下の投影を読む。このあたりから、作者の描写は画面の細部から離れ、著しく作者の強烈な主観の眼のなかで幻視される形象に変わる。

炎天の馬衣は緋ならめ髑髏は白

黒白の版画は突如、変じて極彩色の画面となり、白の上天は兜を焼く〈炎天〉となり、〈馬衣〉なき馬は〈緋〉の馬衣を美々しく装おい、前途を阻む切株上の〈髑髏〉は、眼に痛い〈白〉となり、生命と血潮の象徴である〈緋〉と死の表徴である〈白〉とは、それらの対照を包摂して一切を焼きつくす天上の炎に抱かれる。草田男先生の夢応の秀句である。ひとたび主観に帰った作者の脳裡に故友茅舎の連作「デューラーの崖」が泛ぶ。

騎士は負ふ故友茅舎の露の崖を

〈露の崖〉という表現に注目したい。原画のいずこにも〈露〉の暗示はないからである。そうとすれば、これは決意によって騎士の肩に担われることになった、はかない浮き世の重みであろう。そのはかなさが故友懐旧のそこはかとない心情と絡み合う。

騎士既に城に発せる清水越えぬ

さきの〈露〉はさらに〈清水〉を誘発し、それを〈越えぬ〉と言い切ることで、騎士が運命のルビコンを〈既に〉渡り、もはや決意の遂行あるのみであることを語ろうとする。つぎに続く一句は、おそらくこの連作の要《かなめ》をなす、ゆるぎない重量を備えている。

地の上の夏山の上祖国の城

もはや画の細部へのこだわりを棄て、画面全体を真下から直上へと一気に上昇し、心眼で〈祖国の城〉に別れを告げる騎士の心裡の眼差しの動線を伝え、地上から画面の天辺の城を貫いて天空に到ろうとするその垂直の形而上的な運びが、〈城〉という量感によって磐石の語感を獲得している。

騎士の別れ故山は夏樹《なつき》岩に栄ゆ

〈別れ〉〈故山〉岩に栄える〈夏樹〉は哀感と感傷の意識的造型である。さてこの小休止が……。

名を換えよ騎士と夏山誰が世ぞ

激しい結びの一句である。これは画面に参入し、その細部を追い、主要象徴を辿り、決意の別れをひたすら増強し、哀感にまで没入した賞画の過程から、一挙に已れを叱咤し戻すようなドンデン返しの響きを持っている。事は一中世ヨーロッパの話ではない、と言っているようにも聞え、また世は騎士と夏山のものばかりではない、わたしの作句も戦いであると、己れに言い聞かせている作者内心の声でもあるように聞える。

ある学者は言う、この騎士は〈キリスト教の戦士〉でエラスムスであろうと。またある人は言う、否、サヴォナローラであろう。さらにはフランツ・フォン・ジッキンゲンであろうと考える人もある。だが、この腥い決意の出立に厳しい彫塑的な形体把握による美事な統制を与えた画面に、戦時中の草田男先生は、己れに決意を迫る、汗みどろの活劇を読みとられていたのだ。デューラーの版画は、単なる寓意画を蟬脱して最も深い人生哲学の容器となった象徴画である点が、つねにわたしの尊敬を喚び起す。戦争最悪の夏に、一枚のデューラーは、先生の崩壊を支える梁《うつばり》となり、この重い連作は、その上に積った梁塵だったのであろう。その年、わたくしは先生が教鞭をとられる学園に入学し、やがて戦後の虚脱空間のさなかで、親しく『奥の細道』を教えて頂くことになったのであった。来し方行方を思い、今更のように草田男先生の歩まれた道のりの遠さと重さを知る、めでたい三百五十号を算えられた『萬緑』の歩みとともに。

素白の憂愁――「メランコリア」連作に寄せて

『時機』の末尾を飾るものに、デューラーの「メランコリア」を歌う三十七句の連作があり、約二十年の歳月をへだてて『来し方行方』収録の「騎士と死と悪魔」に発想した連作と遥かに呼応しあっている。草田男先生は「私の裡なる必然性が一種の至上命令として肉薄してきて熄まず、ついに……一聯の作品が誕生した」と書かれ、『来し方行方』のなかの連作と「同様のありようで生み出さ」れたものと言われる。すでに「騎士と死と悪魔」連作に心ひかれ、舌足らずの拙文を試みたわたしであるから、相似た衝迫に促がされて成った「メランコリア」連作について、ここに偶感を綴ることにしたい。

＊

「騎士と死と悪魔」の場合は、終戦直前の作品という成立年代の背景と、原画の孕む動性とから、連作自体も、その動性のままに進行を含み、ほぼ配列順に次つぎに句解してゆくことができる。それに対して、「メランコリア」は、成立年代の背景にすがることができず、また原画自体の、動性をほとんど排した逼塞した空間のために、連作自体も、原画へ向けられる作者の視線の運動に、安易な筋を伴った進行を辿りにくい。この点について、「跋」のなかで、「嘗て……『設計図』説などが連作俳句で主張されたが……この四篇の創作に当っては、一切を内的生命の衝迫と流動との必然性と有機性との裡に終始させようと決意し配置しつづけた」とあるのは、おなじ連作とは言いながら、ふたつを同様に扱い得ないことを示していよう。従って今回は、配列順に行儀よく句解する望みは始めからすてて、読了後に、わたしの脳裡に残った要点を中心に、この重い連作に対坐してみよう。

*

「騎士と死と悪魔」は夏山を背景に配する外界の光景であった。それと「メランコリア」とともに三部作をなす「書斎の聖ヒエロニムス」は明らかに書斎という室内風景。ところが「メランコリア」は一見室内と見えて窓がなく、建造中の建物の背後は直ちに〈遠市〉を配した〈白夜〉の下の〈オーロラ〉の遠景に連なる。では戸外なのだろうか？　そうとも言えない。愛犬と〈弟天使〉を連れて坐りこむ〈姉天使〉は、建造中の建物を背にした半室内に居て、この半室内には窓がなく、陰影の具合から見ても、光線は〈白夜〉と〈オーロラ〉の方角からでなく、観る者の方から画面に向って射している。パノフスキーもベーリングも解答を与えないこの事実は、一体、なにを語っているのか。

デューラー「メランコリア」

草田男先生は、この半室内性について、冒頭から、空間的解釈をしりぞけて、時間的な半性を打ちだされる。

　蝙蝠飛んで白夜は昼夜の外の刻

〈昼夜の外の刻〉——昼とか夜とかという、日常性の区切り目を蟬脱した或る深い現実超越の時間に、この憂愁の時間はあるとされるのである。しかもその時間を、とくに〈白夜〉という特徴的な時間によって、デューラーは寓意したと考えておられる。

なるほど、この連作を徹底して包む色彩は〈白〉であり、その〈白〉をめぐり、本来〈黒白〉のモノクロームの版画面のなかに、読みとられる微妙多彩の顫動の姿である。〈白〉は〈白夜〉に関連して二十回、時には一句のうちに二度を算える。また〈白〉は〈蝙蝠〉の属性として四回、〈犬〉に関して四回、さらに〈楣間〉〈数譜〉〈秤の皿〉〈個々物〉〈無機物〉〈球と多面体〉〈石の条紋〉〈裾〉〈音〉〈鉋〉〈気〉〈釘抜〉〈姉弟天使〉〈サンダル〉〈ガウン〉〈姉天使の眼〉〈銀〉という画中の夥しいディテールズについて繰り返される。

この〈白〉の反復に対応して、〈オーロラは自意の七色〉〈虹〉〈オーロラのみ多彩〉〈白眼〉対〈青眼〉〈一朱火〉〈青穂〉などの、少くとも虹の七色とオーロラの基本色、さらに朱と青の点鋸色が混入する。さながら色彩のオーケストラが準備されている。

いや、そう言えば、〈白〉そのものが、さながら東洋の水墨画の傑作のように、白にも黒にも、無限の色彩の階梯が意識されている。

犬なれど「香函つくる」白夜に素《しろ》

の「素」は白い白夜にもなお一層白いがゆえの〈素〉、すなわち〈素白〉でなければならない。つまり夜眼にもなお白いのである。しかも、この〈白夜〉は〈昏夜〉と形容される。

弟天使白夜の昏夜を石貨に乗り

〈白夜〉とはいい条、〈昏い〉のである。

この〈昏夜〉の只中で、神の誓約である〈虹〉と存在の誓約である〈オーロラ〉の〈七色〉と

〈多彩〉に照しだされ、〈個々物無機の白〉にとりどりに取り巻かれ、さらには〈素〉の犬に侍られて、オーロラを凝視する。画中の中心人物である〈姉天使〉は〈白眼即青眼〉であり、その〈長眉〉は〈緊《かた》〉く〈愁眉〉のごとくオーロラに向って挙げられている。

オーロラ凝視姉天使白眼即青眼
姉の長眉緊しオーロラへ愁眉挙ぐ

「自注十一」によれば「『白眼』は他者を受け納れない場合の双眼の色。『青眼』は他者をも無碍に受け納れる場合の双眼の色」とある。

そうだ、画面に夥しく散乱する沢山の形象についていては、パノフスキーの図像解釈は恐らく七割方は正しい。中世ヨーロッパの四体液学説と憂愁気質との関連。デューラーがアリストテレス以来の幾何学に代表される自由学科《リベラル・アーツ》の表徴としての憂愁＝土星の連想に戻っているということ。従って幾何学を現わす無数の散在する大工道具の意味——〈鋸〉〈鉋〉〈釘〉〈槌〉〈釘抜〉〈計器〉〈秘冊〉〈コンパス〉等々。

だが草田男先生の読みは、殊のほか、これらの細部の道具立てに関して細かく、うるさい。

画面右上の静止した鐘について

オーロラ恒座大振鈴の紐不動《うごかず》

とある。なるほど、これは

白夜の楣間大源「死《トット》」の砂時計

と呼応して、〈昼夜の外の刻〉に生きる〈姉天使〉の内的時間を表わしている。

もしも〈大振鈴〉の〈紐〉が動けば、それは、この〈素白〉の時刻に動きもならず、建設途上の建物を背にオーロラを凝視し、時の外に一瞬抛りだされて、久遠の時の歩みの算えをも忘却した〈姉天使〉は、決定的に行動への呼びかけに、我にかえらねばならぬ。

今はちがう。それは〈昼夜の外の刻〉つまり〈白夜の楣間〉〈大源〉に肉迫する時刻であり、現世の時間の象徴である〈砂時計〉も、またその漏刻の歩みを止めた〈死 Tod〉の一瞬なのである。この一瞬においては、所謂「魔方陣」——草田男先生の「数譜」も、自注によれば「無限に流れる時間の現象の全体に相渉る『数譜』」となり、それは15を中心に、いずれの方角から加算されても34となる魔方陣となり、その15は、デューラーの母の没した一五一四年五月十六日となり、16、5、15、14のサイクルのなかで、ふたたび34＝5＋15＋14の等式をくりかえし、白夜の「数譜」世紀の数なる「15」に尽くのである。

そこでは正義の表象である〈秤〉も全く空しく、

秤の皿虚し白夜に右と左

となり、〈忠犬〉も〈一令〉だに無きままに、〈軀畳み〉〈膝下沓下に眼落しつ〉〈白夜〉になお白い〈素〉となる他はない。

*

では、この〈姉天使〉はオーロラ輝く白夜に、素白の形而上的時間に沈潜して、なすところなく神に帰一し、己れのみの解脱に消滅し、それを一人よがりの悟得をする神秘主義者なのであろうか。

草田男先生の〈姉天使〉は、そうではない。「白眼即青眼」となった、その姉天使の眼に表われているように、たとえそれは「眉愁」であろうとも、〈姉天使〉は、白夜の憂愁の勤行から、下向衆生の方向への、人間という有限の存在であればこそ、いかに愛らしいとはいえ〈沖天〉に〈憩所な〉き白蝙蝠とも、〈百骸挙げて石に近〉む忠犬とも異って、〈オーロラの半円〉に対する〈コンパスの無限大へ〉のきっかけを摑むことができる。

そのとき、想像力の翼をもった人間である姉は、無垢の弟の〈知〉を、〈信〉の力によって連れ立って導くことができる。それを約束するかのように、〈坩堝〉からは、眼を凝らさねば見えないが、一尖の朱の焰が画面に読みとれ、さらに姉天使の頂く冠は、〈青穂の冠〉にふさわしく、その〈茎は直立〉っている。その腰の〈主鍵〉〈鍵束〉も、いずれは〈真理〉を解こうとする人間の、おそらく果てしない努力の、その解扉のための鍵となろうとしている。

建設途上、今は一時停止を象徴して立てかけられた梯子の、その〈桟の間〉から、いまや「遠市」が見える。

これは、人間の地上のはかない、造ってはこわし、こわしては造る地上の都市を表わしているものだろうか。

わたしは、どうも違うと思う。オーロラの輝きに照しだされた遥か彼方のものは「遠市」である。それは恐らくユートピアであり、人間がそれを目指し、そのゆえに挫折し、そのゆえに素白の夜を過し、百万言も帰して白紙になる苦しみを、毎夜さらに越えでようとする直前の詩作の憂愁――マラルメの〈素白の悲しみ〉なのである。

信の代と知の代のあはひ白蝙蝠

草田男先生は、いつの日か「聖ヒエロニムス」連作を書かれ、生涯のディアレクティークを、三連句作に具現されるのであろうか。思うだに怖ろしい胸おどることである。

（参考書） Erwin Panowsky : *Albrecht Duerer*, Oxford, 1943, 2 vols, pp. 156–171.

中村草田男の風貌

吾娘《あこ》夫妻のスケート嘉《よみ》す番傘携《さ》げ

旧師の風貌が眼前に彷彿とする。お嬢さんをこよなく愛され、名句、

萬緑の中や吾子の歯生え初むる

を造られたあの先生。また父親らしい祈願は今回の『時機』のいたる所にある。

長女次女に瞳《め》澄む夫来《つま》よ破魔矢二本

そうだ、〈番傘携げ〉――。三十数年昔の先生も番傘をさげておられた。旧制成蹊高等学校の裏手の宿舎から、講義の行われるレンガ建ての本館裏に歩いて来られる。粗末な白絣の着物に黒っぽ

い袴。素足に高足駄、そして今にも破れそうな番傘をさして来られた先生。あの年は、よく照ったが、またよく降りもした。ドシャ降りになると本館の裏口上の樋が破れて、水溜りに豪勢な水しぶきをあげた。その水勢が何となく好きで、よく授業が始まる前に、その脇に立って雨足を眺めていた。実は先生の来られるお姿を見たかったのかも知れない。雨飛沫の煙るなかから先生の姿が浮び、小柄な割にきびきびとした動作で番傘を畳まれると、腕組みをして水勢を見ているわたしに、顔は向けずに、ボソリと言われた、「濡れますよ」。

先生のなかには、ときどき、はっとするような matter-of-factness《ありのまま性》があり、それが、俳人草田男の「自己尺寸の生活に忠実であろうとする願い」に直結する、先生のいわゆる「生活的リアリズム」であることが分ったのは、わたしも身勝手な青春を肉体の上で通り超してからであった。

先生のなかには、どこか受難に強靱なものがあった。想いだすのは、高等学校の運動会の時のことである。高校きっての悪戯坊主のTが、彼なりに、先生を深く尊敬していた。競技の名称は忘れたが、二人三脚を縦に五乗したような競争で、五人一列縦隊になり、先頭が学生から選ばれた教授で、あとの四人は学生。長い棒を右左両脚に一列にして縛りつけ、ゴールまでの早さを競うのである。T某は先生を指名して、この競技に加わり、先生のすぐ後ろに組んだ。五人二脚とも称すべきこの競技、二人三脚でさえ、うまくゆかないのだ。偉大な俳匠と運動競技——われわれは固唾を飲んだ。ドン！　とピストルが鳴る。驚いた。草田男先生のチームが先頭を切っている。先生は小柄な身体に大きく胸を反らして、両手を一杯に開いて、まるで指揮者のように、右手と左手を交互に上げ降ろしして、それに合わせて右足と左足が出る。そのうえ、先生の口から、規則正しい「エイ、ホ。エイ、ホ」の懸け声がでるのだ。無表情というか、先生特有のあの真剣な顔と、手足のこれはまた何という派手な身ぶり。中村チームはそのままゴールに突っ走るかと思われた。T某は悪戯者である。この瞬間、僅かに後ろを振向くと、もんどり打って芝生に転げた。学生たちの足は、右と左が逆に出た。何条たまるべき。中村チームは、もんどり打って芝生に転げた。ワァーと歓声があがる。もっと出足の不器用だったチームが、どんどん抜いてゆく。わたしは中村先生の顔を見た。テレ笑いもしていない、まして怒ってもいない。依然として、あの無表情というか真剣な顔だった。「サー」と一同を促すと、ふたたび、「エイ、ホ」の懸け声と、大きすぎるくらいの正確な指揮者の手振りが始まった。こうしてゴールまで、何度転んだろうか。しかし、終始一貫、先生の受難のなかの無表情と「エイ、ホ」は続いた。三十幾年経っても、あの三鷹の森に谺する「エイ、ホ」と、大きく交互に振りあげられる右手左手のイメージは強烈だ。万雷の拍手のなかを、ゴールインされた先生のお顔も、無表情だった。ただ、真冬の『奥の細道』のお講義のときとおなじように、吹きでる玉の汗を拭っておられたのが印象的だった。

伏眼がちの先生の講義は、低声で、メリハリがなく、いつ果てるともなかった。

しかし、しかし、この五人二脚のように、そこにはいつも、自分の命運を受難と観じながら、刻々の生に相渉り、しかも悲愴に走らず、ひたすら、生という名の「怪物のひそんでいる現実の地帯を其瞬間の与件の柵を以て、ヒシヒシとかこってしまう」人の、恐ろしいまでの、受身と見せた能動の粘りがあり、それはやがて、写生を象徴に高めつつ、個をして全に突き抜かしめ、俳句を洋の東西を総合しつつ日本の山河を宿す「公器」にしようとする、気宇すさまじい句作を生んだ。

そうだ、日本の山河——
　いとしみ綴る日本の言葉曼珠沙華
また、
洋に相渉る発想——
　蛆一つ轢かれぬ渉たり渉たりな
そしてその証拠に、乏しい傍註として——
　"The cut worm forgiveth the plough." (William Blake)
中村草田男は、わたしのみるところ、キリストを歌うことのできる、唯一稀れな異教の俳匠である。

贋作風景

贋作風景

スクリーンの上では、稀代の贋作師エルミア・デ・ホーリーが、ひょいと筆をひと捻《ひね》りすると、もう美事なピカソが出来あがった。にやりとしながらエルミアは、それをひと眺めすると、さっと丸めて暖炉にほうりこみ、こうつぶやく、「アデュー・ピカソ」。

近頃みた一番すてきな映画、オーソン・ウェルズ監督の『フェイク』のひとコマである。

記録映画家レシャンバックがむかし画商だったころ、モジリアニをこのエルミアから二枚買い、あとでニセ絵と告白され、エルミアは埋め合わせに代金の半分を小切手で返してくれたが、その小切手も巧みな偽造だったのだ。そのエルミアの一代記を書いたアーヴィングは、幻の大富豪ヒューズの、インタヴューにもとづく伝記を出版しようとして、世間をあっと言わせたが、出版直前ヒューズ側からクレームがつき、ヒューズ自身が電話で、アーヴィングなる人物には会ったこともない、と通告してきた。だが本当にこれがヒューズ本人なのだろうか？　誰にも分らない。

そんなことを言えば、監督ウェルズ自身でさえ、偽作家ということになる。ダブリンで食いつめた時、ブロードウェイの大スターと偽って初舞台を踏んだのだし、彼をアメリカで一躍有名人にしたのは、『火星人の襲来』だったが、これもニューズと故意にまがうばかりに造った偽造の火星人襲来の巧みなテクニックが、人びとを大パニックに誘ったからのことだった。

＊

美女オヤ・ゴダールの父は年季の入った偽造家だった。オヤは南仏のとある小村で制作中のピカソの目を引く、何しろ美人だから。女好きの天才ピカソはオヤをモデルに二十二枚の肖像を描く。決して公開しないという約束のもとに。だがオヤはこの画を持ち去る。ある日、パリでピカソの新作二十二枚展が大評判との記事に、ピカソは怒ってパリに飛ぶ。そこに見たものは、全く自分に見覚えのない二十二枚であった。オヤの父が、ピカソの二十二枚を焼却し、それをさらに超える二十二枚を創作していたのだ。批評家たちの、〈ピカソ芸術の新しい展開〉という絶賛の声を前に、ピカソ本人も何がなんだか分からなくなる。

＊

日本で真贋問題を深く究めた人といえば、明治の傑物湯浅半月だろうか。長篇創作新体詩『十二の石塚』で不朽の名をのこしたこの詩人は、日本最初のヘブライ原典からのキリスト教神学者であり、またアメリカ式図書館学の最初の習得者でもあり、和歌、洋画、平家琵琶、狂言に、行くところとして可ならざるはない大粋人であった（参照、拙著『みみずく偏書記』）。その彼が晩年うち込んだのは鑑定学で、『書画贋物語』（大正八年）という名著がある。発想からして卓抜な本で、オーソン・ウェルズなんぞ吹っ飛んでしまう。

〈先生〉といわれる男が、書画骨董協会から頼まれて、自分でも本当のところ自信のない「骨董書画の贋物に関する話」という一場の講演を行う。ともかく、ヤリおおせて、後は宴会となり、酌をする仲居たちを、「この女は写楽」、「これは歌麿」などと見立てて騒いでいる。そこへ、今日お眼見えの若い子が出てきたのを「これは光琳」ということにした。この光琳。実は長江新江という腕あって売れない画家があり、長江がかつて描いた「小督の局」の画のなかから、抜けでてきた女であった。この女の口から、骨董屋、落款師、表具師、鑑定家、馬鹿成金などの、すべてが虚々実々のぐるになった関係が、芋づる式に、すべて明かされてゆくという話なのだ。

結論が実にふるっている。「嘘であらうと偽りであらうと、納得することが出来ればよいのである。何も書画の贋物ばかりが人を瞞すのではなく、学者にも瞞さるれば、政治家にも騙され、実業家にも欺され、天然自然にも欺されて、内々嘘だとは感付きながら一々苦情をいはぬ処に人生の趣味がある」と結ばれるのだ。今よりも、のどかだった昔の悟道の人の言葉であるが、ウェルズの『フェイク』の底にも、これよりは劣るが、相似た大らかな哄笑が流れているように思えてくる。

本物と偽物

暮れの話題に、外国超一流メーカーの商品が偽物だったという話があった。なんでそんなことを騒ぐのだろう。ネクタイ一本だって、そんなこと五十年代前からわたしは気付いていた。時計など、実に今は危ないらしい。技術さえよくて価格が割安なら、スイスあたりの一流時計メーカーでも、大分前から、承知のうえで、この種の手抜きをやっているという。

そうかと思うと、アメ横などでは、ヨーロッパの一流メーカーのファッション・バッグの偽物が、堂々と〈これはイミテーションです〉という商標を下げて店頭に並び、結構、羽根が生えたように売れているという。いいではないか。

昨年の映画のなかでは、オーソン・ウェルズの『フェイク』の人気が高かった。主として絵画を中心にした巧みな真贋話であった。

たしかに、ここ数年、偽物の話が世界的に急上昇しているのに気付く。日本では十数年前、尾形乾山の大規模な偽物が古美術界をゆさぶった。イギリスでは二年前、ブレイク派の画家サミュエル・パーマーの贋作事件があった。偽物作家自身に周到な暗号画面を埋めこんであったことが届け出られて、かえって見破れなかった批評家の方の恥となり、世間をアッと言わせる知能犯であった。これは批評家側の黒星。

そういえば、わが松本清張にも『真贋の森』があって、彼の秀作のひとつだ。女のことで官学を追われた美術史学者が、才能ある偽画家を養成して浦上玉堂の贋作シリーズを造らせ、あとで名乗りでて官学に居坐る連中の鼻をあかそうとするが、ドタン場で大失敗をする話であった。

アメ横といい『フェイク』といい、ひょっとすると、今年は偽物の年になるかも知れない。これはどういうことになるのだろうか。いや、すこし、大袈裟になるが、そもそも、どうして本物と偽物とが、このごろ、こんなに話題になるのか。

話を混乱させないため、さし当り芸術のことに限ろう。芸術でこそ、古来〈真贋〉問題が活発だ。そして〈技術〉と〈芸術〉と、どこが違うのかと言えば、芸術にはオリジナルがあるのに対して、技術にはそういうものはないと思われており、ノウハウを習得した者には、いくらでもおなじコピーが出来ると思われていることが、そもそも技術の特徴であると、弱い人文学の頭は考えているらしい。そうだろうか。

では芸術は複製を許さないのか。とんでもない。原理的に言うと、昔から、人間の造ったものは、たえず人間の手で模造されてきたのである。先生は弟子の腕を磨かせるために模倣させ、商人はひと儲けするために模造をつくってきた。オリジナルという考え方自身が、もともと全く頼りにならないとも言えよう。芥川龍之介の『秋山図』を読んで見給え。自分の心に映じた誠のイメージこそ、オリジナルのまたオリジナルなのだ。だから東洋画の場合、洋画のような、材質と様式を中心にした鑑定法では歯が立たない。腕も良く、実物の印章が押されてある場合、偽物という断定はなし難く、これほどの出来なら、まず実物として通る、という言い方で高値を呼ぶことになるのが日本画では常套だ。

本物と偽物とを分ける基準は、いったいどこにあるのか。署名があるからだろうか。たしかに絵画の場合も商品の場合も、署名は大きな要素ではある。だが署名法自体がすでに技術化されていたら、どうなるのか。つまり作者本人の一回限りの手造りでない場合、本物という考えが成り立つのか、という問題が生ずる。

＊

ここで芸術と技術とが互いに混淆してくる。芸術は、そもそもの始め、一回性のものだった。だが、そこへ技術が介入してきたのだ。まず木版が生じ、ついで銅版が、さらに石版が発明され、なおさらにそこへ、写真が加わった。写真の花形には映画とTVがある。木版から写真、さらには今日の電子転換器にいたる数世紀の間に、本物と偽物と素朴だった区別は、吹っ飛んでしまったのだ。

この歩みは、日本人にとって特に親しい。そんなことも知らないのは、日本の知識人ではない。木版では、わが日本が世界に誇る浮世絵こそ、この芸術への技術の侵犯によって成った。衣笠から黒沢に至る日本映画は、戦後の疲弊した日本を文化国家として世界に冠たらしめたが、映画におけるオリジナルとは、もはや唯一回性の問題では解けない。その後の戦后映画第二世代は話にならない。プリントという大量複製を始めから前提とすることで成り立つ技術的芸術だから。

ウィーン幻想派の人たちは、特殊技術の開発によって、ブロンズの場合でさえ多数のコピーを造る。ホーム・ビデオ装置の発明は、舞台では唯一回の演技でさえ、いたるところで、いつでも繰返されるものにした。これは素晴らしい下位文化への傾向である。それをCPを設けることで生活の安定をはかる馬鹿どもは「文芸家協会員」であれ、全く話にならないが人間の造ったいいものが複製される、これが新しい条件であらねばならぬ。〈あらかじめ複製されることを考えた作品〉が、技術化・大衆化・平等化の波のなかで、日常のものになろうとしている。

ベンヤミンはかつて、芸術の唯一回性を〈アウラ〉と呼び、模造のありえないものを〈アウラ〉とした。だが今日、模造のありえないものなど、ほとんどない。

大量消費の論理が、古典的なオリジナルな独創を求める孤独な営みを食いつぶしてゆく灰色の道程――これしか現時点には残っていないのであろうか。カラオケは、正しくこのような現時点の象徴である。

*

大量複製を大量消費してゆくこの必然の流れのなかで、逆にアウラをもつ本物の稀少価値は上昇し、まだ誕生していない新しいオリジナルの概念を、ますます求めさせるだろう。

〈アウラ〉、〈いま・ここ〉にしかない〈唯一回性〉が芸術の尊厳を形造ってきた時代は、たしかに、技術の時代によって変更をうけ、大量にいつ・どこでも手に入るものに変わった。だが考えて見れば、模倣され模造され贋造されることということは、それだけ本物の魅力の高さを物語るものであり、さらには模倣され贋作されることで、本物も生き直らせられ、単なる秘物であることを止めるのだ。

書誌学も極まるところ一つの犯罪

読書の世界が究めきれないほど深奥なように、書誌学の宇宙も、もう一段、底なしで広大である。わたしは子供の頃から考古学が好きで、小・中学生時代のわたしは、鍬ひとつを持って、帰校後、そのころ住んでいた練馬石神井の台地を馳けめぐって掘り歩く考古少年だった。

英文学者となってからは、英書誌学の世界の幽邃《ゆうすい》な風景に心をうばわれて過してきた。尊敬する師であった故厨川文夫博士は古代中世英語英文学の権威であられたが、わたしがロマン派文学の専攻であるのをご存知の上で、ある日わたしを呼ばれた。「君は、もちろん、ワイズの『コールリッジ書誌』はもっていますね？」と。「もちろん持っております。ただワイズという人物は……」とまでわたしが言うと、博士は激しく右手を左右に振って、わたしの話を遮って言われた。「そうです、でも、それはともかく、……君がもし持っていなかったらと思って、求めておいたものがあるのでね」と。

わたしはすべてを了解した。有難い師である。わたしは厨川博士の直系の弟子ではない。しかし自分の修業に最も欠けていた二つのもの——フィロロジーと書誌学とを、博士に叩き込んで頂こうと、晩学の大学院で、博士のご教導を願ったにすぎない傍系の、それも近世・現代英文学専攻の、みすぼらしい一学生にすぎなかった。そんなわたしに、博士はわざわざワイズの『コールリッジ書誌』を、わたしがもしも持っていない場合を思って、買って待っていて下さったわけである。博士の手ぶりで、もう、トマス・J・ワイズというイギリス切っての書誌学者と、その才能を利用しての犯罪行為を博士が重々承知の上で、にもかかわらず、この『書誌』の価値を高く評価しておられることが良く分った。

トマス・J・ワイズ——その名は、ひところイギリス書誌学会に君臨する綺羅星であり、ようやく財力に物を言わせてイギリスの珍らしい古版本、稿本類を、ゴッソリと買いとりはじめていた世紀末から今世紀初頭のアメリカ集書界にとっても、ワイズこそは頼りになる、他に比肩するもののない古書鑑定界の権威であった。

貧しいロンドンの旧市の家に生まれ、全くの学歴なしだったこの男が、集書への生来の執念のゆえに、十代にして精油商の丁稚《でっち》としてシェリーの稀書『博愛主義者連合への提言』を掘りだしたのが病みつきになり、営々たる克己努力の末に三十四歳にして『ラスキン書誌』を完成。四十代にしてすべてのイギリス近代詩人の初版本類を収蔵する自己の『アシュレー文庫』という一大蒐集をとげ、さらにはその文庫の厖大細密な『書誌』を続刊し、イギリス書誌学界の雄となり、六十三歳にしてイギリス書誌学会長という栄誉の座をほしいままにしながら、ついに最晩年、その比肩する者のない書誌学的知識を悪用して、当代の誰も見破りにくかった偽版の作製によって産をなしていた悪鬼であったことが、最晩年に次第にあばかれ、ついに追いつめられて究死してゆく次第こそは、実に、〈真贋〉という、古書・骨董・古美術の世界を縦断する一大快談といわなければなるまい。すでに二、三の紹介はあったが、いま新刊の高橋俊哉氏『ある書誌学者の犯罪』（河出書房）ぐらい、永年の検索に立った綿密かつ面白い本は、近ごろまことに珍しいといえる。

*

高橋俊哉さんは書き手としても凡手ではない。下層から独学でひたすら叩き上げて書誌学界を上昇してゆくT・J・ワイズの前半生を描きながら、そのころすでにワイズが手がけ始めていたに違いない偽本づくりのことは、ほんの少し臭わせるにとどめ、〈これはいずれ〇〇章で明らかになるだろう〉式の、サスペンスめいた期待を設けておいて、さて功なり名とげたあとのワイズに、一度に襲いかかった悪事露見について後半三分の一の紙幅をついやして畳みかけ、盛りあげてゆくのである。

一代の書誌学の権威の蔭の悪事――偽本づくり（フォージャリ）――をつきとめてついに暴いたジョン・カーターとグレアム・ポラードの二人は、いずれも当時、新進の書誌学者だった。紙と活字の二面から徹底的に追いつめ、ついに偽本の印刷所を推理していったところ、そこに浮びあがった稀代の犯人が書誌学界の帝王トマス・J・ワイズの他にありえないことを知った時の二人の驚愕はどんなものであったろうか。

並ぶ者のない大知識は、神に近い尊崇をうけよう。その尊崇を一身に手に入れたものは、神のみに許された《創造》のわざに、つい手をだしたいという悪魔の囁きの甘い声に、抗しがたくなる、これが人間の常だろうか。有限者である人間の、これが唯一の泣きどころなのかも知れない。五十歳を過ぎるとわたしにもこの人生の機微が少しずつ分かってくる。

高橋俊哉さんの計算された筆で、つぎつぎに明らかにされてゆくワイズの偽本づくりの経過とその露見の手順は、美術と古書の世界に恐らく未来永劫にわたって続くであろう人間の偽本への誘惑の一つのパラダイムを明らかにしてくれる。

日本と南蛮文化との交渉史の研究で比肩する者のなかった大学者岡本良知は、わたしの尊敬する日本の学者の一人だが、彼も金がなくなると、極く小さな南蛮ものの断簡を創作して、資金を得ていたことを知っている。

ただ岡本良知氏はただの書誌学者ではなかったから、ワイズのように自己の創作偽本を自分で造った書誌に堂々と記載して他人に信用させ高額で買わせるような子供じみた罪つくりはしなかった。騙された古本屋が悪かっただけであり、それも内容上、すべて典拠のある断簡に限られていたし、岡本良知ほどの学力があれば、過去の文献の〈ミッシング・リンク〉を埋めるとはゆかないまでも、その一端と想わせる断章のペラ一枚ぐらい、悠々と創作できた筈である。

絵画の世界となると、このような偽本づくりはもっと広汎なものになる。川島理一郎画伯がアメリカで苦学中に、とある画商の依頼で東洋の古い設色屏風を何週間もかかって模写させられたことがあったという。勉強のためと思い精魂こめて模写した屏風であったが、金を払うや、そのアメリカの悪徳画商のやり始めたことは、まさに地獄の悪鬼の所業であった。旧式のピストルを屛風にむかって乱射し、数日間ドブに漬け、引きあげると乗馬用の鞭で巧みに乱打し、さて日陰干しにして臭気を払い、驚くほどの繊細な腕をふるって古色をつけてしまったという。

昨年暮、ボストン美術館に通って、収蔵される曾我蕭白の逸品を直接収蔵庫に入れて見せて頂き、丸一日かけて肉眼でわたしは精査したが、五十数点の所蔵を誇るボストンだったが、やはり偽作はあった。ある拾得図をみて、思わずわたしが小さい叫び声をあげると、キュアレーターのウィレム・ドレスマンさんは走り寄ってきて、心配そうに〈フォージャリ?……ですね?〉とわたしの顔をのぞき込むようにして言われたものだ。〈ええ、これはいけませんね。これを造った人の名前はもちろん分からない。しかしおなじ人物の作に違いない偽作をわたしも一軸もっているので、偽作であることがよく分かるのです。全くおなじ様式です〉〈というと、ほぼ同時代にもう偽作者がいたのでしょうか?〉〈そうだと思います。絹を科学分析しても無駄でしょう、きっと〉

*

トマス・J・ワイズの偽本造りのなかでも、純然たる偽版、海賊版、海賊版のそのまた海賊版までは、いずれも犯罪行為であることは疑えない。だが、かなり多量に判明したワイズ〈メーキャップ本〉の作製については、さてどうなるのだろうか。

〈メーキャップ本〉とはわが国の古版本界でも時々絶妙なものが見当るのだが、古い稀覯本の落丁本や汚損本を巧みに補修して完本同様にして、補修したことを断わらずに、完本の価格で売る行為の場合には問題となる。

和本の〈メーキャップ〉は多く同時代の他のゴミ本の端本から抜き取った白ページを利用するもので、欠損ページから完本の当該ページを雁皮紙に転写し、腕の立つ彫師にその雁皮紙を版木に裏返しに貼りつけさせ、そっくりに彫らせたうえで、さてさきの抜き取った白ページに摺り込んで造り上げた補修ページを巧みに綴じ込んで造るもので、これは古い稀覯本であればあるほど再製本は普通のことになるから、なかなか見破ることはむずかしい。

紙も同時代のものであるし、活字本と違って版木は、巧妙な雁皮転写にかかると、まず本物との間に甲乙をつけがたくなる。若い日本の世代は雁皮も知らないらしい。西欧のことは知らなくてもよい。せめて日本のことぐらいどうして知ろうとしないのか。残るのは紙の漉き具合からの判定以外にないが、これは和紙の専門家でない限りできないばかりか、本格的にやろうとすれば、やはり余白を少し切り取って科学分析にかけることになるから、自分でその〈メーキャップ本〉を入手して実物と比較する以外に方法はない。ところが大てい、その実物が天下の孤本であることがほとんどだから、実物に近づくことすら並大抵ではないことになり、事実上は不可能なことが大半である。

和本のこういう〈メーキャップ本〉で、かなり古い時代になされた補修だと、その補修に使われた実物――天下の孤本――が既に後世において失われてしまうこともあり、そうなると〈メーキャップ本〉の疑いはあっても、実物同様の高い価値をもつようになるのは当然のことである。

ここに眼をつける悪人のなかには、あらかじめ〈メーキャップ本〉を造っておいてから、さて巧妙な手段を弄して、実物の天下の孤本を故意に破棄するか、盗み取って焼き捨て、自己の〈メーキャップ本〉を唯一現存の本に仕立てる者もでてくる。

写本の場合には、書体、内容その他を精査すれば、後世の偽作か古い時代の良質の写本の写本であるかは判定できるから、写本の〈メーキャップ本〉というのは余りないし、あっても余程優秀なものか、または幼稚なものかになる。

洋本の場合、〈メーキャップ本〉は紙・活字・装幀の三点から精査すれば、大抵の場合、判定がつく。そこで巧みな補修師は実物から補修することに眼をつける。本の悪鬼ワイズがとった方法もこの実物補修主義だった。十六・七世紀本の稀覯本とされるものでも、汚本や落丁本となるとごくたまに市場にでるし、これらはオークション以前に業者の間で安く取引きされることが多い。ワイズのような古書界の大有名人であれば、これらの業者に顔が利くから、情報も絶えず入ってくる。それらを安く手に入れておいて、さて地位と信用を利用して大英博物館所蔵の実物を閲覧室で借りだし、欠落ページや汚損ページを実物から引き抜いて袖の下に隠し、さて、全部を一流の装幀屋に依頼して、モロッコ皮で美々しく装幀させ三方金の仕立にして、アメリカの大富豪の蒐集家に、ワイズの折紙をつけて高価な値段で売り飛ばしていたのである。もしもワイズが複数の稀覯本欠本を丹念に手に入れて補修し、一冊の完本を造り、これに自分の鑑定をつけ、〈メーキャップ本〉として相応の値で売っていたのであったなら、彼の行為は犯罪ではなく、秀れた書誌学者にのみ可能な行為として、感謝さえもされたところであったろう。だがそれではボロ儲けができないのが彼の泣き所であったろう。

*

エドマンド・ゴス卿は世紀末文壇では大きな存在だった。それでも事が書誌だ鑑定だということになると、トマス・J・ワイズの時代に冠絶する知識を頼りにしなければならなかった。いや「頼りにする」では足りるまい、ワイズの言うことを鵜《う》のみにしたと言わねばなるまい。

ゴスも相当の蔵書家として鳴っていたが、もとよりワイズのアシュリー文庫と比べれば物の数ではないことを誰よりも本人が自覚していた。一九二四年に『ゴス文庫』という書誌がE・H・M・コックス編でデュロー社から刊行されており、《トマス・J・ワイズに――讃嘆と尊敬をこめて》と献辞がついているばかりか、冒頭のゴスの自序のなかでも、著しくへりくだり「わたしのささやかな書物〈本棚〉など、アメリカはニューヨークからテキサス、はてはカリフォルニアを震撼せしめている驚異のコレクションとは全く同日の談ではない。大英博物館ともアシュリー文庫とも、とうてい太刀打ちできない」とある。編者のコックスも逐一ワイズに指導してもらったことを誌している。この程度の文庫で何を誇るのか、全く吹きだしたくなるような『ゴス文庫』である。

ところでゴスには、これに先立って一八九三年に『ゴス蔵書カタログ』があって、これにはワイズの手になる偽本は一冊もない、ところが、『ゴス文庫』には二十一点のワイズ偽本が入っており、うち四点には御丁寧にもワイズの鑑定書まで付いている。そのなかにスウィンバーンの小冊子『悪魔の負債』がある。これについては高橋俊哉さんも触れておられないので、この機会に話題としよう。

スウィンバーンは素晴らしい詩人だったが、論争家でもあった。一八七五年十二月十一日の『イグザミナー』紙に、ロバート・ビュキャナンを攻撃する文章を載せたところ、ビュキャナンは猛り狂い、『イグザミナー』紙の経営者を相手どり裁判沙汰にもちこんだ。自分を不当に誹謗するものだというのである。

スウィンバーンのこの文章はトマス・メイトランドという偽名の下に掲載され、のちに一八七五年の刊記を付して世に現われた小冊子『悪魔の負債』も著者名はトマス・メイトランドとなっており、内容は『イグザミナー』紙掲載のものと同一である。たぶん裁判のための資料として同年に少部数、委員会資料にでも刷られたものだろうと思われていた。もちろん稀覯書とされてきた。

高橋俊哉さんが駆使しておられるカーターとポラード共著の『十九世紀パンフレットの真贋調査』（一九三四）でも『悪魔の負債』は調査の対象とされ、本文用紙の分析の対象にされたが、偽造とするのに確たる決め手がなかった。アシュレー文庫本にはスウィンバーン自身の署名付きのウォッツ＝ダントンへの贈呈本があるという堅固な証拠があった。

*

カーターとポラードは当時、アシュリー文庫蔵本を直接調査するわけにゆかなかったが、その後、大英博物館にアシュリー文庫から買いとられ、詳しい調査をすることが可能になった版本類が来た。やはりこれもワイズの偽造本だったのである。

紙の特徴は、上質のエスパルト（アルファ）であるが、僅かながら化学パルプの痕跡をとどめるところにあった。ここから推論して、最初の化学パルプのイギリスへの輸入年代からみて、刊記にあるような一八七五年印刷ということは、まず絶対ありえないことが分かった。

活字もミラー＝リチャードの旧パイカ活字で、ワイズ偽造本の既に判明したものの三点がこの活字を使っていることから、R・クレイ印刷所で刷らせたに違いないことも追跡調査で分かった。来歴も、『悪魔の負債』は一九〇七年以来十三回オークションに現れているほか、さらにオークションを経ていない四点の存在が知られている。この冊数は一九一九年にワイズが述べたスウィンバーンの住居から出てきたという〈約十五冊〉という記述に一致する。しかし一八九七年以前に『悪魔の負債』なる小冊子が存在していた証拠は絶対にない。紙と活字とからみて一八七五年刊よりは一八九五年刊の方が自然である。こうなると『悪魔の負債』についてのワイズの発言の詳しい見直しとアシュリー文庫蔵本の問題のスウィンバーンの署名の精査が必要になってくる。

ワイズが『悪魔の負債』について書いたものは全部で五点ある。その典拠を一つ一つフルネームでここに書くとページが食われてしまうから、簡単にすると、一八九六年に始まり九七年二月、九七年三月、九九年十・十一月、一九一九年の五回になる。自著『十九世紀文学逸話』第二巻では、ワイズは『悪魔の負債』の小冊子本の存在を知り懸命に探索したが入手できなかったことになっている。一八九九年十月にヘンリ・レンに宛てた書翰では、ケンブリッジの某氏が『悪魔の負債』をもっている由だから、妥当な値であなたに譲るかどうか交渉してみる、とある。もとより自分が偽造し、自分で空前のむずかしい交渉を引きうけ、今回は失敗したがもっと何とかしてみる式の引延し方式で相手の購売欲をつりあげるのである。あわれなレンは、このつりあげ作戦の末、十二ポンド十シリングで、やっと入手できたが、その年代は不明。さてワイズは一体、いつ『悪魔の負債』

を入手したと公言したのだろうか。それは一九一九年の『スウィンバーン書誌』の記述においてであった。

「一八九七年に『スウィンバーン稀覯・未編集本書誌』を刊行した当時、わたしは『悪魔の負債』の実物を見ることもできなかった。こういう小冊子があることを知っていただけであった。しかしわたしの『スウィンバーン……書誌』の全ゲラ刷りをザ・パインズ（スウィンバーンの当時の居所）に送ったところ、ウォッツ＝ダントンから、その小冊子なら一冊あるから調べたいなら来ないかという知らせをうけた。わたしは行って調べた。『スウィンバーン……書誌』にその時の調査を誌し、その稀少さを述べた。わたしはこの天下の孤本をウォッツ＝ダントンから二十一ポンドで買いとった。

それから三年後のある日曜の午後、ウォッツ＝ダントンが言うには、君の友人で『悪魔の負債』を欲しがっている者がいるかね、とわたしに質問して驚かせたのだ。なんでも昔、彼は、十五部ほど『悪魔の負債』を梱包した包みをみつけたという。全部で十五部あった由で、その一部にスウィンバーンはその表紙に《ウォルター・セオドア・ウォッツ＝ダントン、オルジャノン・チャールズ・スウィンバーン、一九〇〇、四月》と署名してウォッツ＝ダントンに呉れた。スウィンバーンの死後、わたしはその署名本を買いとった。二十一ポンドであった……」

よく出来すぎた話である。関係者は皆、死んでいるのだ。これもワイズの巧妙な手口で、ゴスのような有名人を生前に買手に引きこんでおいて、その人から自分だけが聞いた証言として勝手な創作を死後に引用したり、他の隠れもない偽本屋にその死をまって濡れ衣を着せるというワイズの常套だったのだ。

大英博物館所蔵に帰したスウィンバーン自署名本を精査したカーターとポラードは唖然とした。ワイズの言うような〈表紙への自署名〉どころか、実はおもての〈遊びページ〉への署名であり、それも紙その他から言って、明らかに別の本から取られたメーキャップだったのであり、製本からみて一九〇〇年から一九一九年の偽造であったという。ここまでくれば、書誌学も極まるところ犯罪というほかはあるまい。これを突きとめた探偵は皮肉にも『トマス・ワイズ百年記念研究——ウィリアム・トッド編、テキサス大学刊、一九五九年本』であった。

うしろの立ち見席から

『《みみずく雑纂《ざつさん》》シリーズ』第一巻のつもりで、今年四月に『みみずく偏書記』を一旦、まとめた。つづく第二巻のつもりで、ここに『風狂 虎の巻』をまとめてみようとする。

前にも書いたが、わたしの書くものは、すべてわたしの心と頭が発する花火のような下らないもの。出てくるところはただの一箇所の筈なのに、打ちあげられて世間というスクリーンの大空に飛びかうとき、たまにはけざやかなパターンをまぐれ当りに描くこともあり、そうなると本人ばかりか、よく分らない勝手放題の八方に四散したイメージ群〈イメジャリ〉に変る。沢山の人が喜んだり憎んだりしてくれる。でも、そうなると、苦心して打ち上げた花火師の苦労は、本人自身どうにも纏《まと》めようがなく、それを面白いと見て下さる抜んでた、他人の方がたの頭にこそその点、かえってよい知恵が泛ぶというもの。

今回もそうした知恵者の焦点に、信頼する青土社の編集ベテラン高橋順子さんの爛熟した頭脳をお願いした。その結果〈風狂の思想〉という仮題で一つの体裁をなすように考えてみたらと、彼女が持ってきて下さったのが本書の中味の大半。そうか、〈風狂の思想〉。仲なか良い題だ。わたし個人の一側面は、これに収まるだろうし、男の求道の普遍性も収まるだろう。でもすでに類書が国文学書にはある。少し新鮮味に欠けるのが難だよね、もっと良い案が欲しい、というと、高橋さんは世にも悲しい顔をした。本当に、すまない！

そこで第二案として〈風狂と帰心〉としたらどうかと考えた。故師西脇順三郎先生の晩年の御姿をいつかは書こうと思っていたから、それを新たに書きおろし、「順三郎帰心」と題して巻末に収め、〈風狂〉に始まって〈帰心〉に終るという人間のある旅情の終始の道程を、背后に忍ばせて杜にしようかとひそかに考えた。だがこれはどうやら、まだまだ生ぐさい木兎斎には過ぎた風狂だったらしい。今年の夏も秋も、これを書こうとしながらあまりにも忙しかった。これほど昼夜寧日なく勉強し、書きまくった夏はないのに。それでも「順三郎帰心」はついに稿成らないうちに、なんと、もうはや、秋の声を聞く。わたしはただ、もう、ひたすら悲しい。

版元の青土社社長清水康雄大人《うし》をこれ以上困らせるわけにゆかない。第二案も放棄せざるを得ない。

そこで苦しまぎれだが、〈帰心〉というイデアールな転結を今しばらく欠いたままで世にだすための標題として、わたしが考えたのが『風狂 虎の巻』。〈虎の巻〉という表現は結構伝統的で古いらしい。幕末に『浮世絵虎之巻』というなかなか便利な冊子がでていて、わたしも持っていた。わたしの中学時代には〈虎の巻〉と言わず、〈トラカン〉とか〈アンチョコ〉と称したものだが、今はどう言っているのか知らない。しかしどうだろう、今の若い人たちには《虎《とら》の巻《まき》》という、いささか古めかしい表現法さえ、かえってなにかとても可愛らしく響くのではなかろうか。その方がいい。〈トラ〉のイメージのもつ、なんとなくユーモラスな味わい、それと木兎斎《もくとさい》の〈みみずく〉のもつサティリカルな姿態とが手に手をとり合って、〈風狂〉という人類性の深層にひそむ、根源的旅情のなかで握手しあおうとして互いに指を求め合っているという、なんというかミケランジェロ的構図とそのサタイア性が、わたしのこの変てこな文集を統一する〈コトバの綾《あや》〉〈フィグール〉だ、ということになる。わたしの旧師たちに捧げたいと思ったこの文集だが、悲しい。皆、どの方も間に合わず物故された。わたしは、いつも「間に合わない」男なのだろうか。ひたすら悲しい。ボストンでみた明け方の夢をもとにした下手糞な詩を収めたのも、そういう悲しさを示したい心の一片があったからである。

では行け、わたしの《虎みみずく》。そして広い世間のなかに旧友またはまだ見ぬ友を、見つけつづけてゆくがよい。

昭和五十八年九月末日

休日閑居秋思之薄暮

木兎斎識

■初出一覧

『梁塵秘抄』にみる日本の心　「現代思想」一九八二年九月臨時増刊号
日本的幻想美の水脈　「アサヒ・ギャラリー」春季号　一九七四年
江戸芸術のマニエリスム　「講座比較文学3　近代日本の思想と芸術1」　東大出版会　一九七三年
江戸のマニエリスム的傾向　「近代美術史上」　有斐閣　一九七七年
浮世絵断想　「日本の美　浮世絵」　学習研究社　一九七九年

人間性の恒常の相を示すメルヘン　「朝日ジャーナル」一九七五年一二月五日号
〈始源の時間〉に回帰するおとぎ話　「怪奇幻想の文学VI　啓示と奇蹟」　新人物往来社　一九七八年
「翼人」稗説外伝　「地球ロマン」二号　一九七六年
幻想の核をもとめて　「図書新聞」一九七六年五月八日号
日本オカルティズム？　「ユリイカ」一九七四年七月臨時増刊号
Necrophagia 考　「夜想」五号　一九八二年

夢野久作の都市幻想　「都市」二号　一九七〇年四月

自然状態と脳髄地獄　「現代詩手帖」一九七〇年五月号
夢野久作・ドグラ・マグラ　「国文学」一九七〇年八月号
指輪と泥棒　「夜想」三号　一九八一年
無為の饒舌　「ユリイカ」一九七〇年一〇月号
『黒石怪奇物語集』のあとに　『黒石怪奇物語集』　桃源社　一九七二年
大泉黒石『人間廃業』　『人間廃業』　桃源社　一九七二年
坂口安吾または透明な余白　「カイエ」一九七九年七月号
最後の江戸文人の面影　「ほるぷ新聞」一九七二年九月一五日
回想の平井呈一　「幻想文学」四号　一九八三年七月

現代俳句における風狂の思想　「国文学」一九七六年二月号
おそるべき解剖の眼　「サンケイ新聞」一九七九年六月四日
已れの座　「俳句」一九七九年一〇月号
夏山の騎士　「萬緑」一九七九年三月号
素白の憂愁　「萬緑」一九八〇年一〇月号
中村草田男の風貌　「俳句」一九八〇年一〇月増刊号「中村草田男読本」

贋作風景　「サンケイ新聞」一九七八年八月一一日
本物と偽物　「サンケイ新聞」一九七九年一月二二日
書誌学も極まるところ一つの犯罪　「図書新聞」一九八三年六月二五日〜八月一三日（読書狂言綺語抄43〜47）

新装版あとがきにかえて

由良えりも

初版から三十余年を経て、なんと新装版を出して頂けることになった。寂しがりやの父のこと、忘れ去られずにいたことを何よりも喜んでいることだろう。

余り知られていないことなので、父の最後の日々について、少し書くことにしようと思う。

一九九〇年四月末、出掛けようと玄関の戸を開けた私を、父が呼び止めた。

「済まないが、この郵便を出しておいてくれないか。」

振り返った私は思わず息を呑んだ。父の顔に死相が表れていたからである。どこでもいいから、すぐ病院に行って、と言う私に、父は何故かホッとした様子で、そうすると約束した。

数日後、父は自転車で近くの病院に行ったのだが、そのまま強制入院となり、呼ばれた私は医師に、明日死んでもおかしくないと告げられた。進行した食道癌だった。

父に会いに行くと、晴れ晴れとした顔で大部屋にいて、

「去年大きな病院に行ったんだけど、風邪だろうで終わって、困っちゃってたんだ。」

と言う。思えば、その年の正月旅行の時、変身眼鏡を掛けて笑い転げている母と私から遠く離れて、父は静かに散策していた。一人で悩んでいたのだろう。

いずれ大きな病院で手術することになると父は聞かされていたのだが、それは、愈々の時の気管切開術のことで根治手術ではない。父に本当のことが言えなくなった。

少しでも良い環境を望んで、専門医のいるところに転院させることにした。その日は快晴で、ストレッチャーに乗ったまま垣間見た青空に、父は眼を輝かせていた。それが、父が見た最後の空となった。

転院先では本当に良くしてもらったのだが、気管浸潤していたので、身体に幾つもの管が入り、ベッドから動けない状態になった。

その頃、父が抱えていた仕事で、進められるものは何とかしようと思ったのだが、ヴァン・デル・ポストのアフリカ神話を豆本にまとめる位しか、手伝えるものはない。ベッドの脇で挿絵の指示を仰ぐ私に、退院したらやるからいいよ、と父は言っていたのだが、やがて何も言わなくなった。

そして、ある日、一つの神話を語ってくれた。父は物語を聞かせるのが上手で、父親っ子の私は、宮沢賢治の童話や西脇順三郎の詩を聞いて育った。大きくなって元の本を探すのだが、どれも父の話とは少し違っていて、記憶にある話の方が余程面白いのであった。

この時聞いた話は、ヴァン・デル・ポストの *The Heart of the Hunter* の中にも引用されているのだが、アフリカのカラハリ砂漠辺りに住む先住民の神話である。

「むかしむかし、勇敢な狩人が、泉に映る大きな白い鳥の姿を見た。見たこともない鳥であったので驚いて振り返ったが、鳥の姿はもうどこにもない。あの鳥を捕まえたい。男は家も家族も捨て、その鳥を追う旅に出た。行く先々で、いつも男は鳥に先を越されていた。『だいぶ前に飛んでいったよ』『さっきまでいたけど』『遠い遠い白い山の上にいるらしいよ』。男ははるか彼方にある白い山を目指した。

山の麓に着いた男は、いつしか老年に達していた。険しい岩肌の先に、白い山の頂上が見える。男は今度こそ、と登り始めた。ようやく頂に達しようかという時、あの大きな鳥が少し先の岩に留まっているのに気付いた。あと少し、と身を乗り出した目の前で、またもや鳥は飛び立ち、男の寿命は、その場で尽きてしまった。

「触れなんと伸ばした男の掌に、飛び立った鳥の白い羽根が一枚、ひらひらと舞い落ちた。」

この話を、父は昔と同じように、私に聞かせるというのでなく、どこか遠いところをみつめながら静かに語った。父の大きな優しい目から、ひと筋の涙が流れた。

私も、亡くなった父の年齢に近づいてきた。その時の涙の意味が、今の私には分かる気がする。人は生きて、何かを追い求め続ける。そしてしばしば、それは見つかることなく、命は尽きてしまうのだ。

父は入院して三か月後、胸の血管が破れて亡くなった。六十一歳だった。手元には、纏めようとしていた論文集の見出しだけが残された。

平成二十八年 五十七歳の誕生日に

主要著作および訳書一覧（由良君美が生前に作成したものを、遺族が一部加筆修正した。）

著作

『椿説泰西浪曼派文学談義』青土社、一九七二年
『言語文化のフロンティア』（大阪）創元社、一九七五年
『椿説泰西浪漫派文学談義』（増補版）青土社、一九八三年（二〇一二年に平凡社ライブラリーより再版予定）
『みみずく偏書記』青土社、一九八三年（二〇一二年、ちくま文庫より再版）
『風狂　虎の巻』青土社、一九八三年（本書。二〇一六年、青土社より新装再版）
『みみずく古本市』青土社、一九八四年（二〇一三年、ちくま文庫より再版）
『言語文化のフロンティア』（増補版）講談社学術文庫、一九八六年
『読書狂言綺語抄』沖積舎、一九八七年
『みみずく英学塾』青土社、一九八七年
『ディアロゴス演戯』青土社、一九八八年

訳書（共訳含む）

『バウンティ号の反乱』（「世界ノンフィクション全集」第二四巻収録）筑摩書房

一九六一年（W・ブライ著のもので、後出の角川文庫版とは異なる）
『戦艦ポチョムキンの反乱』（「世界ノンフィクション全集」第三七巻収録）筑摩書房、
一九六二年（二〇〇三年に講談社学術文庫として再版）
C・B・ノーダフ＆J・N・ホール『バウンティー号の反乱』角川文庫、一九六三年
R・フォックス『ジンギスカン』筑摩書房、一九六七年
A・キャンベル『ゲリラ―その歴史と分析』冨山房、一九六九年（大学紛争期であった
為、沢木静の筆名で翻訳）
G・スタイナー『言語と沈黙』せりか書房、上巻一九六九年、下巻一九七〇年
S・ソンタグ『反解釈』竹内書店、一九七一年D・クーパー編『解放の弁証法』せり
か書房、一九六九年
L・ヴァン・デル・ポスト『影の獄にて』思索社、一九七八年（大島渚監督映画「戦
場のメリークリスマス」原作）
絵／N・ベイリー『マザーグースのうたがきこえる』（絵本）ほるぷ出版、一九七八年
C・ウィルソン『至高体験』河出書房新社、一九七九年
G・スタイナー『脱領域の知性』河出書房、一九八一年
R・フォックス『ジンギスカン』（新装版）筑摩書房、一九八八年（一九九二年、ちく
ま文庫収録）
B・ストーカー『イギリス怪談集』河出文庫、一九九〇年

編著

『現代イギリス幻想小説』白水社、一九七一年

『世界のオカルト文学―幻想文学・総解説』自由国民社、一九八一、八二、八三年

『イギリス幻想小説傑作集』白水ｕブックス、一九八五年

『ポスト構造主義のキーワード』（別冊・國文学）学燈社、一九八六年

校訂解題

大泉黒石『黒石怪奇物語集』桃源社、一九七二年

大泉黒石『人間廃業』桃源社、一九七二年

『大泉黒石全集』（全九巻中、第一～七巻解題）緑書房、一九八八年

＊以上、教科書、注釈書および雑誌・紀要類の発表論文は省くが、コールリッジの思想の第一転回に関する英文論文 'Coleridge's First Turn & the Anonymous Book on Materialism'（「英語青年」一九八九年六月号収録）は、君美最後の専門論文として重要と考えるので、ここに記す。

なお、新聞雑誌に発表した評論などの一部は、死後、「セルロイド・ロマンティシズム」「メタフィクションと脱構築」（文遊社、一九九五年）として出版された。

風狂《ふうきょう》 虎《とら》の巻《まき》 新装版

二〇一六年五月二十五日 印刷
二〇一六年五月三十一日 発行

著 者——由良君美
発行者——清水一人
発売所——青土社
東京都千代田区神田神保町一-二九 市瀬ビル 〒101
〔電話〕〇三-三二九一-九八三一〔編集〕〇三-三二九四-七八二九〔営業〕
〔振替〕〇〇一九〇-七-一九二九五五

印刷・製本所——モリモト印刷

装幀——高麗隆彦

ISBN978-4-7917-6923-0